野辺に朽ちぬとも

吉田松陰と松下村塾の男たち

細谷正充 編

集英社文庫

目次

野辺に朽ちぬとも

吉田松陰と松下村塾の男たち

吉田松陰

海音寺潮五郎

海音寺潮五郎（かいおんじ・ちょうごろう）

明治三十四年、鹿児島県に生まれる。國學院大学卒業後、中学校の教師となる。昭和四年に短篇「うたかた草紙」、七年には長篇『風雲』が、「サンデー毎日」の投稿小説に入選。昭和十一年に「天正女合戦」「武道伝来記」で、第三回直木賞を受賞した。以後、戦前戦後を通じて、長年にわたり活躍した。代表作は『西郷隆盛』『天と地と』『海と風と虹と』『武将列伝』他。昭和四十三年、第十六回菊池寛賞を受賞。昭和四十八年には、川口松太郎や永井龍男たちと共に、文化功労者に選ばれた。紫綬褒章や日本芸術院賞も受賞している。昭和五十二年逝去。

「小説新潮」昭和四十二年九～十月号（新潮社）掲載、『幕末動乱の男たち（下）』（新潮文庫）収録。

一

松陰《しょういん》は数え年三十で死んだ人だが、生涯めとらず、童貞のままで地下に入っただろうといわれている。

二十二から二十三にかけて、彼は肥後《ひご》藩士宮部鼎蔵《みやべていぞう》、南部浪士江幡五郎《えばたごろう》と東北旅行に出かけているが、その途中江幡が旅宿の女中をそそのかして松陰を口説かしたところ、松陰は応じなかったという話がある。

女だけでない。酒もやむを得ない時ほんの数杯するだけ、煙草《たばこ》は全然吸わなかった。

彼の幼時のことを、妹の児玉芳子《こだまよしこ》（幼名千代《ちよ》）が、後年こう語っている。

「母から聞いたことでございますが、兄は五つ六つの時分から手習いをしたり書物を読んだりするのが好きで、よその子供さん達が大勢でいろいろな遊びをしていても、ふり向きもせず、じっと書物を読んでいるという風であったそうでございます。たまに遊びごとらしいことをしても、それは家の庭で、コテで土をねって山をこしらえたり、川の形をつくったり、つまり土でいろいろな図を画《か》くことをしていたといいます。寅次郎《とらじろう》は何一つ小言の言いようのない、実に手のかからない子であったと、いつも母が申していました」

これらの逸話から組み上げられる人物像は、温和で、品行のよい、青少年の姿であるが、烈火のように烈《はげ》しい面もあって、それが彼を維新史上の巨人にしたのである。

この文章は、つまりはそれを語るのである。

松陰、通称ははじめ虎之助《とらのすけ》、のち大次郎、松次郎、最後に寅次郎、名は矩方《のりかた》、字《あざな》は子義《しぎ》、また義卿《ぎけい》、松陰はその号である。二十一回猛士とも号した。

松陰の一族は学者ぞろいであった。父杉百合之助《すぎゆりのすけ》は家禄《かろく》わずかに二十六石であったが、篤学《とくがく》の人であった。その次弟大助は藩の山鹿《やまが》流兵学の師範家吉田家をついだ。家学はもちろん、儒学《じゆがく》や史学にも造詣が深かった。三弟文之進《ぶんのしん》は玉木《たまき》家をついだ。これは学者として通るほどの学力があり、乃木《のぎ》将軍は少年時代この人にあずけられて教育されている。つまり、松陰は好学の気風ある家系に生れたのである。

百合之助は寡黙で、敬神の念が厚く、皇室尊崇の精神の厚い人であった。文政《ぶんせい》十年といえば、松陰の生れる三年前であるが、この年二月に、当時の仁孝《にんこう》天皇は、将軍家斉《いえなり》を太政大臣《だいじょう》に任ぜられた。徳川将軍が生前にこんな高官に任ぜられたことはなく、大へんな恩遇なのであるから、臣子《しんし》の礼として家斉は京に上って受けるべきが当然であるが、家斉は江戸にいながら受け、老中をお礼に上洛《じょうらく》させただけですませた。百合之助はこれを聞くと、沐浴《もくよく》して衣服を改め、京都の方を伏し拝んで泣き、その時の家斉将軍への詔書《しょうしょ》を書きうつして、時々子供らに見せて、日本人の皇室にたいする心がけについて訓《おし》えたという。百合之助のこの詔書の写しは現存している。松陰自身もこのことを後年「耳存文政十年詔（耳には存《そん》す文政十年の詔《みことのり》）」と詩にうたっている。また京都賀茂《かも》神社の神職玉田永教《たまだえいきょう》の著書「神国由来」を愛読し、これを子供らに読ませ暗誦《あんしょう》させている。これも後年「口熟秋洲一首文（口には熟す秋つ洲《しま》一首の文）」と松陰が歌っている。

こんな人ではあったが、子供らにたいしては愛情の深い人であった。

母の滝子《たきこ》は、女の鑑《かがみ》といわれたほど何ごとにも行きとどき、人々に親切で、子供らにたいする愛情の最も深い人であった。

二十六石という薄禄であったから、貧しかったことは言うまでもない。半農半士の生活であったが、家庭には常に藹々《あいあい》たる和気があった。学問的雰囲気の濃厚な家系に生れ、この和気に満ちた家庭に育ったことが、松陰の人格形成に最も大きい関係がある。

松陰が五つの時、叔父《おじ》吉田大助が瘍《よう》をわずらって重態となった。大助には子がないので、大助に万一のことがあれば、吉田家は取潰《とりつぶ》されるので、こんな場合の慣例によって、松陰を仮養子として届け出した。藩はこれを受理したが、翌年四月、大助がついに回復せず、死んだので、松陰は六つで吉田家の当主になった。ここで虎之助を改めて大次郎と名のる。しかし、吉田家は大助の死後、その妻は実家にかえり、その家庭はなくなったから、松陰は実家にとどまって養われる。

吉田家は家禄五十七石六斗の家である。幼年ながらその当主となった以上、松陰も山鹿流軍学の師範としての学問をしなければならない。最初に松陰に学問を教えたのは、父である。もちろん、一般漢学だ。これがすべての学問の基礎となると、昔は思われていたのである。

武士ではあっても、百姓仕事にも精を出さなければ暮しが立たない家計である。百合之助は松陰と二つちがいの兄である梅太郎とをつれて働きに出、山に薪《たきぎ》をとり、野に草を刈り、田畠《でんぱた》でうねをつくりながら、兄弟に教授した。教えたのは四書五経の素読や、頼山陽《らいさんよう》の詠史《えいし》類、菅茶山《かんさざん》の詩などであった。自ら暗誦して聞かせ、暗誦させて覚えさせるのだ。百合之助の弟玉木文之進は松陰が九つの年まで杉家に同居

していたが、父子のこの読誦《とくしよう》の声が聞えると、いつも笑って、

「ああ、はじまった」

と言ったという。

一般学がある程度まで出来るようになると、家学である山鹿流軍学を学ぶ。これは玉木文之進が教えた。文之進は山鹿流の印可《いんか》をもっているのだ。前記の通り、文之進は松陰の九つの時別居したのだが、その家はごく近かったので、松陰は兄とつれ立って文之進の家に行っては、教えを受けた。夜夕食がすんでからであったという。文之進はこの頃から塾をひらいて、希望の者に兵学や儒学を教えていた。これが最初の松下村塾《しょうかそんじゆく》である。塾の名は、村の名が松本であるので、これによってつけたのだ。「下」の字には「もと」の訓もあるからである。

文之進の家に通った頃の話にこういうのがある。ある祝日の夜、兄の梅太郎が、

「今日は祝日じゃから、今夜は休もうじゃないか」

といったところ、松陰は、

「今夜もまた一生のうちの一晩です。休むわけに行きません」

と答えて、兄をうながして出かけたというのである。すぐれた学者によくある美談だといってしまえばそれだけのものであるが、松陰においてはこれは生涯をつら

ぬく態度であった。彼は生涯寸陰を惜しんで勉学したのだ。

若くして死ぬ天才には、よくこういうことがある。同時代の人としては、橋本左内《はしもとさない》がこうであった。この人々は自分のいのちの短いのを知っていたかのように、徹頭徹尾、全力的に疾走したのである。

兵学は、文之進のほかに、林百非《はやしひやくひ》、山田宇右衛門《やまだうえもん》にも学んでいる。両人とも山鹿流軍学では藩中屈指の人である。とりわけ山田宇右衛門は後に藩政の中枢にも参与して、維新志士としても有名な人である。この人は後年——松陰の十六、七の頃、その頃出版された、「坤輿図識《こんよずしき》——箕作 省吾《みづくりしようご》著」という世界地理の書物を江戸から買って来て松陰にあたえ、

「これからの日本は世界の形勢に注意しなければならない。一派の兵学だけを後生大事に守っているべきではない」

と教えたこともある。松陰の目が世界に向けられるキッカケをあたえた人と言うことが出来よう。

九つの時から、家学教授見習として、藩黌明倫館《はんこうめいりんかん》に出勤することになった。現代人から見れば、九つの小童が裃《かみしも》を着て威儀を正して出仕するのは、可愛《かわい》らしいような、滑稽なような、いたましいような気がするが、何事も家柄でやることになっ

ている封建の時代では、さほど奇とすべきことではなかったであろう。彼がいかに天才でも、勉強家でも、独立では講義出来ないから、講義原案は後見人や家についている高弟らが協力して作成したという。それにしても、松陰には少年の時代はなかったといってよいであろう。

明倫館の兵学教授になった翌年、すなわち十一歳の時だ。毛利敬親《もうりたかちか》が藩主としてのはじめての国入りに際して、明倫館に臨んだ時、松陰は山鹿素行《そこう》の「武教全書《ぶきょうぜんしょ》」を講義した。

この御前講演は、藩主在国の時には例となって、毎年行なっているが、敬親は感嘆して、

「儒者の講義は平々凡々、古くさいことをくだくだしく言うて、睡気《ねむけ》が出てたまらんが、大次郎の兵書の講義は、おもしろうて、覚えずひざを乗り出して聞く。大次郎に講義させれば、兵書が経書よりもためになる」

といい、ついに松陰に弟子の礼をとって、山鹿流兵学を学びはじめた。

こんな風だったので、松陰の評判は藩中に鳴りひびいたが、松陰の日常は刻苦精励そのものであった。兵学では家学である山鹿流はもちろんのこと、藩士の山田亦《また》

介《すけ》について長沼《ながぬま》流を学んで免許を得ている。亦介は西洋流陣法にも通じ、後に長《ちょう》州《しゅう》藩の海軍創設に功労があり、これまた維新志士として有名な人である。

兵学ばかりでなく、儒学や史学も勉強している。

「兵は凶器である。道義をもって制しなければ、必ず凶逆に陥る。兵を学ぶ者は必ず経学を修めなければならない」

というのが、彼の考えであったのだ。

この頃、彼の読んだ書は、武教全書、鈐録《けんろく》（荻生徂徠《おぎゆうそらい》著の兵書）、信玄全集、韜《とう》略《りゃく》全書、本朝武林原始、和漢軍林、太平記、皇朝史略、逸史、国史纂論《さんろん》、左伝、戦国策、国語、通鑑綱目《つがんこうもく》、坤輿図識、輿地《よち》誌略、英吉利《イギリス》紀略、海外新話、阿芙《アヘン》容風説（アヘン戦争聞書《ききがき》）等であると、玖村《くむら》敏雄氏の「吉田松陰」にある。松陰は書物を読む場合には、重要と思われる部分、後の参考になると思われる部分、心にかなう部分等は、必ず抄書《ぬきが》きした。後に弟子達にも熱心にすすめているくらいである。玖村氏は現在のこっているその抄録等から以上の書目をひろい出したのだ。この書目には四書五経の名がぬけているが、これは幼年時代にすでに全部暗誦していて抄書きの必要がなかったのであろう。

明倫館での彼の兵学の門人で、後に有名になった人々は、益田《ますだ》右衛門介《えもんのすけ》（長州藩家老）、桂小五郎《かつらこごろう》、斎藤弥九郎《さいとうやくろう》、斎藤栄蔵《えいぞう》（この二人は父子、神道無念流《しんとうむねん》の大剣客）等である。

二

上にあげた書目を見てもわかるように、松陰は地理に特別に興味があったようである。当然、旅心が湧くはずである。嘉永《かえい》三年、二十一の時の八月二十五日、九州遊歴の旅に上った。

これを彼は西遊日記には「心に活動の刺戟《しげき》をあたえるためである」と書き、藩庁への願書には、

「平戸《ひらど》藩の葉山佐内《はやまさない》と申す人は、山鹿流軍学の鍛練者で、名声のある人であるから、稽古に行きたい」

と書いている。いずれもウソではないが、その大本は旅心しきりに湧いたのであろう。昔は旅が学問になるという考えがあり、中国の古人も、「万巻の書を読み、万里の道を行った人でなければ談ずるに足りない」と言っているくらいである。

ともあれ、松陰は十カ月の暇をもらって、萩《はぎ》を出発した。下関《しものせき》の知人の家に泊ったが、ここで病気になったところ、呼んだ医者が豊後日出《ぶんごひじ》藩の帆足万里《ほあしばんり》の門弟で

あると聞いて、半日談論し、万里の著書「東潜夫論《とうせんふろん》」「入学新編」を借りて、例によって抄書きしつつ読了した。

やがて九州に渡り、小倉《こくら》、佐賀を経て、長崎に行った。長崎では、高島秋帆《たかしましゅうはん》の長男で砲術家である浅五郎外《ほか》いろいろな人に会っているが、特筆すべきは、唐人屋敷、オランダ商館を見物し、オランダ汽船に乗せてもらっていることである。また、オランダ人からスープと洋酒をご馳走《ちそう》になっている。福田耕作という長崎人の家でパンもご馳走になっている。このいそがしい中で、誰からか三宅観瀾《みやけかんらん》の「中興鑑言《ちゅうこうかんげん》」と著者不明の「海防説階」を借りて、読みかつ抄書きしている。

長崎から平戸に行った。平戸の町で、一先《ひとま》ずはたごやに投宿しようとしたが、どこでもことわられたので、いたし方なく旅装のまま葉山佐内の宅に行った。

葉山は六十余の老人であった。おだやかで、練れた人がらで、きげんよく迎えた。松陰が、どこのはたごやも泊めてくれないので、見苦しい旅装のまま来なければならなかった無礼をわびると、

「それはそれは。宿は後で拙者が紹介しましょう。しかし、それならば、お食事もまだでござろう。麦入りの粗飯ながら差上げましょう」

といって、ありあわせの麦飯を供してくれた。

松陰はしばらくとどまって葉山と談論したが、辞去する時には、王陽明《おうようめい》の「伝習録《でんしゅうろく》」と葉山の自著「辺備摘案《へんびてきあん》」とを借りていた。泊ったはたごやは葉山の紹介してくれた紙屋という家であったが、その夜、もうそこで深更まで「辺備摘案」を写本したのである。

平戸には五十余日滞在したが、その間に山鹿万助高紹《たかつぐ》にも師事した。高紹は平戸藩の兵学師範である。平戸藩は講談の赤穂《あこう》義士伝で「松浦《まつうら》の太鼓」というくだりがあるくらい山鹿流信仰の家で、素行の子藤助高基《とうすけたかもと》が兵学師範として招聘《しょうへい》されて以来、その家が連綿としてつづいているのであった。当時江戸に山鹿素水《そすい》（八郎左衛門高補《たかすけ》）があって、また山鹿流軍学の師範家で、つまり東西の両宗家であった。

松陰は後にこの素水にも師事しているから、簡単に説明しておく。素水は素行の養子将監高恒《しょうげんたかつね》の後である。高恒以来弘前《ひろさき》の津軽《つがる》家に軍学師範としてつかえていたが、素水の時に浪人して江戸に出て、浪人軍学者として立っていたのである。

松陰は万助の講義を聞いて、「平戸人の武教全書の読み方は、さても精密なものだ」と感心はしているが、流儀の伝授ごと以外には啓発されるところはなく、むしろ葉山によって啓発されているところが多い。

葉山は佐藤一斎《いっさい》の弟子である。一斎は昌平黌《しょうへいこう》の儒官であった関係から、生涯朱《しゅ》子学《しがく》を標榜《ひょうぼう》していたが、内心は陽明学を信じて、陽朱陰王《ようしゅいんおう》といわれていた人だ。葉山は一斎のその陽明学の面を学んだ人であったので、松陰は、伝習録、年譜節略等の陽明の著書、一斎の愛日楼《あいじつろう》文集、大学古本旁釈《だいがくこほんぼうしゃく》などを借りて読み、疑問を葉山に質《ただ》した。

元来、長州明倫館の儒学は徂徠学であり、この二年前からやっと朱子学にかわったのだが、松陰にはじめ儒学を教えた父百合之助と叔父の玉木文之進とは、はじめから朱子学を信奉して、松陰にもこれをたたきこんだのだ。しかし、松陰にとって陽明学は強烈な感動をあたえたようだ。

人の知るごとく、朱子学では大義名分ということはやかましく言うが、学問の傾向が帰納的であるため、生々活発の気にとぼしい点がある。ところが、陽明学は演繹《えんえき》的で、行動の原理を工夫するに適したところがある。

この時代はまだそう切迫して、日本の危機の感ぜられる時代ではないが、中国にアヘン戦争のあったのは、松陰の十一から十三にかけてのことだ。ロシアの船はしばしば北境をおびやかした。その他日本の近海に欧米の船があらわれ、そのあるものは通商条約を結びたいと申しこんでいる。カンの鋭敏なものなら、欧米勢力の波頭が日本の浜べにおしよせて来つつあることを何となく感ずるはずである。この時点において、松陰が陽明学に強烈な魅力を覚えたのは、その鋭敏な感受性によるものであろう。

ずっと後のことであるが、彼は自分の弟子の入江杉蔵《いりえすぎぞう》に、

「自分は一筋に陽明学を信奉しているのではない。ただ陽明の説が往々にして自分の心に契合《けいごう》するところがあるので、そこを用いるのだ」

と言っている。松陰が陽明学に魅力を感じたわけがわかると思う。

葉山にはよほど感動した模様で、

「葉山先生は敦篤朴実《とんとくぼくじつ》で、誠実に人の世話をなさる。それは御自身の心からの親切で、体面のためではない。最初お訪ねした時、麦飯を出して下さったが、いかにも自然で、ことさらめかしたところがなかった。その後、お訪ねするたびに、くだものや餅などを出して下さったが、これも特別にお求めになったものではなく、ありあわせを出されたもののようである」

と、日記に書いている。この葉山の接客の態度は、後の松陰の接客の態度である。いかに感動したか、わかるのである。

ついでに書いておく、葉山佐内は名は高行《たかゆき》、鎧軒《がいけん》と号した。後には平戸藩の家老となったが、この当時は寺社奉行をつとめ、五百石の身代であった。平戸藩は六万

一千石の小藩だ。五百石取りなら大身中の大身である。

葉山から借りて読んだ書物はずいぶん多い。清《しん》の魏源《ぎげん》著聖武記の付録四冊、阿芙《アヘ》容彙聞《ンいぶん》、経世文編乙集、近時海国必読書、百幾撒私《ペキサンス》（西洋砲術書）、台場便覧、炮《ほう》台概言《だいがいげん》、新論、書経講義、貞観政要《じょうがん》、先哲叢談《せんてつそうだん》、同後篇等だ。最初に借りた書物を合すると総計八十冊になる。これを五十余日の平戸滞在の間に読み、また抄書きしたのだ。おどろくべき読書力であり、読書欲である。

平戸にいる間に、松陰は微恙《びよう》に冒されて臥床《がしょう》しているが、ある日こんな夢を見ている。

夜、父、兄、松陰三人で書物を共同研究したが、夜が更けたので、程明道《ていめいどう》・程伊《ていい》川《せん》の詩二首を読んで、兄とともに寝て、その詩を朗誦した。父もそれに和した。そのうち眠ってしまったが、間もなく妹の寿子と文子と、弟の敏三郎（これは啞《おし》である）とが、二枚の紙を持って来て、一枚は父に、一枚はわれら兄弟にわたした。父はその紙をひろげて、朗誦して、自分ら兄弟を呼びおこし、吟誦して見よと言った。われらは起き上って、紙をひろげて見ると、父の誦したと同じ詩が書いてある。われわれは声を合わせて吟誦した。その時、夕陽《ゆうひ》が窓を照らし、静寂にして紅《あか》かったという夢だ。

好学の気風に満たされた、藹々たる家風がしのばれ、また松陰の望郷の情も偲《しの》ばれるのである。

五十余日の平戸遊学をおわって、十一月六日、松陰は平戸を去って、長崎に出た。長崎には二十余日滞在したが、その間に中国語の訳官鄭勘輔《ていかんすけ》を八回訪問して中国語の勉強をしており、高島浅五郎を六回訪問して砲術のことを質問しているばかりでなく、人から、服部南郭《はっとりなんかく》文集、古賀穀堂《こがこくどう》遺稿抄、頼山陽の新策、大塩中斎《おおしおちゅうさい》の洗《せん》心洞箚記《しんどうさつき》、僧横川《おうせん》の日本考略、高野長英《たかのちょうえい》の夢物語、清人著の海国聞見録、阿片隠《アヘンいん》憂録《ゆうろく》、漂流人申口《もうしぐち》、国姓爺《こくせんや》忠義伝等を借りて、読みかつ抄録している。一日として、無駄には過さないのである。

十二月一日に長崎を出、島原・温泉《うんぜん》を経て、九日に熊本についた。熊本には高島秋帆の砲術の高弟である池部啓太《いけべけいた》がいる。浅五郎の紹介状をもらっていたので、これを訪問し、池部の紹介で、生涯の親友となった宮部鼎蔵と知ることになった。宮部は山鹿流の兵学と国学とを究めて、尊王の志の厚い人物である。後に池田屋事変で死んだ。松陰より十の年長である。池部がこれを紹介したのは、山鹿流同学の人であるというところからであったが、二人とも純粋すぎるくらい純粋な人であったので、忽《たちま》ち意気投合した。

熊本では池部弥一郎、荘村某などという人々とも知合いになった。宮部の紹介であろう。

熊本には四日滞在したが、その一日、松陰は池部らと深夜まで談話した後、月色清朗の中をひとり本妙寺《ほんみようじ》の清正公《せいしよう》廟所《びようしよ》に詣でて、弟の敏三郎の唖を癒《なお》させ給《たま》えと祈願した。

「人事すでに竭《つ》く。将《は》たまた如何《いかん》せん。情の迫るところ、独《ただ》神明に倚《よ》らんのみ」

と、この時の心事を書いている。貧しくはあっても、至福にみちた平和な家で、この弟の不具だけが災厄であったのである。

熊本を出て柳川《やながわ》に行き、佐賀に行って草場《くさば》佩川《はいせん》を訪問し、柳川に引きかえし、下関を経て、萩にかえりついたのは、十二月末日であった。十カ月の予定で出たのだが、百二十余日の九州遊歴であった。

三

明くれば嘉永四年、松陰は二十二になった。

その二月、松陰は藩黌《はんこう》の教育方針の改革意見書を提出している。

要領は、藩中質実な風俗を立てることが根本で、風俗が質実・剛毅《ごうき》でなければ、役に立つ教育の実は上らないとして、学生が師家へ礼物を贈る習慣はやめよ、役向きへの任用も、家柄によらず文武の才をもってせよ、しかも、上級武士も三十歳以後に任用せよ、若年では修行不足である、兵学・砲術なども一流一派に拘泥《こうでい》するのはよくない、集大成せよ、というのであった。

三月、藩の命令で、学問修行のために江戸に上ることになった。途中湊川《みなとがわ》で楠《なん》公《こう》の墓に詣でて、長詩一篇を作っている。詩中、

「道の為《ため》にし、義の為にす、豈《あに》名を計らんや、誓ってこの賊と生を共にせず」

という句があり、

「人間の生死、何ぞ言ふに足らんや。頑《がん》を廉《れん》にし、懦《だ》を立たしめ、公死せず」

という句がある。いずれも、松陰の生き方をそのまま語っている。松陰は松陰の心をもって正成《まさしげ》を見るのである。英雄を知るものは英雄、忠臣を知る者は忠臣、義人を知る者は義人である。

四月九日に江戸の桜田《さくらだ》の藩邸についた。

江戸は当時の学問の淵叢《えんそう》だ。いつも追い立てられるように勉強せずにはいられない松陰だ。猛勉強がはじまった。

彼は昌平黌儒官の安積艮斎《あさかごんさい》に入門したが、藩邸内で中庸《ちゆうよう》研究会、大学研究会、

呉子《ごし》研究会をおこしているかと思うと、古賀謹一郎《こがきんいちろう》のところへ、質問に通いはじめた。謹一郎は昌平黌の儒官侗庵《とうあん》の子で、漢学・洋学ともに出来る人で、この頃は蕃《ばん》書取調所《しょとりしらべしょ》に出仕していた。欧米の事情についての質問であったろう。そうかと思うと、山鹿素水にも入門している。これらの学者の講義は月何回ときまっているし、研究会も日がきまっている。それればかりか、馬術や剣術の稽古もはじめている。

「会事の多きに当惑仕《つかまつ》り候《そうろう》」

と、故郷の兄に書きおくるほどであった。

こうして貪《むさぼ》るように勉強しながらも、時々は藩主の前で講義したり、藩邸内の有《ゆう》備館《びかん》で藩士らに兵学の講義をしたりもするのである。

それでは、食べものなどはどんなであったかといえば、これが倹素をきわめている。この頃実家に出した手紙に、

「飯だけ隣長屋に頼んで炊かせている。副食物は金山寺味噌《きんざんじみそ》、梅干等にかぎり、祝日だけ鰹節《かつおぶし》を食べることにしている。外出して食事時刻におくれても、決して外では食べず、必ず帰ってから食べる。旅に出ていると、倹約の気分はいつかなくなるもののようだが、お国の金銭を他国で浪費しては申訳ないと思って、大いにつつしんでいる」

とある。この勉強と、この粗食で、よく栄養失調にならなかったものと感心させられるが、一つには精神力であろうし、一つには昔の人は粗食が常だから、自然吸収機能が発達していたのであろう。

間もなく、佐久間象山《さくましょうざん》に入門した。象山は儒学も洋学も出来る人で、西洋流の兵学者としては、第一人者をもって称せられていた人である。

この入門の時のこととして、おもしろい伝説がある。象山はからだも大きく、容貌も立派で、眼光けいけいとして、見るからに威容のあった人だが、大へん風采に気をつける人であった。「平生どんすの羽織に古代模様のはかまをはいて、いかにもおれは天下の師だというように儼然《げんぜん》とかまえこんでいた――勝海舟《かつかいしゅう》談」というのである。松陰が来た時、象山のへやには虎の皮がしいてあった。

「さあ、お通り。こちらにすわりなさい」

と、象山が言ったが、松陰は遠慮して座敷の端に近いところにいた。すると、象山は、

「それは皮でござる。食いつきはいたさん」

と言ったというのである。

こういう覇気にあふれたところが、真摯質実を愛する田舎青年の松陰の心に反発

するものがあったのか、あまり熱心には行っていない。

その後、肥後で知合いになった宮部鼎蔵が江戸に出て来て山鹿素水に入門したので、これとの往来がひんぱんになっている。素水の門には美濃大垣《みのおおがき》の長原武もいたので、これも引入れて、月に三回集まって、三人で兵学の研究をしている。彼らの師である山鹿素水は、素行以来のテキストである武教全書にはくわしいが、実力はそうない人で、かえって三人にリードされるところが多かったという。飢えている形でまだある。この頃、松陰はオランダ語の勉強もはじめている。飢えている形であり、追い立てられている形である。

さすがに、多岐亡羊の感にたえなかったようで、兄にあてた手紙に、

「何一つ手についていることはありません。兵学を大抵でおいて、全力を経学に注いだなら、何とかなるかとも思いますが、兵学は大抵にしておける学問ではなく、むずかしいこと経学以上です。その上家学でありますから、これを修めるのをやめるのは、残念しごくなことです。方寸錯乱の気持です。人間のからだには骨がいく本あるものか知りませんが、十本ほども折ったら、あとは烏賊《いか》を食った猫のようにぐにゃぐにゃにつぶれるかも知れませんね。これも心配です」

と書いている。生身《なまみ》のことだ、疲れも出て来たのだろう。

こういう心理が、旅行を思い立たした。宮部鼎蔵と相談して、三浦半島から房総《ぼうそう》地方、つまり江戸湾の入口を踏査しようというのである。もちろん、兵学者らしく、江戸湾口防備の状態を見ようというのだ。

六月十三日に江戸を出て、翌日鎌倉《かまくら》につく。鎌倉の瑞泉寺《ずいせんじ》には母方の伯父《おじ》（母滝の兄）で竹院和尚《ちくいんおしょう》というのが住職でいるので、ここに泊って、横須賀、久里浜《くりはま》、観音崎《かんのんざき》、浦賀《うらが》、剱崎《つるぎざき》、城ケ島《じょうがしま》等を見て、海路房総に渡って、付近一帯を見て、浦賀にかえった。江戸にかえりついたのは二十二日であった。

この小旅行は大いに松陰の旅心を刺戟した。兵学者の修行としては、旅行は読書とはまた別の利益があるとも思った。そこで、宮部と東北地方の旅行を計画する。彼の「東北遊日記」序によると、ロシアの領土に接近しているから、ここを知ることは最も重要だと考えたともある。

七月十六日、藩庁に願書を出す。

「今年の秋から来春までの間に出発、十カ月の暇をいただきたい」

という意味の願書《ねがいがき》である。藩庁では七月二十三日、聴許の書類をあたえた。

松陰と宮部とは学問に精出しながらも、ぼつぼつと準備をととのえていると、江幡五郎という共通の友人が出来た。江幡は学力も相当あって、先ず学者として通用するほどの人物であった。南部藩士として、藩主の近習《きんじゅう》をつとめていたが、学問に志を立てて逃亡して江戸に出て来てしばらく修行した後、諸国を巡遊しているうちに、南部にお家騒動がおこり、兄が姦臣《かんしん》派のために投獄されて獄中に死んだとの知らせを聞いて、復讐《ふくしゅう》を計画して、江戸までかえって来て、時機をうかがっているという人物である。

一体、この江幡五郎は後に那珂通高《なかみちたか》と改名して、明治の中頃まで生き、有名な那珂通世《みちよ》博士の養父になった人であるが、この人の若い頃の履歴を見ると、どこの師についても、長くつづかない。安積艮斎、東条一堂《とうじょういちどう》、大和五条の森田節斎《もりたせっさい》、広島の坂井虎山《さかいこざん》、転々としてかわっている。学才は十分にあるので、どこへ行っても歓迎されて塾頭など頼まれるのであるが、すぐ飛び出してしまう。尻のすわらない性格なのである。酒好き、女好きの道楽ものでもあった。

兄が讒陥《ざんかん》にあって獄死したことを聞いたのは広島の坂井虎山の塾にいる時だったが、真直《まっす》ぐに盛岡に飛んで行くどころか、大和の森田節斎を訪ねて復讐することを言い、江戸に来てまた知る人々に言い散らしているのだ。ほんとに敵《かたき》を討つ気があるのか、よく観察すれば大体わかるはずなのであるが（ついに敵は討たなかったのである）、当時の人は人がよい。とりわけ、武士はこういうことには参りやすい。

江戸の知人らは皆感激して、好意を寄せた。宮部鼎蔵も、松陰もだ。

　この江幡が、二人が東北旅行に出ると聞くと、自分もいよいよ本懐を遂ぐべき途に上るから、途中まで同行したいと言い出した。よかろうと、二人は応諾した。感激性の強い松陰は、途中までの同行どころか、助太刀《すけだち》をしたいとまで思いこんだようである。

　江幡は、

「江戸出発は極月《ごくげつ》十五日にしたい」

と所望した。赤穂浪士が本懐を遂げたのはこの日の早朝だからだ。こんなところも芝居気が強いようで、ぼくはいやだが、これは現代人の感情で、この時代の武士は違う。松陰も宮部も、絶好の首途《かどで》の日であると考え、快諾した。

　十二月になり、しだいに出発の日が近づいて来たので、留守居に過所《かしょ》（身分証明書。関所等で要求されれば出して示すべきもの）を請求すると、留守居は出せないという。なぜ出せないのです、すぐもらいたいと言うと、殿様御在国中であるから、国許《くにもと》に伺った上でなければ出すわけに行かんという。敬親はこの九月帰国したのである。

「すでに旅行のお許しはいただいています。出せないという理屈はありますまい。

ぜひ、お出しいただきたい」

「お伺いなしには出せぬ。発足を延ばして待つがよい」

と、強硬だ。

松陰の友人の来原良蔵《くるはらりようぞう》らも運動してくれたが、留守居はどうしても言うことを聞かない。松陰全集の編纂者である玖村敏雄氏は、留守居が松陰のこの旅行は江帾五郎の復讐計画に関係がありそうだと聞きこんだからではないかと推察しているが、あたっていよう。江帾は相当方々で吹聴《ふいちよう》しているのだ。

松陰はこまった。男が約束したこと、しかも復讐の義挙だというのに、これにそむいては、武士が立たない、これまで刻苦して学んで来た学問の道にもそむくと、もだえた。余人であったら思案も違ったかも知れないが、松陰は義のためには一寸も退《ひ》かない人間になること、それが真の学問であると考えて、一途《いちず》に修行して来た人である。またその天授の性格は最も純粋で、功利に堕することを蛇蝎《だかつ》のようにきらった。苦悩は大へんなものであった。

見るに見かねて、来原良蔵が、

「ともかくも出発せい。あとはおら共が何とかつくろうから」

と言ってくれたので、十二月十四日の午前中に藩邸を出奔した。

四

松陰は、出発予定より一日前に藩邸を出ているので、二人とは水戸《みと》で落合うことにして、先発し、筑波《つくば》に上り、笠間《かさま》に出て藩学森田哲之進を訪問し、藩校時習館《じしゅうかん》で学生ら二十五人の前で孟子《もうし》の首章「梁恵王章《りょうけいおう》」を講義し、十九日に水戸に入った。

この水戸から、兄の梅太郎に手紙を出している。

「少弟はたとえ路上でのたれ死にするような目にあっても、藩中の人々に恥じません。元来、この度のことは、年少客気の書生の空論からはじまったことではありますが、太平久しくつづいて、義気まさに地に墜ちんとするの時に際して、江幡《えばた》君の義挙は大いに意義のあることであります。この間の消息は、われら読書人でなければわからないことであります。義気のことは広く天下に、長く万世に関係し、至大至重のもの、これにくらべれば立身出世、禍福、栄辱、成功失敗等は一身一家の至小至軽のことです。兄上よ、どうぞ理解して下さい」

という意味の文面である。松陰は江幡の義挙に殉ずることに大きな意義と誇りを持っていたのである。

宮部と江幡は二十四日に水戸についた。江幡は敵の田鎖左膳《たぐさりさぜん》が来春四月頃、藩主の供をして帰国するので、その途中を要する計画を立て、それまでは間があるといって、悠々としているのであった。

水戸に来たことは、松陰の生長の上に最も重大な意義がある。

周知の通り、水戸藩は江戸時代における尊王思想の淵叢だ。尊王思想は、江戸時代二百数十年の太平と学問隆盛の所産で、水戸だけのものではなく、日本人の各階層を通じて、知識人は皆持っていた思想である。武士、神主、僧侶、医者、庄屋クラスの大百姓、大町人等には当時のインテリが多かったわけであるが、この人々は皆皇室が日本の精神的中心で、最も尊ぶべきところであるとの観念を持つようになっていた。だから、尊王思想そのものだけなら、別段めずらしいことではない。しかし、水戸は光圀《みつくに》以来それを藩の教学の中心にして、きびしく藩士らを錬成したため、目立つものとなり、尊王思想の淵叢と思われるようになった。

目立つと言っても、日本が平和な間は何ということもなかったが、欧米列強の足音が国の周囲に聞えはじめ、海防のことが叫ばれ、その必要を証明するかのようにイギリスの印度《インド》征服があり、アヘン戦争があってみると、日本人は危険感にとらえられないわけには行かなかった。

集団で生活しているものは、外からの危険を生ずる場合には、必ず身を寄せ合ってかたまろうとする。本能である。この時代の日本人の心理がそうであった。団結しようとする場合、中心をもとめるのも本能である。この時代の日本人が団結の精神的中心として皇室を考えたのは最も自然な心理であった。こうなると、水戸がクローズアップされる道理である。

もう一つ。水戸藩主の徳川斉昭《なりあき》は大名の中では最も早くから欧米列強の脅威を感じて、軍備の強化と海防の急務をしばしば幕府に進言し、自領内では実行にもかかった。つまり先覚者であり、水戸藩は先覚の藩であった。

水戸藩は歴代学問の盛んなところだから、学者が多い。この学者らは、藩の伝統とする尊王思想と国粋思想とを、現前の急務である国防に結びつけて、理論を構成した。

これが全国のインテリ青年を引きつけた。彼らはそれぞれに一応の学問をしており、尊王精神を持ってはいたのだが、これを現前の日本の危機にどう適用するか、わからないでもだえていたのだ。心ある青年らは水戸を慕って、水戸に遊び、水戸の学者らに接触し、その機会を得ないものは、水戸の学者の著書を読んだ。松陰が平戸遊学中に葉山佐内から借りて読んだ書物の中に、水戸学者会沢正志斎《あいざわせいしさい》の「新論」がある。これは当時の青年らに最も愛読された書物である。救国の聖典のごとく読まれたといってよいであろう。これは当時の水戸学（水戸の学問は時代によって多少の変化がある）の精髄的内容に満たされている。皇室を中心として発展して来た日本の国がらを万邦無比のものとして、大いに日本人に自負心を持たせた上で、国防上のことについて説いているのである。

水戸は青年らの聖地となり、西郷隆盛《さいごうたかもり》も、橋本左内も、桂小五郎も、皆水戸学者に教えを受けた時期があるのである。

この水戸に来たのだから、松陰の感激は一通りのものではなかったろう。去年「新論」を読んで以来仰慕していた会沢正志斎にも会った。豊田天民にも会った。その他の人々にも会った。ただ、藤田東湖《ふじたとうこ》と戸田蓬軒《とだほうけん》には、会うことが出来なかった。両人は先年斉昭が幕府に罪を得て隠居謹慎を命ぜられた時、一緒に禁錮《きんこ》に処せられたのだ。斉昭の方は二、三年前に謹慎を解かれたが、二人はまだ解除されていなかったのである。

松陰は会沢と豊田とを五、六回も訪問した。両人ともいつも鄭重《ていちょう》に迎え、酒を出して、縦横に談論してくれた。「水府の風、他邦人に接するや款待甚《かんたいはなは》だ渥《あつ》く、歓然として交欣《こうきん》し、心胸を吐露して隠匿《いんとく》するところなし」と、松陰は日記に書いている。

松陰はいずれからも、多大な感動を受けたが、とりわけ豊田天民からこう言われたのが、最も痛切であった。

「君は『六国史《りっこくし》』を読んだことがあるか」

松陰には書名を聞くのもはじめてであった。しかし、正直に答える。

「ありません」

「『日本書紀』から『三代実録』に至るまでの、日本上古の官撰《かんせん》の史書だ。平安朝前期以前の日本の歴史を知るためには、必ず読まなければならない書だ。上古史を知らなければ、日本の国がらの万邦に冠絶している所以《ゆえん》を知ることは出来んぞ」

まことにそうだと、松陰は深く感銘して、来原良蔵に出した手紙にこう書いている。

「はじめて会沢、豊田の両先生に会って、その説を聞いて、自分は深く感銘した。まことに、身皇国に生れながら皇国の皇国たる所以を知らなければ、人として天地の間に立つことは出来ないと」

水戸から西山、鹿島《かしま》、潮来《いたこ》、銚子《ちょうし》に遊んで、また水戸にかえった。

江幡がはたごの飯盛《めしもり》をそそのかして松陰を誘惑させようとしたのは、多分この間のことで、潮来あたりにおいてではなかったろうか。この頃の潮来は一大歓楽境だったのであるから。

　正月二十日に水戸を出、浜街道を取って、二十三日に勿来《なこそ》ノ関のあとを越えたが、間もなく海をはなれて左方の山路にふみこみ、おりからの雪をおかして、二十五日に白河《しらかわ》に出た。

　ここで江幡と別れる。江幡はここから仙台のへんまで行って、敵《かたき》の帰国して来る四月まで待つというのである。松陰ははじめから江幡の挙を助ける決心でいるから、「生死共に従わん」と言ったが、江幡は強く辞退する。相当もめた。そのために、二十八日まで滞在することになった。

　二十八日、ついに別れることになる。二人は会津《あいづ》に向うのであるが、宿場を出てしばらくは同じ道を行く。やがて、岐《わか》れ道に来た。ここで別れた。「宮部痛哭《つうこく》して五蔵（江幡の変名）五蔵と呼ぶこと数声なり。余もまた嗚咽《おえつ》して言ふこと能《あた》はず。五蔵顧みずして去る。注視すること久しく、見るを得ざるに及んで去る」と、松陰は記している。江幡がついに敵を討たなかったことを知っているわれわれには、この悲痛な訣別《けつべつ》ぶりが何やら滑稽に感ぜられるが、当時の松陰と宮部にしてみれば、生別死別を兼ねる悲壮な感慨があったことは当然である。

　二人は会津から阿賀川《あがかわ》に沿った渓谷を下り、途中から山をこえて加治川《かじかわ》沿いの渓谷に出て新発田《しばた》に出た。深い雪である。長詩を作っている。中にこうある。

奥野越山、天に連つて白し
平川《へいせん》一条、青螭《せいち》を走らす
雪深きこと幾丈、測るべからず
老樹埋没して枝無からんとす

新発田から新潟に出た。二人の予定では、ここから便船をもとめて北海道の松前《まつまえ》に行くつもりであったが、松前に行く船は彼岸すぎにならなければないと聞いて、それまで待つことにして、その間に出雲崎《いずもざき》から佐渡《さど》にわたった。順徳《じゅんとく》天皇の遺蹟《いせき》を弔って悲憤の涙したことは言うまでもない。相川《あいかわ》で金山などを見物して、出雲崎にかえり、新潟にとどまった。

佐渡行きの船待ちやなんぞでかれこれ一月も経《た》っているので、とうに彼岸になっていて、北前船《きたまえぶね》はよく来るのだが、なかなか便船をゆるしてくれない。一週間もやきもきした後、わかったのは、船頭らが武士を便乗させるのをいやがって、ことばたくみにことわるのだということであった。

いたし方なく、北海道行きはあきらめ、せめては本州の北端をきわめようと、陸路をとって北行し、久保田（秋田）、大館《おおだて》を経て、矢立《やたて》峠をこえた。ここはこの時から三十年前の文政四年に、相馬《そうま》大作《だいさく》が津軽侯を討ちとろうとした所だ。大作もまた平山行蔵《ひらやまこうぞう》の高弟で実用流の兵学者だ。感慨にたえず、この挙を批判した詩を作っている。

ここから弘前に出、津軽半島の突端近くにある小泊《ことまり》と三厩《みんまや》に行った。ここから松前までは海上三十キロ足らずである。

帰りは青森、小湊《こみなと》を経て南部領に入り、八戸《はちのへ》、一戸《いちのへ》、福岡と通って盛岡に来た。ここは江幡五郎の本藩である。江幡の亡兄の門人や、江幡の母や、兄の未亡人やその子に会って、江幡のことをいろいろと話してやった。

盛岡には中一日いて、また南行し、平泉《ひらいずみ》の中尊寺《ちゅうそんじ》、石巻《いしのまき》、松島、塩竈《しおがま》を経て、仙台に入ったのが、三月十八日だ。

四月も目前に迫ったので、このへんにいるはずの江幡はさぞ緊張の日を送っているであろうと、心あたりに江幡のことを聞いてまわったが、全然わからない。仙台藩の学校養賢堂《ようけんどう》を訪ね、学頭の大槻磐渓《おおつきばんけい》に会った。磐渓は儒者でもあるが、蘭学者でもある。質疑したことが多く、得るところが多かったはずである。

江幡の消息がわからないので、二十一日に仙台を立って白石《しろいし》方面に向うと、その翌日、途上でばったりと江幡に逢《あ》った。

江帼は石巻の知人の家にいて、希望の者に兵書を講じながら、大事決行の日を待っているのだが、そろそろ本懐の日も近づいたし、二人が江戸に帰る頃でもあると思ったので、せめてもう一度会いたいと思って、石巻と福島の間を往来して待っていたのだという。

松陰と宮部は狂せんばかりによろこんで、同行して白石に行って泊り、さらに戸沢まで同行して同宿し、翌日午後二時に別れた。この間に、江帼は友人らに手紙を書いて託した。また浄瑠璃《じょうるり》語りを呼んで、忠臣蔵を語らせた。

松陰らはここから米沢《よねざわ》に行き、また会津に出、大川をさかのぼる会津西街道をとって下野《しもつけ》の今市《いまいち》に出、日光に行って東照宮《とうしょうぐう》を見、足利《あしかが》で足利学校を見て、舟で利根川《とねがわ》を下り、江戸川を下った。この舟中で、松陰はこんな詩をつくっている。

積雪、また残花。

君と徒然《とぜん》にして還る。

独り羨む吾廬子（五郎子。江帼の事）

すでに英雄の間に在らん。

旅中われわれは深い雪の中を踏破したが、今や春すぎて残花の候である、君とわれとは何のなすこともなくして江戸にかえるわけだが、江帼五郎君はもはや本懐をとげて、すでに英雄と言われる身となっているであろう、羨ましや、と解釈すべきであろう。

松陰が、江帾の挙を天下の義気を振起して、太平の惰気を覚醒せしむべき義挙と、衷心から信じ、一身も身分もなげうって援助する決心であったことがわかるのである。彼は自ら正しいと信ずることには全身全霊をもってあたって行く人であったのだ。

江帾はこの時は討たず、また江戸に出て来たりしているうちに、敵が病死したので、友人間の評判がガタ落ちとなった。その後、南部藩に帰参し、明治以後は那珂通高と改名して学者として相当名をなし、養子に通世という大学者を持ったために、一層高名となった（日本紀元に六百年ほどののびのあることを詳密に論証したのは通世博士である）。

江帾が高名な学者となったならんは、その人格には関係はない。せんずるところ、軽薄なる才子にすぎなかったのだ。こんな人間に欺かれて、こんなにまっしぐらに協力しようとした松陰はどうかしていると批評することも出来よう。しかし、ここが松陰なのだ。「過《あやま》ちを見てここに仁を知る」という孔子《こうし》のことばがある。松陰が正義にたいしてはまっしぐらな勇者であったことは疑いないのである。

五

江戸に帰っても、松陰は藩邸に帰るわけにいかない。江戸で知合った知人の学者の家に寄食の身となった。十年熱心に勉学して、自分を鍛えてから、帰参の途を講じようと決心していたのだが、藩の友人の山県半蔵《やまがたはんぞう》（後の子爵宍戸璣《ししどたまき》）が藩に運動した上で、熱心に帰藩をすすめたので、四月十日藩邸に入って待罪した。

間もなく、帰国命令が出て帰国した。帰国しても、もちろん屛居《へいきょ》待罪の日がつづいたが、少しも屈せず、読書にかかる。水戸で言われて来たので、六国史の征服にかかる。日本書紀を読み、続日本紀《しょくにほんぎ》を読み、日本逸史《にほんいっし》を読み、続日本後紀を読み、職官志《しょっかんし》、令義解《りょうのぎげ》、三代実録等を、五月半ばから八月三日までの間に読破し、要点は抄録した。

また、日本外史を読み、吉田物語、温故私記等の毛利氏関係の史書も読んでいる。松陰はこれまで中国の史書は相当読んでいるが、日本史の書物はほとんど読んでいなかったのである。しかし、この時は中国の史書もまた読んでいる。史記を読み、漢書《かんじょ》を読み、十八史略を読んでいる。

海島逸誌、八紘通誌《はっこうつうし》、海防彙議《かいぼういぎ》、魯西亜本紀《ロシアほんぎ》、海外新話等の西洋諸国のことを記した書物も読んでいる。

目をひくのは、このすさまじい読書の間に、親戚の子弟や明倫館時代の弟子らのために色々な書物の講義をはじめたことだ。ある者には詩経を、ある者には小学を、ある者には蘇東坡《そとうば》文集を、ある者には孟子をといった工合だ。松陰が天性の教育家であり、またその面においては天才であったことは、誰も異論のないところであろうが、それはもうここにあらわれているのである。

十月九日に、罪が決定した。藩主の敬親は以前から松陰の才能を愛していたので、藩法を犯して脱走したと聞いて、「国の宝を失った」と惜しんだほどであるが、法を犯した罪は重い、藩主でもどうにも出来ない。

「家禄取上げ、藩士の身分剝奪」

と決定した。

つまり、毛利家中では吉田家は亡《ほろ》び、松陰自身は浪人となったのである。しかし、願いの旨が聞きとどけられて、実父杉百合之助の「育《はぐくみ》」となった。「養われ人」である。

敬親は松陰に深い愛情を持っている。いずれはおりを見て帰参させたいと思っているので、百合之助に、十年間の諸国遊学を願い出るように内諭した。

手続きは順調に進んで、年が明けて嘉永六年の正月十六日、藩庁の許可が下った。松陰はこの時まで松次郎と名のっていたが、寅次郎と改めた。一切合切出直しの気持であったろう。松陰の号もこの時つけたのである。村の名松本に取ったのだろう。

正月二十六日に萩を出発、二月一日に富海《とのみ》から乗船して東に進む。この航海中に櫓《ろ》の漕《こ》ぎ方を少し習ったと日記に記しているが、これが後に密航のために米艦に漕ぎつけた時、役に立つのである。

大坂につき、大和五条に行って森田節斎をたずねた。節斎は江幡五郎の旧師の一人である。去年奥州《おうしゅう》戸沢で江幡と別れた時、江幡は節斎への手紙もことづけた。それを届けることが一つ、江幡の復讐の苦心を語ることが一つ、江幡の遺文集を出版するについて節斎の添削を頼むことが一つ、この三つの用件があったのである。

節斎はなかなかの学者であったばかりでなく、文章は当代一という評判の人であった。大酒家で、豪放で、磊落《らいらく》で、四十三という年でありながら独身である。大いに歓待して、用事がすんでも引きとめて帰さない。松陰の方も、節斎の精微明晰《せいびめいせき》な文章論など聞いていると、まことにためになる。節斎の供をして付近の学者を訪問したりして、二月半も逗留《とうりゅう》した。

松陰は文人流の修飾の多い文章はきらって書かないが、簡勁《かんけい》、明快、達意の文章はなかなか巧みだ。節斎は松陰の文才を見こんだのだろう、しきりに文章家になれとすすめたので、松陰も一時は迷ったが、やがて初一念をつらぬいて兵学を修めることにして、五月一日、辞去して五条を出た。

奈良、伊賀、伊勢の津を経て外宮《げくう》・内宮《ないくう》に参拝し、帰路、津で斎藤拙堂《せつどう》に会い、一身田《いしんでん》、桑名《くわな》、美濃大垣、中山道《なかせんどう》を取って、江戸についたのは五月二十四日であった。

江戸の宿はこの前に江戸にいた頃からの友人鳥山新三郎《とりやましんざぶろう》の京橋桶町《おけちょう》の家である。鳥山はここに私塾を営んでいる儒者で、江幡とも親しい友であった。松陰が東北旅行から帰って来て先ずわらじを脱いだのはこの家だったのである。

松陰はここについた翌日、鎌倉に行って伯父竹院和尚を訪ねて、六月一日まで瑞泉寺に逗留して、読書した。

滞在中、和尚はこの甥《おい》を慰めるために、江の島に連れて行って、近江屋《おうみ》という茶店で休息した時、松陰のために魚の料理をあつらえて出させたが、松陰はそれに箸をつけない。

「どうしたのじゃ。わしは禅坊主じゃから食うわけに行かんが、そなたは俗家じゃ。

わしに遠慮することはない。むしゃむしゃ食いなされ」

と和尚が言うと、松陰は、

「今日は先殿様（毛利斉広《なりひろ》）のお忌日《きにち》でございますから」

と答えた。

和尚は感心して、寺にかえると、その頃瑞泉寺にいた長州出身の恵純という僧に、

「今日はこうこうじゃった。あいつ、浪人させられても、これほどの誠実さがある。必ずお召返しがあるぞい」

といったという。恵純が後に萩の徳隣寺《とくりんじ》の住職となってから話したことであるという。

江戸に帰って鳥山家に落ちついて三日目、六月三日だ、佐久間象山のところに挨拶に行った。また出て来たから、よろしく御指導を仰ぐというあいさつして、士籍をうばわれて浪人になったことをかくさず語った。

象山はうなずきながら聞いて、

「過失のない人間はない。もしあるなら、それは沈香《じんこう》も焚《た》かず屁《へ》もひらぬというような、平々凡々の者にきまっている。一節《ひとふし》ある人間は必ず過失のあるものだ。だから、過失のない人間は珍重するに足りない。過失を改める人間が貴いのだ。なお貴

いのは、改めた上に償って更に向上する人間だ。今日は国家多事である。向上の機会は山とある。勉励せよ」

と教えた。松陰の感激したことは言うまでもない。

その翌日、桜田の藩邸に行くと、浦賀にメリケンの軍艦が来たという。ペリーの初度の来航である。彼が軍艦四隻をひきいて浦賀に来、日本の開国を要求し、その解決のためには武力行使も辞せないとの態度を示し、これが維新史の開幕とされていることは皆様ごぞんじだ。

この日の松陰には、もちろんくわしいことはわからない。メリケンの軍艦が四隻来て、威嚇的な態度に出ているとしかわからない。おどろいて、佐久間象山の宅に行ってみた。象山は民間学者ながら、政府上層部の人とも交りがあって、くわしい情報を持っているはずと思ったのである。

しかし、象山は不在であった。その日の朝うわさを聞いて、門人らを連れて浦賀に急行したという。

松陰は鳥山家にかえって読書していたが、虚実とりまぜのうわさが市中にひろがって、夕方になると市中の不安と混乱とは一通りでない。今にも戦争がはじまるかと、避難する者まである。「太平の夢をば破る蒸気船（上喜撰、上等の茶の名）、たった四はいで夜も眠れず」とこの頃の江戸人が狂歌したというが、これはあとになって冷静になってから、自分らの狼狽《ろうばい》を自嘲したので、この時はそんな余裕はない。ひたすらにおそれ、あわて、ふためいたのである。

松陰はじっとしておられない。書をなげうって立ち、浦賀に向った。

浦賀には翌日の夜の十時頃ついた。象山らと落合った。翌朝、小高いところに登って、米艦の様子を見る。

「二隻は汽船で長さ四十間ばかり、砲は二十余門、二隻は帆船で長さ二十四、五間ばかり、砲は二十六門。皆陸から十町以内に碇泊《ていはく》し、それぞれの間隔は五町ほどである。こちらの台場は砲数も少なく、まことに心細い有様で、切歯にたえない。彼は明後日（八日）正午までに要求が入れられないにおいては砲撃を開始すると申している由《よし》。佐久間先生及び門下生、その他の人々が多く来ていて、いろいろと話し合ったことである。いずれ戦争になるであろうが、当方の勝算はほとんどない。佐久間先生は慷慨《こうがい》して、

『こうなることは前からわかっていたのだ。だから、わしは船と砲を備えなければいけないと、先年からやかましく申したのに、幕府は一向聞き入れなかった。今は陸戦に持ちこんで手詰めの勝負するよりほかに方法はない』

といわれる。太平に狎《な》れて何の用意もなく、ここに至ってこの狼狽のざまを見せること、外夷《がいい》に対しても面目ないことではあるが、反面から考えると、日本武士の緊褌一番《きんこんいちばん》の機会が来たともいえるから、大いに賀すべきことでもある」と、知人に書きおくっている。最後のくだりは特に気をつけて読んでいただきたい。いかなる時にも必ず光明面を見て、決して絶望しないところ、これも松陰の一特質である。

松陰は九日夜浦賀を立って、翌日江戸に帰りついた。

ペリーが間もなく、来春来て回答を聞くであろうと言いのこして立去ったことは、周知のことである。

六

一昨年はじめて象山に入門した時は、松陰は象山にそれほどの魅力を感じなかった。むしろ覇気横溢《はきおういつ》の態度に反発する気持さえあった。入門の礼をとっただけで近づかなかったから、うわさに聞いている学問・識見も感ずる機会もなかったのだが、こんどは違う。象山は松陰の境遇に同情して大いに激励してくれた。日本の危機は切迫し、来年はきっとアメリカと戦わなければならないと思われる時だ（こんな風に松陰は考えていたのだ）。急速に兵学や戦闘術を修得する必要がある。熱心に象山の許《もと》に通いはじめた。象山は西洋流の兵学一般と儒学を教えていたが、松陰は砲術と蘭学を学んだ。

せっせと通って接触の度が重なると、松陰にも象山のえらさがわかって来る。象山もまた松陰のすぐれた素質がわかって来る。師弟の交情は最も美しいものになった。

象山は生涯に一万五千人の門弟を養ったという人だが、その多い門弟の中で、この頃最も卓出していたのは、越後長岡藩の小林虎三郎であった。これも象山につくまでに儒学を十分にやって来た人である。松陰は忽ちこの小林と並称されるようになって、人々は「象門の二虎《にこ》」と呼んだという。

象山も二人を見ることが特に厚く、

「吉田の胆略と小林の学識は、皆稀世《きせい》の材である。天下のことをなすには吉田が適しており、わが子を託するには小林がよい」

と言ったという。これでは象山は松陰の教育家としての天分を認めなかったことになりそうだが、象山の真意はそうではなく、松陰の教育では子は義烈の士となって、将来が危険であるが、小林の教育なら円満具足に仕立て、従って子供の運命も平安となるであろうというのであったろう。小林はおだやかな人がらであったらしく、後に同藩の河井継之助《かわいつぐのすけ》が藩政をとって、官軍に反抗した時も、反対して事を共にしていないのである。

松陰は象山塾で熱心に勉学しながらも、居ても立ってもいられない焦燥《しょうそう》がある。そこで長州藩を動かすつもりになり、藩主に上書《じょうしょ》した。要領は、

「日本は日本人全体のもので、幕府の私有ではない。幕府はこのことをよく知って、天下をひきいてこの大難にあたるべきである。そのためには幕府も諸大名も天朝の臣であることを心から覚悟しなければならない。この際にあたって、自藩・他藩の意識があるべきでない」

と、大義名分を明らかにすることを第一として、藩政の改革、兵制を洋式によって整備して陸軍・海軍をそなえ、これらを誠実に、専心に、根気よくつとめよと説き、最後に、現時局にあたって長州藩のとるべき策をのべた。それは、

上計　有志の諸藩と率先して外国と戦い、これを掃蕩《そうとう》すること。

中計　力をたくわえて自重し、他の諸藩が戦って利のなかった時、しんがりとなって最後の勝を制すること。

下計　先陣にもならず殿《しんがり》にもならず、窮地に追いつめられてから戦い、敗れて

国に帰って再起をはかること。

なお、この上書の末尾にこうある。

「ひそかに内外の状態を観察しますに、天下の勢いは必ず大変化するでありましょう。考えすごしのようですが、この大変化後の措置についても、考えておくべきでしょう。しかし、今はそれは申しません」

幕府が衰弱し、やがて天下は大変化の情勢となることが、松陰のカンには鋭く感受されていたのである。

松陰はさらに数回の上書をして、時勢の急を論じ、対策を説いた。

これらの上書は、長州藩邸内ではおそろしく評判が悪く、

「吉田寅次郎は出すぎもの」

と言われ、藩邸内の出入りも禁止された。

壮士剣を按《あん》じて漫《みだ》りに自ら許す
馬革屍《しかばね》をつつむは男児の常
多憂の書生の閑文章
還《また》時務を論じて廟《びょう》堂《どう》に向ふ
かくの如《ごと》くして死す、吾において足る

直諫《ちよくかん》は先著第一槍《そう》

というのが、この時の詩である。

こういうことをしているうちに、佐久間象山は、幕府がオランダ人から軍艦を買入れるとの話を聞きつけたので、かねて懇意な勘定奉行の川路聖謨《かわじとしあきら》を訪問して、

「せっかく軍艦をお買入れになるのに、オランダ人が持って来るのをそのままに受取るだけというのは知恵のない話です。才学ある者を数十人えらんで、オランダにつかわして、お買入れになるべきでござろう。その者共は往復の船中で海事にも、操舟の術にもなれるでござろうし、併せて世界の情勢を知ることも出来ます。利益はかりがたいものがありましょう」

と説いた。

さすがに川路はものわかりがよい。

「いかにも仰せの通りです。あなたの御門弟中にも適当な若者がいましょう。御推薦下さい」

と、答えた。

象山は数人の名を書いて渡した。その中に松陰の名もあった。

松陰はこのことを象山から聞いて、大いによろこんだ。航海操舟の術の鍛錬もだ

が、海外諸国のことを知ることが出来るというのがうれしかった。「敵を知り己れを知れば、百戦殆《あや》ふからず」とは孫子《そんし》の文句だ。孫子は敵情を知ることを兵家の大事として、「用間篇《ようかん》」という篇すら立てている。兵学者である松陰が祖国が攘夷《じょうい》か開国かの関頭《かんとう》に立っている時、これを考えなかったはずはないのである。海外渡航は国法で厳禁しているところだから、とうてい望めないとあきらめていたのだ。

それが出来ることになったのだから、喜びは一通りのものではなかった。

ところが、これが駄目になった。川路の熱心な運動にもかかわらず、幕府はこれを採用しなかった。軍艦の買入れはやめたのではなく、これは買うのだから、新規なことは出来るだけせんで済まそうという、事なかれ主義の因循さからであろう。

松陰の失望は言うまでもない。しかし、いつまでも絶望の底にいる男ではない。猛然として、海外に密航することを思い立った。象山もまたこれをすすめたようである。在府の友人である鳥山新三郎、永鳥三平《ながとりさんぺい》（肥後人）、桂小五郎らに相談すると、皆賛成した。

ちょうどこの頃、ロシアの使節プチャーチンが軍艦で長崎に来て、ペリー同様開国をうながしている時であったので、これに頼んで密航させてもらおうと、計画を立てた。

九月十八日、江戸を出て、西に向う。象山は送別の詩をおくり、また旅費をくれた。

この子霊骨あり
久しく厭《いと》ふ鼈鼈《べつへき》の群
衣を奮ふ万里の道
…………

という歌い出しにはじまる五言十六句の古詩である。

鳥山と永鳥は品川まで見送りに来てくれたが、桂小五郎とは会わないで出発した。途中京都で梁川星巌《やながわせいがん》を訪問した。これは象山の紹介による。星巌は出入りの公家《くげ》に聞いたこととして、天皇が時勢を深憂されて、ペリー来航以来は毎朝四時から斎《さい》戒《かい》されて賢所《かしこどころ》で祈願しておられ、お食事も二度しか召上らないと語ってくれた。松陰は襟を正して聞き、翌日朝、皇居の前に行って拝伏し、詩を作った。中に、

聞くならく、今上《きんじょう》聖明の徳、
天を敬し民を憐《あわ》れむ、至誠に発す
鶏明すなはち起きて親しく斎戒し
妖氛《ようふん》を掃《はら》ひて太平を致すを祈ると

という句があり、最後は、

人生は萍《うきくさ》のごとく定在なし
何《いず》れの日か重ねて天日《てんじつ》の明を拝せん

となっている。海外に密航しようとしている身だ、再び生きてここに来ることは出来ないかも知れないと思ったのである。

大坂から舟に乗って瀬戸内海を西に向い、豊後の鶴崎《つるさき》に上陸し、大野川沿いの街道をさかのぼって竹田《たけた》を経て肥後に入り、阿蘇《あそ》の外輪に入り、熊本についたのが十月二十日であった。宮部鼎蔵が在国中なので、その家に数日泊った。この間に横井《よこい》小楠《しょうなん》と会った。

島原を経て、長崎についたのは二十七日であったが、ついてみると、ロシア軍艦は一昨日出帆してしまったという。

宮部との名ごりを惜しんで熊本に六泊もしたのを悔んだが、追いつくことではない。

しかし、数日滞在して、昔の知人らをたずねて、また熊本に引きかえした。この時、宮部とともに熊本藩の家老の有吉市郎兵衛《ありよしいちろべえ》に会った。

何か密事を相談したようである。はっきりとはわからないが、肥後、尾張《おわり》、水戸の三藩が足なみをそろえて、幕府に働きかけようというのであったらしい。もちろん、幕府の決意を開港謝絶、そのためには一戦を辞せずとかためさせようというのであったろう。

ここで松陰の開鎖の論を説明しておこう。

松陰は開国論者である象山に学んだばかりか、洋学の片端くらいはかじった人であるが、終生攘夷説を持して変らなかった。しかし、彼の攘夷説は普通の攘夷説とは違っている。威迫に屈して開国するのでは、一国の正気空《むな》しきに似て、国の体面が立たない。一旦しりぞけて、国力を充実した上で、自主的に開国すべきであるというのである。

こんな議論は、今日の人は書生論にすぎないというであろう。しかし、ここが松陰なのだ。彼の尊ぶところは義であって、利ではない。気節であって、迎合ではない。彼は読書人であることを誇りにしている男だが、読書人であればこそ、ここの弁別はつくのだと信じているのだ。

もし、彼を現代に生かして来たら、現行憲法などすぐ廃止して、新しく日本人だけで制定しなおすべきであると主張するであろう。

「おしつけ憲法でも、よい点が大いにある」

といっても、

「それでも制定しなおすべきだ。たとえその結果、そっくり現行憲法と同じものが出来てもだ」

と言いはるであろう。何ものよりも義を先行させる松陰においては、それが当然の帰結である。

一応、萩に帰った。十一月十三日であった。

間もなく、宮部鼎蔵と外一名があとを追って来た。来る約束になっていたのである。宮部は長井雅楽《ながいうた》はじめ藩の要人らと会った。

松陰は熊本で横井小楠に会った時、横井が近く上府すると聞いて、ぜひ萩に立寄って、藩の要人らと会ってくれと頼んでいる。

松陰は、長州藩は、水戸や尾張や肥後と事をともにするには資格が足りない、藩内に正気が油然《ゆうぜん》とおこり、有志の者が輩出するようになって、はじめて資格が出来る。当分はその涵養《かんよう》をすべきだと、考えたのであった。これも松陰の教育家的一面であろう。

萩には十日ほどいて、宮部らとともに東上の途についた。大坂、京都等で、梁川星巌、梅田雲浜《うめだうんぴん》、森田節斎、水戸藩留守居鵜飼吉左衛門《うがいきちざえもん》らと会って、また伊勢の津や山田に行き、名古屋に行き、十二月二十七日、江戸についた。

象山にはすでに手紙でことの次第を報じていたのだが、会って改めて説明した。数日にして、嘉永七年になる。後に安政《あんせい》元年となった年だ。松陰は二十五になった。

七

その七日、早くも宮部と三浦半島に行った。ペリーが再来すれば必ず戦争になると信じていたので、最初の戦場となるであろうこの地域の警備状態を視察に行ったのである。

そのペリーが来たのは、正月十四日であった。昨年は四隻であったが、こんどは蒸気船三隻、帆船五隻で編成されている堂々たる艦隊だ。のみならず、浦賀沖を素通りして江戸湾に入り、小柴《こしば》沖に錨《いかり》をおろし、後にはさらに進んで神奈川沖に投《とう》錨《びょう》した。幕府の狼狽と江戸市民の恐怖とは表現のことばもないほどだ。

ペリーは三月二十一日まで、無言の圧迫を幕府にあたえながらここに碇泊をつづけ、ついに和親条約を取りつけるのであるが、その間松陰は攘夷実行に奔走した。アメリカ使節を斬る決心をしたり、長州藩主に海戦策を上書して実行をうながしたり、さんたんたる苦心をつづけたが、一浪人の身ではどうにもならない。とうとう、攘夷は後年にのばして、去年の計画に立ちかえって、アメリカの軍艦に乗せてもらって欧米に密航しようという気になった。

この松陰の計画を聞いて、自分も連れて行ってくれと頼んだ者がある。金子《かねこ》重之《しげの》助《すけ》（重輔《じゅうすけ》ともあり）という、一つ年下の青年である。金子は長州藩の足軽であったが、数年前酒食のことで失敗したことがあって、大いに後悔して志を立てていると、ふとしたことから肥後人永鳥三平に会った。永鳥は宮部とともに松陰の親友なので、しきりに松陰のことをほめた。金子は松陰に近づいて教えを乞うたが、忽ちのうちに傾倒するようになったのである。

金子が松陰に同行を頼んだ時、金子は藩邸を脱走して、無籍の身になっていた。万一、暴露した時、藩に迷惑がかかってはならないと思ったからである。これが松陰を感動させた。

「よいとも、一緒に行こう」

と、快諾した。

三月三日、この日はペリーがついに和親条約を取りつけた日であるが、この日松陰は友人らと、おりから満開の桜を墨堤《ぼくてい》に賞して、翌日は藩邸に行った。正月以来、兄の梅太郎が公務のために出張して来ているので、それとなく暇乞《いとまご》いをするためであった。

「当分鎌倉に行って、瑞泉寺で静かに書物を読むつもりですから、当分は会えませんん」

と、松陰は言った。

翌五日に京橋の伊勢本《いせもと》という料亭に、かねて親しくする来原良蔵、赤川淡水《あかがわあわみ》、坪井竹槌《つぼいちくつい》、白井小助《しらいこすけ》等の長州の友人、宮部鼎蔵、佐々淳次郎《さっさじゅんじろう》、松田重助《まつだじゅうすけ》、永鳥三平等の肥後の友人等に集まってもらって、密航のことを発表して意見をもとめた。

皆おどろいて、いろいろ議論が出た。永鳥三平が、

「決断と勇往邁進《ゆうおうまいしん》は吉田君の長所ばい。今さら自重せよというても、聞きゃアせん」

と言ったので、大方が賛成したが、宮部だけが無言だ。腕を組んで沈思している。

松陰はあり合う紙をとりのべて、大書した。当時のこうした集会ではよく詩を賦《ふ》して揮毫《きごう》などしたので、席に用意されていたのである。

「丈夫有所見、決意為之、富岳雖崩、刀水雖竭、亦誰移易之哉。（丈夫見る所あり、意を決してこれを為《な》さんとす、富岳崩るるといへども、刀水――利根川――竭《つ》くるとい

へども、また誰かこれを移易《いえき》せんや)」

宮部は、松陰が特徴のある右肩あがりの書体で書いて行くそれを見ていたが、言った。

「しようのなかばい。行くがよか」

感情の強い佐々淳次郎はすすり泣きながら、

「幕府はついに威迫に屈して条約を結んだ。神州の衰弱は蔽《おお》いようもない。これをどうすればよいか、行くにあたって、教えておいてもらいたい」

と言った。

松陰も涙をこぼしながら言う。

「拙者は、この危計を行う以上、もし間違えば鈴《すず》ケ《が》森《もり》に梟首《さらしくび》になることは、覚悟の上だ。しかし、諸君が今日から皆、何でもよい、国恩に酬《むく》いることを思い立って、それぞれ努力するなら、あるいは失敗するものもあるかも知れんが、きっと今日の衰勢をめぐらすことが出来ると思う。われわれの至誠とわれわれの努力は、必ず日本を救うのだ。拙者は信じて疑わん。どうだ!」

松陰の言うことはまことに抽象的であるが、座中の人々は現在いのちがけで信ずる道を行いつつあったり、模索しつつあるのだ、それはあるいは藩の重役を説得して藩論を定めようとするのであったり、あるいは藩内に同志を作って輿論《よろん》を興起して藩論を定めようとするのであったりであったから、一見抽象的な松陰のことばが心魂に徹した。

「その通りである！」

と、皆うなずいた。

話がきまったので、一同そこを出て、鳥山家にかえった。道具屋を呼んで、衣服その他の持物を売ると、金数朱《きんすうしゅ》になったので、その金で、金子と二人の旅装をととのえた。小折本《こおりぼん》の孝経《こうきょう》一冊、和蘭《オランダ》語文典二冊、唐詩選掌故二冊、抄録集数冊だけは売らないでのこしておいた。携えて行くつもりなのである。

夜に入って、人々と鳥山家を出て、次の通りで佐々と別れた。佐々の顔にはまだ涙のあとが筋を引いている。金五両を出して、路費の足しにとくれた上に、着ていた着物を一枚ぬいで着せて立去った。永鳥三平は輿地図《よちず》（世界地図）一軸をくれた。宮部は自分の佩刀《はいとう》を脱して、無理に松陰のものと取りかえ、ふところから神鏡一面を出してくれ、一首の和歌を口吟した。

皇神《すめがみ》のまことの道をかしこみて思ひつつ行け思ひつつ行け

鍛冶橋《かじばし》の袂《たもと》で知っている長州藩士に逢ったが、さりげないあいさつだけで別れた。

赤川、来原、坪井、白井等の長州の連中とはいつどことはなしに別れてしまった（回顧録）。

松陰と金子とは終夜歩きつづけて、保土ヶ谷《ほどがや》で夜明けになったので、はたごに入って一睡してから、「投夷書《とういしょ》」を書いた。志をのべて乗船させて連れて行ってくれという意味の、ペリーあての手紙である。もちろん、漢文で書く。米艦には漢文を解する通訳がいるはずである。

その頃、佐久間象山は自分の藩松代藩《まつしろ》が横浜警備役を命ぜられ、彼は軍議役の藩命を受けて横浜出張中であった。二人は象山の宿営に行って、書いて来た「投夷書」を見せた。象山はちょっと筆を入れてくれた。

以後、ここに泊ったり、保土ヶ谷のはたごに泊ったりして、米艦に漕ぎよるために肝胆をくだいたが、どうにもうまく行かない。

そのうち、象山が、ペリーが船を一隻だけ帰国させて、のこる艦船をひきいて下田《しもだ》港に行く予定であることを、聞きこんで来た。松陰は下田に先廻《さきまわ》りするつもりで、十四日横浜を出て、途中鎌倉の瑞泉寺に寄り、十八日下田について見ると、米艦二隻はすでに下田についていた。

松陰らは、下田と蓮台寺《れんだいじ》温泉との両方に宿を取った。それはその頃松陰が疥癬《かいせん》をわずらっていたので、治療のためであった。二人は両方の宿屋に別々に泊ったり、一緒になったりして滞在をつづけながら、乗船の機会をうかがった。その間にはかねて知っている下田奉行支配の与力の宅をいく度も訪ねた。当時は国を憂えて米艦の様子をさぐりに来る武士が相当いたから、与力も疑わないのである。

二十一日には、ペリーの搭乗しているポーハタン号をはじめ他の艦船も入港して投錨した。ある夜、二人は小舟をぬすんで漕ぎ出したが、おそろしく波が荒くて、いつぞやちょっと稽古したくらいの櫓の腕では近づくことが出来ない。さんざん波に翻弄されて、ヘトヘトになってかえって来た。

新しく結ばれた条約によって、アメリカ人は下田付近七里の内は自由に遊歩してよいことになったので、米人らは毎日のように上陸して散歩していたが、四月二十四日（当時の日本暦では三月二十七日）、一人の米国士官が下田から郊外に出て行くと、二人の日本武士があとからついて来た。金襴《きんらん》の袴《はかま》をはき、相当な身分の者らしい。態度にも上流階級の人らしい閑雅で礼儀正しい趣があるが、どこかあたりをはばかるような不安げな様子がある。

士官は日本政府のつけたスパイであると思っていると、やがて二人はあたりに日本人のいないことを見すますと、一人が近づいて来て、士官の時計の鎖をほめるようなふりをして、すばやく取出した二通の手紙を、士官のポケットにさしこみ、口外してくれるなと頼むように指を唇にあてて、急いで立去った。

手紙は船に持ち帰られ、通訳官によって翻訳された。優美な書体と見事な漢文によって、こんな意味のことが綴《つづ》られていた。

日本江戸の二書生、書を長官閣下に呈す。

われらは浅学不才、かつ身分賤《いや》しい者であるが、平生書を読んで、欧米諸国の習慣情勢を多少知ることが出来、五大洲を周遊したい希望は年来おさえ難いものとなっている。しかるに、わが国法は外国人の入国も、国人の出国も、ともに厳禁していて、どうすることも出来ず、悵嘆《ちょうたん》するばかりであった。

しかるに、この度貴国軍艦が来航して長く滞在しているので、希望再びよみがえった。

願わくは閣下、帰帆の節、われわれを船に乗せて行ってもらいたい。われわれはいかなる労役にも服するであろう。願わくはわれわれの嘆願をいれていただきたい。なおこのことが世間に漏れると、われわれは即座に連れ帰られ、国法によって直ちに厳罰に処せられる故《ゆえ》、出帆までは一切秘密にしていただきたい。

われわれのこの嘆願は誠心誠意のものである。閣下幸いに憐愍《れんびん》をたまえ。

これはずっと前の日付になり、もう一通はこの前日の日付になっている。

自分らは横浜ですでに貴艦に小舟を漕ぎつけて嘆願しようと考え、種々努力したが、日本政府の警戒が厳重で果せず、ここまで陸路を追尾して来たのである。ここでもそれを試みたが、やはり失敗を重ねている。もし閣下にして同情あらば、自分らは明夜半、世間の寝静まった頃、この海岸の柿崎《かきざき》というところで小舟に乗って待っている故、そこまで迎えのボートをつかわしてもらいたい。

以上はペリーの日本遠征記に記すところであるが、この二人の日本武士が松陰と金子重之助であることは説明するまでもないことであろう。

八

その夜、松陰らは昼間の投夷書に望みをつないで、柿崎の海岸で待ったが、ボートは来ない。そこでそのへんにあった小舟をおし出して乗ったが、舟には櫓ぐいがなかった。しかし、やむを得ない。その夜はシケ模様で風浪が高かったが、やっと乗り切って、米艦の一つミシシッピー号に漕ぎつけた。だが、艦では上げてくれず、旗艦のポーハタン号に行けと突っぱねた。

松陰らはすでにタラップにおり立っていたのだが、また舟に乗って、ポーハタン号に向って漕ぎ出した。これは沖合にあるので、風浪は益々《ますます》あらく、困難をきわめた。旗艦の風下に舟をつけようとしたが、それが出来ない。舟が風上についたので、ついたところにしがみついてタラップにたどりついた。水夫が棒をたずさえ来て、舟を突きはなそうとする。二人はすばやくタラップに飛びうつる。舟は風浪にただよわされて流れ去った。遠征記にはこれを故意か偶然かと書いているが、水夫が棒でついたところを、こちらは舟をすてて飛び移ったのだから、漂い去る道理である。水夫が突き流したようなものである。これが後に二人の不運になった。

二人は艦上に上り、ペリーの旨を受けた通訳と会った。問答の末、二人が昼間の手紙の主らであることがわかった。

「彼等は風波の海上を漕いで来たので疲れている様子であった。服装は旅装束で質素であったが、身分ある日本紳士であることはよくわかった。しかし、刀は一人が帯びているだけで、他は無刀であった。三本の刀は舟とともに流れ去ったのである。

彼等は教育ある人達で、漢文を見事に書き、態度は礼儀正しく、りっぱであった」

と、遠征記は描写している。現代は江戸時代の武士を軽蔑し、戯画化することがはやるが、この時代の欧米人の観察では、この二人にかぎらず、武士階級の者の教養と態度は、大ていい感心されている。

ペリーは二人の嘆願を聞いて、

「自分もいく人かの日本人を連れて帰りたい気持はあるのだが、今の場合、残念ながら出来ない」

と拒絶させた。

ペリーは二人に会いはしなかったが、好意は十分に抱いた。しかし、日本の国法を破っては新しく成立した両国の和親を破ることになると考え、また、たとえ両人の願いをゆるしても、下田碇泊中は日本政府から探索されることもあり得ると考えたのであった。

松陰らは大いに当惑して、

「われわれは陸にかえれば斬首されるにきまっている。このままここにおいてくれ」

と、熱心に嘆願をくり返したが、きかれず、ボートに乗せられて岸に送り返された。

二人は岸に上って小舟をさがしたが、暗さは暗し、見つけることは出来なかった。小舟が役人らにおさえられれば、乗っている荷物によって、二人の身分は暴露する。うろうろしている間に捕えられては見苦しいことになると相談して、柿崎村の名主の家に行って事情を語って処置を請うた。名主は狼狽して、「お逃げなされよ」とすすめたが、二人は「逃げるくらいならこうして来はせん」とはねつけた。

こうして、松陰等は下田の牢《ろう》につながれた。

その牢は長命寺という寺に急造されたもので、わずかにたたみ一畳じきくらいの広さしかなく、二人は膝をまじえてすわっていなければならなかったという。

この牢の前に、ある日一組の米国士官らが散歩の途次、偶然に来た。士官らは先夜のことを知っているので、驚いて立寄って、見舞を言った。二人は非常によろこんだが、失敗を少しも気にかけていないような沈着な様子であった。

士官らが帰艦してこのことを語ったので、翌日から見に行く者が多かった。すると、ある日、二人は板片《いたきれ》に次のような漢文を書いたものを渡した。

英雄といえども失敗した時は、世間はこれを目するに悪漢・盗賊を以《もっ》てする。踏海の策失敗に帰したわれらは、当局に捕えられ、飛鳥翼《つばさ》絶え、縲紲《るいせつ》に呻吟《しんぎん》する身となった。今やわれらにたいする役人らの待遇は、軽蔑残暴いたらざるないが、われらは省みて一点の恥じる所がない。今こそ、われらはわれらが真の英雄漢であるかどうかを試練するよい場に遭遇したのである。われらは日本のために五大洲を周遊して、見聞を広めんとしたのだが、かなしいかな、計画蹉跌《さてつ》し、この鳥籠のごとき狭い監房に投ぜられ、寝食坐臥《ざが》も思うにまかせず、ほとんど生を保つことが出来ないほどであるが、泣かんか、しわざ痴愚とされん、笑わんか、しわざ横着漢とされん。黙々たるにしかないのである。

という意味がそれには記してあった。

ぼくはペリーの遠征記を読んでここに至るごとに、懸命にこらえて誇りを保っている松陰らの気持を思って、いつもまぶたが熱くなる。ペリーも感動して、二人にたいする処分の寛大ならんことを幕府役人に希望し、役人らも決して厳刑にはしないから安心してくれと言っている。

松陰らは十日間下田にとどめおかれた後、四月十日に江戸に送られ、十五日に伝《てん》馬町《まちょう》の牢に投ぜられた。この以前、佐久間象山は、松陰らが米艦に漕ぎつけた時に流れた小舟の中に、松陰にあたえた送別の詩があったので、関係者として拘引《こういん》されていた。

伝馬町の牢では、松陰は揚屋《あがりや》に入れられた。揚屋は御家人《ごけにん》、大名や旗本の陪臣《ばいしん》、僧侶、山伏、医者などを収容する未決囚の監房である。

金子は元来足軽であり、今では藩籍を離れて浪人しているので、はじめ無宿牢、翌日から百姓牢に入れられた。

数回の取調べがあった。松陰は、

「国外渡航が国禁であることは十分に承知しています。しかし、日本のために誰かがせねばならんことと思ってとりかかったのです。金子は拙者がさそって同意させたのです。罪は拙者一人にあります。首を刎《は》ねらるるは覚悟の前です」

と陳述した。助かりたい気持などはさらにないのである。

当局は象山の送別の詩を証拠として、こんな詩をくれた以上、象山の教唆《きょうさ》によるのであろうと責めたが、

「その詩は拙者が志を告げたので、くれたのです。拙者は人のさしずを受けて、大事をくわだてるような者でありません」

と言い張った。

象山にも厳重な取調べがあった。象山は幕府の政策を批判し、旧来の海外渡航禁止は日本の害をなすものであると論じ、幕府としては幕府の手によって人材を海外に送って、世界の情勢を究め、西洋の新しい技術を大いに学ぶべきの時であると論じ立て、こんどの松陰のことについては、

「拙者は彼の志を知っていました。知っていた故、送別の詩をあたえました。拙者の平生の志に合するので感心したことは間違いありません。しかし、決して教唆などは致しません」

と、強硬に言い張った。

幕府としても、松陰の志は十分にわかる。ペリーに約束した手前もある。六カ月の後、九月十八日（この年は七月に閏《うるう》があるから、六カ月になる）、判決言い渡しがあった。

松陰は父百合之助に引渡して、国許で蟄居《ちつきよ》させ、金子は毛利家の家来に引渡して、国許で蟄居させるというのであった。毛利家の家来とは、金子の足軽時代の組頭のことである。

象山は主家の真田《さなだ》家へ引渡して蟄居させることになる。

松陰と金子は毛利家に引取られて、しばらく麻布《あざぶ》屋敷におかれた後、長州に送ら

れた。九月二十三日であった。

九

松陰と金子重之助とが国許に護送される途中にも、松陰の人がらを見るべき見事な話がある。

護送がかりの主任であった豊田某は典型的な俗吏で、規則を楯《たて》にとって、恐ろしく刻薄であった。松陰はこの男を後に、愚昧でものの道理のわからない男と書いている。金子に対するあつかいはとくにひどかった。金子は当時病気であった。結核性の下痢をわずらっている上に、伝馬町の牢から持ちこしの牢屋瘡《がさ》が全身を蔽《おお》うていた。これは麻布藩邸にいる時にすでにそうであった。身分が違うので、松陰は金子とは別なところにおかれていたが、誰かにこのことを聞くと、金子のために医者を要求し、聴き入れられて医者の来るまで食を絶ちまでした。こんな風だったから、長途の旅行は無理だったのだ。

この金子を、豊田は伝馬町の牢で着せられて来た袷《あわせ》一枚に薄い布団を一枚あてがっただけで、鶤雞駕籠《とうまるかご》にのせた。そのため、目もあてられないみじめなことになった。「道に就きて以来、終日輿中《よちゅう》にて体を揺蕩《ようとう》する故、泄痢《せつり》の症を発し、衣を汚すこと度々に及べり」と、松陰は回顧録に書いている。

　金子自身も着がえをさせてくれと頼んだが、松陰も金子のためにしばしば頼んだ。なかなか聞いてくれなかったが、あまり松陰がうるさくいうので、鞠子《まりこ》の宿《しゆく》で松陰の駕籠を先行させておいて、金子の着ている袷をはぎ、よごれのひどい部分を切りすて、それを駕籠の底にしいただけですませた。金子は赤裸のからだに小布団をまきつけてうずくまっているよりほかはなくなったのだ。

　松陰らが江戸を立ったこの年の九月二十三日は、今日の暦では十一月三日である。江戸から五日かかったとすれば、十一月八日だ。健康なものでも、薄着ではたえられない季節である。無法とも、ざんこくとも言いようがない。

　松陰はその夜金谷《かなや》の宿でこれを知って、激怒した。

「藩庁はわれわれのために新調の袷のお仕着せを用意して渡しているはずである。すぐそれを着せてもらいたい」

　と要求した。

「それは萩入りの日に着せるのである。罪人が道中でめかし立てるなど、いらぬことだ」

　と、豊田は拒絶した。

「しからば、これを着せよ」

松陰は江戸藩邸に多数の友人がいるので、江戸を立つ時に友人らから贈られた単衣《ひとえ》を着、その上に巴《ともえ》の紋のついた絹の綿入を重ねている。その綿入をぬいで、駕籠の外に投げ出した。「単衣一枚になり、頗《すこぶ》る寒けれど、輿中に布団一枚あれば、雲助の蓆《むしろ》を着る形装《ぎようそう》にて凌《しの》ぐつもりなり」と、書いている。

護送役人らはおどろいて、いろいろ相談したが、少しは松陰の義気に感じたのであろう、金子に新しい袷を着せることにした。

この旅中にも、金子のために医者を要求して、診察投薬させている。また夜宿についてからは、金子の憤激をなだめ、士はいかなる場合も心を乱すべきでないと教訓したり、唐詩選の中から佳詩をえらんで朗吟して釈義して聞かせたりした。二人はもとより鶤雞駕籠から出されはしない。二つならべられた駕籠の中で、一人は講義し、一人は聴くのである。松陰の教育性は、その愛情深い性質に根ざしていることがわかる。

萩についたのは、十月二十四日であった。

萩では野山獄《のやまごく》に入れられることにきまっていた。幕府の判決は実父杉百合之助にあずけるというのであったが、藩は、出来るだけ厳重にしなければ幕府に申訳がな

いと思ったのであろう、百合之助に、
「家が手狭で置所がないから、野山獄の一室を借用したいと願書を出すように」
と命じた。百合之助は、寅次郎は病弱な体質だから、自宅に引取りたいと願った
が、許さない。せめてはしばらく自宅において体調を整えさせてからと、また願っ
たが、やはり許さない。いたし方なく、百合之助は藩の要求通りの願書を出したの
であった。
一体、幕府は国法の手前松陰らを処罰はしたものの、現在ではこの国法が無理な
法になっていることを知っている。だから、相当同情して、寛大な判決を下したの
であるが、長州藩庁にはそれがわからなかったのである。当時の長州藩がまるで時
勢に盲目であったよい証拠である。長州藩の覚醒は、松陰によってこれからなされ
るのである。
松陰がこうだから、金子もそうだ。岩倉《いわくら》獄に入れられた。野山獄と岩倉獄は小さ
い道一つへだててむかい合って位置している。前者は上牢《かみろう》とて士分だけの牢、後者
は下牢《しもろう》とて、士分以下のものを収容するのであった。
身分が違うのだから、これはいたし方のないことであるが、松陰の痛心は、松陰
の方は父母兄弟、親戚らが郊外まで出迎えて、許されて対面もしたのに、金子は出

迎える者もなかったことだ。金子の父母は世をはばかって出て来なかったのである。情の厚い松陰は、心から慰めたが、多くを話す間もなく、引きわけられて、それぞれの獄に投ぜられた。

獄に入って間もなくの十一月二日、松陰は「二十一回猛士説」を書いて、二十一回猛士という別号をつけた。

「獄中、夢に神人があらわれ、自分に一枚の札をあたえた。見れば、『二十一回猛士』としるしてある。夢がさめて、思った。自分は杉氏の生れである。『杉』字はくだけば、木へんは十八の字となり、つくりは三字に同じである。合すれば二十一となる。自分は杉氏から出て吉田氏をついだが、吉田の『吉』字はくだけば十一口となり、『田』字は十口となる。合すれば二十一回となる。また、寅次郎の寅は虎である。虎は猛獣である。思うにこれは、自分が気が弱く、体質孱弱《せんじやく》で、虎の勇猛を学ばなければ一人前の士となれないことをあわれみ、この霊示があったのであろう。故に、爾今《じこん》、自分は二十一回猛士と名乗ることにする。自分はこれまでに三回思い切ったことをした。義のために藩邸を脱走して東北旅行に出たこと一、身浪人でありながら、藩公に拒戦攘夷の戦術を上書したこと一、国禁を破って海外渡航を企てたこと一、いずれもあるいは罪を獲《え》、あるいは誹《そし》りを得たが、この霊示によれば、なお十八回猛威をふるいおこさなければならないことになっている。責任大である。志を励まし、気力を養わなければならない」

というのが、二十一回猛士説の大意である。

これを兄の梅太郎に書きおくると、兄は、

「二十一回猛士説はなかなかおもしろい。畜レ志幷レ気というところはとくによろしい。しかし、これから十八回も猛のあるのはたまらんぞ」

と返事している。諧謔《かいぎやく》の中に愛情がある。さらにこう書きそえている。

「そんなことを言うお前だから、せっかく幕府が寛大な判決をしてくれても、藩ではきびしい処置をするのだ。人には言うなよ。おれとしては、お前がその二十一回の猛志をうちにたたえて、二十一史（史記以下の中国の歴朝の史書）を読み、治乱興亡のあとを研究し、有用な大著述をしてくれることを希望する云々《うんぬん》」

愛情あふれるものがある。いつも途方もないことをして、家族に迷惑をかけてばかりいる弟だが、大事な弟と思い、その人がらと才能とに全心的な希望をかけていることもわかる。

兄だけではない。父も叔父もそうだ。梅太郎の他の手紙に、

「お前のしたことにたいして、父上も玉木の叔父上も少しも腹を立てておられない。

大立腹はおれだけだ」

とあるのである。

また猛勉強がはじまる。兄に連絡して差入れてもらっては、蚕《かいこ》が桑《くわ》を食うように、もりもりと読むのである。十月二十四日から翌年の十二月までに六百十八冊を読破している。もちろん、例によって抄録しながらである。

話は少しもどらなければならない。金子のことである。金子は入獄して三月半目、正月十一日に、病気重って、二十五歳を一期として死んだ。

聞いて、松陰の悲嘆は一方でない。哭《こく》して詩をつくった。

駅舎に君と訣《わか》るるとき、

事にせかれて詞《ことば》をつくさざりき。

別所に囚繋《しゆうけい》せられ、

消息相知らず。

江海呑舟《どんしゆう》の魚なりしわれら、

今、半畝《はんぼ》の池に困《くる》しむ。

籠鳥《ろうちよう》は故里の林を失ふも、

友と群れ飛びし時を忘れず。

ああ、自由なき身。
再会の日を知るよしもなかりしが、
夢魂、会ふ日を思ひわびたり。
君が訃《ふ》至る。夢かうつつか。
豈《あに》思はんや、
あの生別が死別となつたらうとは。

拙訳で恐縮だが、気分だけは酌んでいただけよう。

松陰は、金子の遺族に墓碑を建てさせようとして、食費を節約して、一年で金を百疋《ぴき》ためて、金子の遺族に贈った。彼は野山獄を借りて入っている名目になっているから、食費は自分持ちで、月に七百九十文であったという。一疋は十五文であるから、百疋は約二カ月分の食費に相当する。

なお、後のことになるが、広く世間の知友に依頼して、金子の死を弔う詩歌を送ってもらい、「冤魂慰草《えんこんいそう》」を編纂している。詩歌を寄せてくれた有名人としては、佐久間象山、広瀬旭窓《きよくそう》、後藤松陰、宮部鼎蔵、久坂玄瑞《くさかげんずい》、僧月性《げつしよう》、僧默霖《もくりん》等がある。松陰の友情の厚さを見るべきである。

彼の野山在獄は約一年半月にわたるのだが、最も目立つのは、この間に囚人らの教育をはじめたことである。

当時、在獄の囚人は松陰をのぞいて十一人で、うち九人は借牢して入っていた。借牢の在獄者は、本来は自分の家や親類の家で蟄居しているべきを、それではこまる事情があって、借牢入獄しているのである。だから、出獄するには引取人がなければならないのであるが、引取るのはこまるからこの形式で入牢《じゆろう》させているのだ。この時引取り手はないのである。従って死ぬまで出獄の機会はないと言ってよい。この時の在獄者も、四十九年になるのが一人、十九年が一人、十六年が一人、九年が二人、八年が一人、七年が一人、六年が一人、四年が二人、三年が一人という統計になっていた。

当然、皆自暴自棄になり、怠惰放埒《ほうらつ》で、不平不満のかたまりになっていた。この人々から見れば、松陰の罪はまことに不思議千万である。好奇心が集まった。人々は松陰にことの次第を問う。次々に問い、次々に答える間に、元来が士分の連中だから、理解は早い。問いは次第に深くなって、欧米諸国の事情、日本の危機、国防のこと、日本人の心がまえ等のことにまで及んで来る。この間のことは、彼の「獄舎問答」でよくわかる。

野山獄はすべて独房で、各房は三畳じきくらいであったという。だから、質疑応答といっても、一室に対坐してするのではなく、それぞれの房にいながら行われたのである。廊下をはさんで両側に各房がならんでいたのであろうか、それとも中央がホールになっていて、それを取巻くようにして各房があったのであろうか。ともあれ、この問答から、人々の向学心がおこり、それは読書会となり、松陰は人々のために孟子を講義することになった。

孟子は松陰の愛読書であった。すべての経書の中で、松陰の最も好んだのはこの書ではなかったかと思われるふしがある。孟子には、義と利とをならべて、必ず義を先行させる説が随所にある。

「王何ぞ必ずしも利と言はんや、また仁義あらんのみ」

と、開巻の章にある。

「魚はわが欲するところ、熊掌《ゆうしょう》もまたわが欲するところ、二者兼ぬるを得ずんば、われは魚を捨てて熊掌をとらん。生もまたわが欲するところ、義もまたわが欲するところ、二者兼ぬるを得ずんば、われは生を捨てて義をとらん」

と説いているところもある。

何ものよりも義に重きをおき、行動の原理をいつも義にもとめた松陰の態度は、孟子からの悟入ではなかったかと、ぼくには思われる。少なくとも、孟子の説くところが松陰の胸に深い共感を呼ぶものであったことは疑いない。

松陰は同囚の人々のために、四月十二日の夜から講じはじめて、六月十日に講了した。司獄の福川犀之助《ふくかわさいのすけ》も、その弟の高橋藤之進をさそって、傍聴した。廊下にすわって聞いたという。

この講義が一応すむと、人々の学問熱は燃え上って、三日後の六月十三日からは孟子輪講会がおこって、みなが交代に講義しはじめた。

松陰は人々のために、論語を講義し、日本外史も読んでやった。

絶望と自暴自棄と怠惰放埒そのものであった野山獄の風規は一時に引きしまり、勤学と求道の気にみちた学堂に化したのである。驚嘆すべきことである。

松陰はたしかに教育の天才であった。なおいろいろなことをしている。人々の中には、あまり学問を好まない者もいる。その人々のために、同囚の河野数馬《かわのかずま》と吉村善作とが俳諧の嗜《たしな》みがあり、富永有隣《とみながゆうりん》が相当学問もあり書道の名手でもあるのを利用し、これを指導者として、俳句を作り、書を稽古する趣味を覚えさせたのである。

司獄の福川犀之助は松陰に傾倒し、ついに正式に松陰の弟子となり、いろいろと皆の便宜をはかった。たとえば、規則では禁ぜられている夜間の点燈《てんとう》を、勉学の便というので、許した。

「はじめは躊躇《ちゅうちょ》しないではなかったが、松陰先生の立派なおしごとのためになることだと思って踏み切った。このことのために罪せられるようなことがあっても、少しも後悔しないと思った」

と、後に福川は言っている。

入獄して一年半月目の安政二年十二月十五日、松陰は病気保養という名目で、父の家に引渡されることになって、野山獄を出た。

十

父の家に引取られたといっても、罪をゆるされたわけではない。一室に幽居して、庭先にも出ないほど慎んで、せっせと勤学をつづけたのだが、帰って来た晩、家族らに獄中のことを語っているうちに、獄中で孟子の講義をしたことに話が及んだ。

「最初のわたしの講義は、一通りの読み方と一通りの釈義だけだったのですが、それが終りますと、皆がこんどはわれわれが輪講することにしようと言い出しまして、三日目からもうはじめたのです。わたしも励まされましたので、一講義おわる毎《ごと》に、こんどは通り一ぺんの語釈でなく、歴史上の事実や、今の日本の危機や、わたしのしたことや志などを引っかけて、縦横に話したのです。それをその度にあとで書きつけて、『講孟劄記《こうもうさつき》』と名づけました。完成はしていませんが、あとでお目にかけます」

と語った。

父も兄も、ぜひ見たい、すぐ見せてくれというので、行李《こうり》の中から出してわたした。

二人はその夜読んだが、翌日はそれを玉木文之進に見せた。三人とも大いに感心し、松陰に言った。

「これは完成すべきだ。しかし、いきなり筆を取っては書きにくかろう。わしらが聴くことにする。講義せよ」

そうすることになって、翌日から、幽室で講義がはじまった。聴講者は、父、兄、玉木文之進、吉田家の外叔父久保五郎左衛門《くぼごろうざえもん》である。最も美しく、最も高い、肉親愛である。こんな事例は、ぼくは他には知らない。

この講義は、途中二、三カ月中休みして、こんどは文之進の長男彦介《ひこすけ》、高洲滝之允《たかすたきのじょう》、佐々木梅三郎などという少年らを聴講者に加えて、翌年（安政三）六月十三日に終った。

こうして出来たのが、現在のこっている「講孟余話《よわ》」（講孟劄記の改題）である。

松陰の著述として最もまとまり、最も大きく、また彼の精神が最も鮮明にあらわれているものである。全篇、尊王と祖国愛の至情あふれるものがあり、はげしい気魄《きはく》が読む者の心に炎のように吹きつけてくる感がある。この著述があるだけでも、松陰は不朽の人であると言ってよい。

一族親戚の人々にたいするこの講義が、次第に発展して松下村塾の教育となるのだが、それはもう少し先のことになる。

松陰は玉木彦介らの少年にたいして、武教全書や配所残筆《はいしょざんぴつ》や武教小学（いずれも山鹿素行の著書）などの書を講義してやったが、話を聞き伝えて、次々に青少年らが来るようになり、八月頃になると、もう私塾といってよいほどになった。講義のテキストも兵学書だけでなく、儒書、史書、地理書におよんだ。受講者らの年もちがえば、学力も違うのだから、画一的には教えられない。時刻をわけ、日をわけて教えたが、どんな書を講義しても、受講者の年齢層が違っても、皇室の尊むべきこと、日本の国がらの美しさ、日本人の心がまえ、士（紳士）の心掛、日本の危機等に触れないことはない。至誠と、情熱と、純粋とをもって説くのである。

この間にも、自分の勉強は怠らない。実に多種多様の書物を読んでいる。史記、漢書、後漢書、三国志、唐書、唐鑑《とうかん》、宋元資治通鑑《そうげんしじつがん》、春秋左氏伝《しゅんじゅうさしでん》、国語、擬明史列伝等の中国史関係の書、日本外史、日本外史補、日本政記、皇朝《こうちょう》史略、国史略、古事記、古事記伝、吉野拾遺《よしのしゅうい》、中朝事実、神皇正統記《じんのうしょうとうき》、逸史、補史備考、川角太《かわずみたい》閤記《こうき》、太平記、外蕃通書《がいばんつうしょ》等の日本史関係の書、一々あげることが出来ないほど読んでいる。儒書も多い。経済書、地理書も多い。詩書もずいぶん読んでいる。それも抄録したり、批評の文章を書きながらだ。干鰯《ほしか》のように痩せからびた孱弱《せんじゃく》なからだで、どうしてこれほどのことが出来たのか、驚かずにいられない。

この頃の松陰に逸することの出来ないのは、周防《すおう》の僧月性と安芸《あき》の僧黙霖との交際である。月性は周防玖珂《くが》郡鳴戸村妙円寺《みょうえんじ》の住職で、有名な尊王僧で、熱心に海防の急務を説いたので、海防僧というあだ名がついていた。黙霖は安芸賀茂《かも》郡長浜の僧で、つんぼの上にどもりであったので、自ら黙霖と号していた。これも勤王《きんのう》僧として、当時有名な人であった。松陰は二人と野山獄にいる頃から文通をはじめた。もちろん、当今の国事についての意見交換である。

二人はすでに幕府否定の思想に達し、討幕論を抱いている。おそらく、これは二人が世捨人《よすてびと》であるため、尊王論を論理的につきつめて行って達したのであろうと思われるのだが、松陰は毛利家譜代の家来の家に生れている。観念論では行けない。

「幕府が日本の力の中心であることは儼然《げんぜん》たる現実である。これを無視することは出来ない。ましてや、この大国難の時だ。尊王の念は日本人として一瞬も忘るべきではないことは言うまでもないが、さればといって、国内相伐《う》つべきではない。今日は、諸侯が心を一つにして、幕府の心を正させ、皇室に忠誠ならしめることによって、全国一丸となって、国力の強化をはかるべきである。現実無視の観念論によって性急なことをしては、かえって外夷《がいい》に乗ぜられて国を危うくする」

というのが、松陰の考えであった。この時期にはまだ公武合体という政治語はなかったが、実質的にはこれは公武合体論である。穏健なものであるが、この時期には諸藩に籍のある者は、志士といわれる人々でも、皆こうだったのだ。恐らく浪人志士でもそうであったろう。月性や黙霖は係累のまるでない世捨人だから、論理の導くままにここまで行ったのであろう。

このおだやかな思想を捨てて、全国の志士の少なからぬ人々が、幕府なんぞ無用有害な存在だ、たたきつぶしてしまえという、けわしい心になったのは、安政五年におこった安政の大獄からである。井伊《いい》大老は、国民としての当然の憂えから出た、この穏健な考えすら、天下の政治を私議するものとして弾圧したのである。

さて、双方下らず、激烈な論争の手紙が交換されながら、松陰の出獄後に至ったのであるが、松陰の心は次第に変化して来た。しかし、幕府否定にはまだならない。

「人の罪を正さんとする者は、自らも正しくあるべきである。自分は、今日まで皇室にたいして、どれほどのご奉公をして来たか。かえりみて恥じざるを得ないではないか。このような自分が、どうして幕府を責めることが出来よう。何よりも先にわが身を正すことだ。わが身を正して、藩公を導いて皇室に忠勤させ、諸藩主に及ぼし、ついに幕府に及ぼすべきである」

というのであった。

つまりは依然たる公武合体論を出ていないが、先ずわが身を正すことからスタートすべきであるというところに、松陰が最も良心的で純粋な人であったことがわかる。

今の松陰に出来る皇室への奉公は、教育によって青少年らを真の尊王愛国の士たらしめる以外はない。もともと、全心的な熱情をもってことにあたる松陰ではあるが、その教育には一層の熱が加わった。

いろいろと塾の整備につとめる。

小田村伊之助《おだむらいのすけ》（後の楫取素彦《かとりもとひこ》）は後に松陰の妹寿子の婿《むこ》になる人で、親友であるが、この頃相州《そうしゅう》三浦半島にいた。幕府の命令で、長州藩がこの海岸の警備役にあたっていたので、その陣中に詰めていたのだ。小田村は後に藩の儒官となって明倫館助教になったほどの学者であるので、これにあてた手紙の一節に、こう書いている。

「来年は大兄も交代帰国のことになっている由、およろこびであろう。帰ってまいられたら、松下の村学に助力していただきたい。――安政三年十一月二十日付」

また、野山獄で同囚であった富永有隣にも手伝ってもらうため、藩にたいして釈放運動にかかった。これは一つには富永にたいする松陰の愛情であった。

富永は隻眼《せきがん》の大男であった。狷介《けんかい》な性質で、獄中で松陰が読書会をはじめた当座は、馬鹿にしたような態度でいたが、松陰の講義を聞き、その人となりを見ている間に、すっかり松陰に傾倒するようになったのである。これも松陰の特質の一つだが、松陰はほとんど人を悪意をもって見ない人であった。どんな人にも長所を見た。松陰自身も、後のことになるが、人から甘いと言われて、

「人を見るに甘いのは決してかまわない。刻薄であるよりずっとよい」

と言っている。これは松陰の育った家庭が最も和気にあふれたものであり、愛情ゆたかに育ったためであると思われるのだが、これが教育家に最も望ましい素質であることは説明するまでもない。こんな松陰であるところに、富永は相当な学識があり、自分を尊敬してもいるのだ。松陰としては愛情を持たざるを得ないわけだ。

富永の釈放はかなりな困難があった。親戚の連中が、富永のクセのある性質をきらって、出してくれるなと言うのである。松陰はその親戚らを根気よく説得して、ついに承諾させ、松陰の父と外叔父の久保五郎左衛門とを身許引受人として、藩庁に運動して、安政四年の七月に出獄させ、これを名義上の塾主にした。

この頃は門弟も大分ふえて来たので、杉家の客間が講堂に使われたという。門弟の中で、松陰が最も愛したのは、増野徳民《ましのとくみん》（字《あざな》は無咎《むきゅう》）、吉田栄太郎《よしだえいたろう》（名は稔麿《としまろ》、字は無逸）、松浦亀太郎《まつうらかめたろう》（字は無窮）の三人であった。三人の字は松陰がつけてやったので、松陰の書いたものには三人のことを三無と書いている。富永の出獄についても、松陰自身は蟄居の身で動くことは出来ないから、三人が松陰の命を受けて奔走したのである。

増野は田舎の医者の子で、安政三年に十六歳で、内弟子となって杉家に寄宿していた。吉田も同じ年で、杉家の隣の足軽の子であった。松陰に入門する前、松陰の外叔父久保五郎左衛門の塾に学んでいた。その頃伊藤利介《いとうりすけ》（後の博文《ひろぶみ》）も久保塾の弟子で、二人ならんで秀才であったという。松浦亀太郎は杉家の近くにいる画家である。今日伝わる松陰の肖像画はこの人が描いたものである。

門人は益々ふえて来て、久坂玄瑞や高杉晋作《たかすぎしんさく》も門人となった。

十一

松陰の教育ぶりを少し書こう。

松本村に三人の不良少年がいた。音三郎、市之進、溝三郎というのだ。音三郎が十七、他はともに十四であった。この三人を、吉田栄太郎が教訓したところ（栄太郎と音三郎は同年だ）、三人は大いに悔悟して、学問をしたいと言い出した。栄太郎はしばらく自分の弟子として読み書きを教えた後、それぞれに孝経を書き写させ、それに血判をさせ、これを誓書のかわりとして、松陰のところに連れて来た。

松陰は入門をゆるして、その翌日、音三郎にこんな文章を書いてあたえた。

「栄太郎の話では、お前は大野禎介殿の忘れがたみであるという。わしはお前の父上とは一面識もなかったが、因縁のないことはない。子供の時、お前の父上が書物好きで蔵書が多いと聞いて、人づてに砕玉話、常山紀談《じょうざんきだん》、玉石雑誌等の書物をお借りして読んだことがあって、今に忘れない。昨日、栄太郎がお前をここに連れて来た時、お前の様子が上品なので、なるほどあの人の子ほどあると思った。お前は十七だそうだが、一向しっかりしていない、そのかわり、悪にも染まっていないようだ。お前がどうなるかは、今からきまるのだ。道をあやまって取返しのつかないことにならないように気をつけねばならん。お前は父上に早く先立たれたが、お前の家には父上の蔵書が多数あるはずだ。それを読めば、父上のお姿を眼《め》の前に見、父上のおことばをまざまざと聞く気がするはずだ。そのようにして、先祖のことを思って行いをつつしみ、徳をおさめるがよい」

音三郎はこの文章をもらって、

「明日は父の六年忌なのです。その前日にこの文章をいただいて、ひしと心にこたえるものがあります」

と言った。松陰は、

「不思議なめぐり合せだ。しかし、人間の至誠は神をも感じさせるものだから、偶然ではないかも知れない。わしにもそんなことがある。わしが昔山田亦介《またすけ》殿から長沼流の兵学の免許を受けたのは、吉田の養父《ちち》の忌日であった」

といった。すると、側《そば》にいた富永有隣も言う。

「わしは前に野山獄にいる時、御先代（斉広《なりひろ》）が天保《てんぽう》二年に百姓一揆《いっき》のあった時、家中の諸役人や藩士らに下しおかれたご訓戒の書付を、あそこで見つけ出したことがあるが、それは御先代の忌日二十九日であったので、不思議と思ったことがある」

松陰は、

「三つとも似た話だ。まことに不思議だ。しかし、この不思議を単なる偶然におわらしめず、意義あるものにするのは、その人の努力にある」

と言って、このことも文章にして、少年にあたえた。――丁巳《ていし》幽室文稿《ゆうしつぶんこう》

市之進にはこういう話がある。

この少年はわずかに十四であったが、早く父に死別して母一人の手で育ったので、わがまま放埒で、親戚のもてあましものになっていたのを、栄太郎がいろいろ教訓して書物を読みならわせて連れて来たのだ。

ある日、松陰の側で、習字をしていた。松陰が庭の掃除を言いつけたが、市之進ははいといいながら、習字をつづけている。また命ずると、

「十枚書こうと思ってかかったのですが、あと二枚のこっています。書いてしまってからやります」

松陰は思うところがあるので、三度も四度もうながしたが、少年はやめない。松陰はいきなり立ち上り、少年の紙と筆を引ったくって庭に投げ出した。少年はそれをひろって来て、また二字書いてから、立ち上って庭掃除した。

掃除がすんだところで、松陰は少年を呼びよせて言った。

「お前はわしに楯つくつもりだったのか」

「そんなつもりはありません」

「おかしいじゃないか。そんならなぜすぐしなかったのだ」

「悪うございました。たしかに楯つきました」

松陰はひざを進めた。

「そうか。お前、わしに楯つくことが出来るのだったら、天下いかなる人にも楯つかねばならん道理だ。もしお前が天下の人に楯つくことが出来るなら、わしはお前をえらいとほめてやろう。それが出来んのだったら、わしは決してお前をゆるさんぞ」

少年はうなだれている。

松陰はまた言う。

「お前はまだ子供だが、ズバぬけてかしこい。わしと一緒に勉強するに足る者だ。負けずぎらいはお前の本性のようだからね」

「そうです。負けずぎらいです」

「聞けば、お前は早くお父さんに別れて、お母さん一人の手で育てられながら、お母さんに不孝、その他の行いもよくなく、親戚や近所の人が言い聞かしても、ちっとも改めないそうだな。お前、それでは子としての道もつくせないのだ。そんなざまで、どうして天下の人に楯つくことが出来るものか。天下の人に楯つこうと思うなら、いい方法を教えよう。今から志を立てていかなる艱苦《かんく》にも負けずに学問にはげみ、立派な人間になり、自分の信ずるところを断じて行い、いかなることにもくじけず立て通すのだ。これだったら、お前の好きな負けずぎらいを、天下の人にたいして行える。どうだね。やるか」

少年は奮然として答えた。

「よくわかりました。やります」

松陰は、

「これから三十日、今のことばを実行せよ。三十日経ったら、もっと先のことを教えよう」

と言い、この次第を文章に書いて、少年にあたえている。――丁巳幽室文稿

溝三郎にはこんな話がある。

溝三郎は商家の子であった。松陰は他の二少年には最初からそれぞれに長所を認めて気に入ったが、この少年は町人臭があってだらだらしているので、心中気に入らなかったが、栄太郎の頼みなので入門を許した。

ある夜、輪講会がおわったあと、末座にすわっていた溝三郎が出て来て、松陰に言う。

「わたしは商人をやめて医者になりたいのですが、いかがでしょうか」

「どうしてだ」

「商人はきらいなんです」

「何できらいなのだ」

「商人は金持や身分の高い人にはぺこぺこ頭を下げておべっかを言わなければならないのですが、わたしには出来そうにないからです」

「ぺこぺこ頭を下げたくなく、おべっかを言うのもいやなら、医者もだめだな。今時の医者は商人よりぺこついておべっかを言うのだよ。君子は渇しても盗泉の水を飲まず、志士は溝や壑《たに》に野たれ死にすることを覚悟で、窮しても節操を立て通すという聖賢の教えがある。この覚悟さえしっかりと心に立っているなら、医者でも、商人でも、少しもかまわんじゃないか。人には生れながらの素質と身分というものがある。それを考えないで勝手な所望をするのは、間違っている。なるほど、今の商人はやたらぺこぺこ頭を下げ、やたらおべっかを言う。しかし、お前はそんなことをしないで、天下の商人の風をかえることを考えたらどうだ。無理して医者になることはないぞ」

「わかりました。そうします。しかし、どんな風にしたらよいでしょう。教えて下さい」

「お前の家は骨董屋《こっとうや》だそうだな」

「はい」

「骨董屋は古書を集めるに便利だ。お前はそれを沢山集めてまわりにおき、商売をしながらそれを読んで道を学ぶのだ。そうすれば生活にこまらんで勉強出来る。金持になったら人に施し、学が成ったら人に教えよ。もし損をして困窮しても、盗泉の水を飲まずとの心を忘れず、溝壑《こうがく》に転落する覚悟を忘れないなら、お前は誰よりも立派な人間になれるのだ」

といって、溝三郎という名をつけてやった。「志士は溝壑に在るを忘れず」という孟子のことばから取ったのだ。少年の本名はわからない。

この三つの話は、松陰の教育法をよく語っている。教え子の長所を見つけて、その人間に最も適した方法で教育するのである。

こんなこともあった。

ある夜、松陰は富永と松本村の武士の風儀の悪いのをなげいて話し合っていた。

増野徳民、吉田栄太郎、市之進、溝三郎の四人は側にあって両人の話を聞いていた。

夜が次第に更けて来た頃、話は岸田多門という塾生のことになった。岸田はまだ十四という少年のくせに、煙草を吸うのである。松陰はこのことを語って、岸田の行先を案じた。聞いていた吉田栄太郎はいきなり自分のきせるをとり上げてへしおって、

「わしはこれから松本村の士風の立直しにかかる。これはその手はじめだ」

と言った。

それを見て、市之進も溝三郎も自分らのきせるをおった。

すると、富永も、

「お前らがそうする以上、わしも折らにゃならんな」

と言って、そのきせるを松陰にさし出して、おっていただきたいと頼んだ。

松陰は、しずかに言った。

「煙草は飲食物と違って、本来は必要のないものだが、吸い慣れるとなかなかやめられないものだそうな。わしは天性きらいだから、その気持はわからんが、おんしらが一時の感激に駆られてやめて、あとで終生落ちつかないのではないかと心配だよ」

富永、増野、吉田の三人は腹を立てた。

「先生はわたし共のことを信用なさらないのですか。岸田、市之進、溝三郎らはまだ十四のくせに誰の前でもスパスパ吸っています。これは世間の風儀がこれを許しているからです。だから、士風の立直しは先ずここからはじめなければなりません。わしらは一岸田のことで禁煙するのではありません。松本村の士風を立直す手はじめをやっているのです。それでも、先生はわれわれのことを疑われますか」

松陰は悪かったとわびて、

「そなたらにその強い覚悟があるからには、必ずこの松本村の士風は立派なものになって、わしの心配も消える」

と言った。松陰の塾に一種凛乎《りんこ》たる求道の気風が横溢していたことがよくわかるのである。

松陰は即夜、このことを文章にした。岸田少年は寄宿生だったので、翌日早朝、昨夜書いた文章を読ませ、訓戒すると、少年はうつ向いて泣き出した。松陰はもう何にも言わなかったが、少年は数日後には煙草道具一切を親許に送りかえして、すっかり禁煙した。その上、その勤学ぶりは以前にずっとまさった。「蓋《けだ》し諸君の意に感ぜしならん」と、松陰は書いている。

この話を聞いて、高杉晋作が、松陰に言った。

「拙者は十六の時から煙草を吸いはじめました。おとな達から忠告されましたが、やめませんでした。ところが、去年、路で煙草入れをおとしたので、この機会にやめようと思って、やめました。小事ではありますが、なかなかむずかしいものです。皆の禁煙の苦労は、拙者にはよくわかります」

高杉はこの時十九であった。松陰はこう書き加えている。

「春風《はるかぜ》（高杉の名）は行年十九、鋭意激昂《げっこう》学問最も勤《いそし》む。その前途まことに料《はか》り易《やす》からず、因《よ》て併せてこの事を書し、以て諸君に示す。諸君それ遼東《りょうとう》の豕《いのこ》の咲《わら》ひをなすなかれ」

末句は、煙草をやめるぐらい、さしてめずらしいことではないと思ってはならない、なかなか立派なことなんだぞという意味であろう。

十二

門弟が次第にふえて来るにつれて、杉家の客間では何かと不便になった。杉家には邸内に立ち腐れになっている廃屋がある。これを修理して塾舎にあてることにして、安政四年の秋頃から修理にかかっていたのが、十一月五日には八畳一間の家となった。

松陰はこれを塾舎にすることにして、松下村塾という名前をつけ、この日を開塾の日とした。

この塾名はそのはじめは玉木文之進の塾名であり、久保五郎左衛門の塾がこの名を踏襲して、久保塾は正式の名は松下村塾であったのだが、今度は松陰が踏襲したのである。

実際はもちろん松陰が塾主であり、主任教師であり、富永有隣が助教であるが、名義は久保が塾主、富永が主任教師で、松陰は陰の人ということにした。まだ幕府から罪を赦免されているのではないからである。

門弟は益々多くなる。正確な塾生の数はわからないが、いつも二十人内外は塾にいたという。

門弟の中で、最も卓抜で、最も松陰の嘱望していたのは、高杉晋作、久坂玄瑞、吉田栄太郎、入江杉蔵（九一《くいち》）の四人で、世間ではこれを松下村塾の四天王といっている。四人の中から特に高杉と久坂をあげて、松下村塾の聯璧《れんぺき》ともいう。高杉は士分、それも百五十石の家だったというから、相当高い家格の家の長男である。明倫館に学んで秀才の名があり、将来は明倫館で相当な役職につけられることに約束されていたのだが、松下村塾に来てしまった。

松陰は前には藩法を破って家を潰し、身は浪人となったのであり、今は天下の大法を破って幕府に処罰されて親許あずけ蟄居謹慎の身である。要するに藩の要注意人物である。身分高い家では子弟がこれに近づくのをきらった。高杉の家でもきらった。晋作の父の小忠太《こちゅうた》は家中でも評判の謹直な人間だったから、最もきらって、度々訓戒したが、こうなると、かえってきかない男だ。夜陰、家人の寝静まるのを待って、三キロほどの道を村塾に通ったという。

松陰は高杉の俊爽《しゅんそう》と鋭気を愛したが、一面剛情で、人を人とも思わない傲慢な性質があって大成しないのを憂えて、久坂玄瑞を揚げてこれをおさえるようにしたので、高杉は発憤して大いに学に励んだという。

こんな話がある。ある時、桂小五郎が松陰に、高杉のことを、

「なかなかすぐれた素質のある少年だが、惜しいことに剛情だ。独善的人間になる恐れがある。今のうちに訓戒して矯《た》める必要があろう」

と言った。桂は松陰の明倫館教授時代の兵学の弟子ではあるが、松下村塾の塾生ではない。年も三つ下であるだけだから、師弟というより兄事している友人と見るべきであろう。この桂に、松陰はこう答えている。

「わしもそうは思うが、めったなことをしては、角《つの》を矯めて牛を殺す結果になることを恐れる。高杉は必ず大成長する人物だ。人の言うことには耳を傾けないようでいながら、取るべきところは取る人物になると見ている。将来、わしが何かする場合には、必ず高杉に相談するだろう。その場合、高杉は必ずわしの意見を容《い》れる。大丈夫だよ」

欠点が長所にもなることを知っているのである。天才教育家の感覚である。

久坂玄瑞は藩医良迪《りょうてき》の次男に生れたが、十四・十五の時の両年の間に母、兄、父とつづけさまに亡くなって、天涯孤独の孤児となった。明倫館に学んで秀才の名があったが、安政三年六月、十七の時に松陰の家に出入りしはじめた。長身白晳《はくせき》の美少年であったという。

「久坂は潔烈な志操と縦横の才とを兼備している。清潔、激烈であるから、他の罪悪や濁りを容赦しないところがあるが、それでいながら縦横無礙《むげ》の才があり、しかも自然に人に愛せられるところがある」

と、松陰が批評している。

松陰はよほどに久坂が気に入ったようで、翌年の十二月には、妹の文子の婿として、杉家に住まわせ、村塾の仕事にあたらせている。

吉田栄太郎は、前にもずいぶん出て来た。杉家の隣の足軽の子である。十六の時の安政三年十一月から松陰の教えを受けはじめた。

「栄太郎の識見は高杉によく似ている。しかし、いささか才があるために気魄が十分に伸びない。人間は気魄が衰えれば識見も昏《くら》んで来るものだ。気をつけよ」

と、松陰は教えている。栄太郎はまた剛情なところがあった。むっつりと剛情であったのであろう、松陰は高杉を陽頑、栄太郎を陰頑と批評している。

松下村塾生の生きのこりである渡辺蒿蔵《わたなべこうぞう》（この頃の名天野清三郎《あまのせいざぶろう》）を、玖村敏雄氏が訪問して、三人のことを聞いたところ、

「高杉は恐ろしかった。栄太郎はかしこかった。久坂にはついて行きたいようだった」

と語った由である。最も簡単なことばだが、最も鮮明に三人の風貌が活写されている。

入江杉蔵（九一）も足軽の子である。弟に野村和作《わさく》があり、これも松下村塾に学んだ。杉蔵は最も遅く入門している。杉蔵は足軽として江戸藩邸につとめていたが、安政五年七月に、飛脚として帰国した時、はじめて松陰を訪ねて時事を談じたのを最初にして、度々訪問しているうちに松陰に傾倒して、十一月十二日に正式に入門

した。しかし、塾は後に述べる事情によって、この月の二十九日には閉鎖されねばならなかったから、彼の在塾期間はわずかに半月だったのだが、彼の松陰から受けた感化は最も強烈なものがあり、後に弟の和作とともに決死の働きをするのである。松陰は彼をこう批評している。

「杉蔵が卑賤《ひせん》な身分でありながら天下のことを憂える志はまことに奇特である。またその意見が頗《すこぶ》る自分の意見に合致していることは自分のよろこびである。しかし、さらに自分が杉蔵において珍重するところは、その憂えが痛切で、策がしっかりと要《かなめ》をつかんでいることである。これは自分の及ばない点である」

欠点もまた指摘して、

「お前が識見高く、胆の大なるところは、自分の深く敬愛する点であるが、恨むらくは才と学とが足りず、人を恨む心が深い。努力してこの欠点を補うようにせよ」

と、書きあたえている。

伊藤利介（博文）、山県小輔《こすけ》（有朋《ありとも》）、山田市之允《いちのじょう》（顕義《あきよし》）、品川弥二郎《しながわやじろう》、佐世八十郎《させやそろう》（前原一誠《まえばらいっせい》）、赤根武人《あかねたけと》等もまたいて、後に皆維新運動に挺身《ていしん》した。

村塾には特別いかめしい規則は立てなかった。形式的になり、虚偽に堕することを、松陰がきらったのである。しかし、こう釘《くぎ》をさしている。

「規則がないからといって、自由放埒、禽獣夷狄《きんじゅういてき》に堕してはならず、老荘《ろうそう》的放達になってはならない。誠実、忠直にして、疾病艱難《しっぺいかんなん》には扶《たす》け合い、力役事故には一致して一身の手足のごとくふるって労役すべきである」

授業料の定めもなかった。束脩《そくしゅう》も入門の際いくらか持って行ったものもあろうが、多くはそれも納めなかった。このような塾生らを、松陰の母はよく世話して、食事時には食事をさせることもあり、時々はほうびまであたえたという。

松陰の母はまことによく出来た人で、年かさの塾生には、酒を出してもてなすこともあったという。

寄宿生は食費や油代として、多少の金を出したが、これも月謝は出さなかったという。

授業の方法としては、松陰が講義することもあり、松陰の指導で皆が会読することもあり、米を搗《つ》いたり、畑作したり、養蚕《ようさん》したり、庭の草引きをしたりしながら、教授を受けることもあった。松陰が江戸に行っている久坂に出した手紙の一節に、こうある。

「この頃大暑中だが、大元気である。左伝と八家文《はっかぶん》の会読を隔日に行なっている。午後四時過ぎに会読が終るので、それからは畠仕事や米搗きをする。在塾生らも一緒だ。米搗きが大分上手になった。大抵、両三人で上って（足ぶみの臼《うす》なのだ）、書物を会読しながら搗く。史記など二十四、五枚読む間に精白がおわる。また愉快である」

このほか、登山、撃剣、水泳、山鹿流兵学の実習なども行なった。もっとも、この演習には松陰は遠慮して出ない。

安政五年になると、塾が手狭になり、十畳半の部屋を建増しすることになったが、ほとんど職人や人足の手を借りず、塾生らだけで建てて、三月十一日には大体出来上った。松陰は母屋の幽室からここに引移り、塾生らと起居を共にすることになった。

この建増し工事の最中、明倫館で家中の少年らの漢籍素読の試験が行われた。塾から十五人が応試したが、全部優等の成績であった。松陰もよほどうれしかったらしく、その一人である中村理三郎という十四の少年に、書をあたえて誉《ほ》め、これに傲《おご》るなく勉《つと》めよ、お前と同年輩の誰それはなかなかやっているぞ、うんとやらねば追いぬかれるぞと、励ましている。機を逸せず、最も効果的な教導をするのだ。なまけ者では出来ることではない。

こんなことで、塾の名前も上り、松陰の名声も上った。あたかも、藩では要路更迭を断行して、益田弾正《だんじよう》、内藤万里助《ないとうまりのすけ》、前田孫右衛門、周布政之助《すふまさのすけ》等の進歩派の人々を起用したので、松陰もしばしば意見上書をし、それがよく用いられた。松下村塾は鬱然たる勢力になり、入塾者は益々増えた。

こうなると、幕府の聞えも案じなければならないので、藩中の山鹿流兵学の高弟等に頼んで、松陰に家学教授の許可をあたえていただきたいという願いを出してもらった。松陰に好意を抱いている藩庁だ、すぐ、

「伝授以上の熱心な門弟にだけ、騒々しくないようにして教授することを許す」

と、許可した。七月二十日である。これが松陰の松下村塾が公《おおやけ》に認められた日である。この日から松陰は名実共に塾主となる。

十三

天下の形勢が急を告げて来たのは、この頃からである。

幕府が米国総領事のハリスと通商条約を結ぶことを決定し、三月五日をもって調印の約束をしたのは、安政五年の正月五日であった。

老中首席の堀田正睦《ほったまさよし》は、これの勅許を得るために、正月二十一日に江戸を出発、上洛の途についた。堀田はごく容易に勅許をもらえるものと思っていたのだが、恐

ろしくむずかしいことになった。朝廷は鎖国論でかたまっていたのである。

開鎖の論以外に、もう一つ当時は大問題があった。将軍世子《せいし》の問題である。この問題についても、越前《えちぜん》家や薩摩《さつま》藩からの手入れが朝廷にあり、二つがからみ合って、堀田の運動は困難をきわめた。このことは、「長野主膳」〈注：『幕末動乱の男たち（上）』（新潮社）所収〉で書いた。想《おも》い起していただきたい。

堀田はついに勅許をもらえず江戸に帰った。

それからが大へんだ。井伊大老の登壇となり、条約無勅許調印、将軍世子を紀《き》州慶福《しゆうよしとみ》（後の家茂《いえもち》）と定めるということになり、無勅許調印に異議を申し立てた水戸公父子、尾張公、一橋慶喜《ひとつばしよしのぶ》、越前慶永《よしなが》等は隠居または蟄居に処せられた。かなり後のことになるが、山内容堂《やまうちようどう》も隠居、伊達《だて》宗城《むねなり》も隠居せねばならないことになる。島津《しまづ》斉彬《なりあきら》も生きていればまぬがれないところだったが、七月十六日に死んだ。

憂国の志士らは井伊を憤って起《た》ち上り、天下は騒然となった。正確にはこれからが維新時代であり、疾風怒濤《どとう》の世となるのである。

志士らは井伊のしたいろいろなことに憤激したのだが、その最たるものは、井伊が条約調印のことを朝廷に報告するのに、宿次《しゆくつぎ》奉書をもってしたことであった。これは使者が持って行くのではなく、宿場宿場の問屋で受けついでとどける最も手軽な方法である。

一体、幕府政治のたてまえから言えば、幕府は朝廷から政治の大権を委任されているのだから、内治外交一切を独断でやってよいのである。家光《いえみつ》将軍が鎖国政策を取った際も、全然朝廷には無断であった。しかし、世が進んで、日本人の間に尊王心が強烈になって来ると、老中も日本人だから、これまでの行き方では申訳ないような心理になって来る。ペリーが来航した頃の老中首席であった阿部正弘《あべまさひろ》は、勅許を仰いで日米和親条約を結んだのである。

堀田正睦が通商条約についての勅許を造作なくもらえると思ったのは、この先例があったからである。幕閣内部では反対者もあったのだが、堀田はそれをおさえて上京した。そして、失敗した。

井伊が無勅許で条約に調印したのは、苦しまぎれの処置であったには違いないが、そのあとの処置は、幕府政治本来のたてまえにかえるのだという心であったと見てよい。朝廷への報告を宿次奉書ですませているからである。

井伊としては、よほど考えなければならないところであった。この条約が最初から朝廷にうかがいを立てなかったのなら、幕府政治のたてまえによって、無勅許調印してもよいが、すでにうかがいを立て、否認されているのである。もはや単なる無勅許調印ではない。違勅調印である。叡慮《えいりよ》にたいする無視どころか、重大な侮辱である。井伊としてはことの重大さを深思して、出来るなら自ら、それが出来ないなら老中と三家の誰かとを上京させて、

「しかじかの次第で、いたし方なく調印いたしました。何とぞ、ご了解の上、お赦しいただきとうございます」

と、わびるべきである。

古制に返るのだと、宿次奉書などですますなど、叡慮にたいする侮辱を重ねることでしかない。

全国の志士らが激怒したはずである。

天皇はいく度も老中か三家の者を上京させて説明せよと仰せ出《いだ》されたが、井伊は木で鼻をくくるような返答をして、命を奉じない。人々の憤激は募る一方であった。

ついに井伊排斥の計画が、志士らの間でめぐらされる。密勅降下、西郷隆盛らのクーデター計画等の一連のことがそれだ。これについては、「有馬新七」、「平野国《くに》臣《おみ》」〈注：前掲書所収〉でかなりくわしく書いた。

当時、江戸には桂小五郎、松浦亀太郎、吉田栄太郎らの友人や門人が出ており、七月には高杉も出た。京都には久坂、中谷正亮《なかたにまさすけ》が出ている。中央の情報は次々に松

陰の許にとどく。

条約調印にはもちろん同意出来ない。幕府は朝廷から条約は認めがたいとの勅《ちょく》諚《じょう》をもらった直後、諸大名に条約賛成の意見を提出するよう命じた。

「大名らは皆このように賛成しています」

と朝廷を説得するためである。

松陰はこれを利用する策を立てた。藩をして条約反対の意見書を出させ、他藩にも及ぼし、天下の輿論《よろん》として幕府にせまるという策だ。

蟄居謹慎というのがたてまえだから、自分は動くわけに行かない。門弟や親しい友人に指令して、藩の要人らに説かせたが、友人らはかえって周布政之助に説得されてしまい、藩政府と松下村塾をひきいる松陰とは対立の形となった。

松陰は家老の益田弾正を通じて、匿名で藩公に直接上書した。藩公はその上書を見て、

「これは寅次郎ではないか」

と言い、そうであると聞くと、

「寅次郎は気性の烈しい男だ。幽囚の境遇である上に、言いたいことも言えんでは、発狂するかも知れん。かまわんから、言いたいことがあるなら、何でも書いてよこ

すがよいと言え。採否はおれがすればよいのだ」

と言った。敬親《たかちか》は松陰に深い愛情をもっているのだ。

このことはすぐ松陰に伝えられた。松陰の感激は一通りでない。すぐに三篇を上《たてまつ》った。いずれも尊王論の立場から今の日本のとるべき策を説き、藩政の改革におよんだものであった。

その後も、度々上書した。

敬親は皆読んだが、その意見をよしとしても、松陰を愛していても、敬親一人ではどうにも出来はしない。江戸時代の諸藩主は独裁君主というたてまえにはなっていたが、それは江戸時代初期までのことで、その後は藩政府の重役らが万事を決定するようになっている。よほどえらい、たとえば島津斉彬のような人物なら、ほとんど独裁で行けたが、他は全部行けない。大老として幕閣ではあれほどの威力をふるった井伊直弼《なおすけ》ですら、藩内では独裁力をふるえなかったのである。松陰の心血を注いだ上書も、つまりは読みすてにされたのである。五月四日に、藩は幕府に、条約締結はやむを得ないと思いますと答書している。

この頃、松陰は対策一道、愚論、続愚論と題する三篇の文章を梁川星巌に送った。対策一道は漢文で、毛利敬親への上書の写し、あと二篇は書簡体で、時事を論じたもので、幕府のとるべき態度、朝廷のとるべき態度を述べたものだ。皆断然として米国の申しこみを拒絶し、国力を養い、武備を充実し、航海にならい、「しかる後、往《ゆ》いて加里蒲爾尼亜《カリホルニヤ》を問ひ、以て前年の使に酬《むく》い、以て和親の約を締《むす》ぶ」といい、国力を養う法も説いている。星巌はこの三篇をかねて出入りしている堂上を通じて、孝明《こうめい》天皇のお目にかけた。

これを知ると、松陰の感激は一通りでない。

「一介の草莽《そうもう》区々の姓名、聖天子の垂知を蒙《こうむ》る。何の栄かこれに加へん。児の死する何ぞ晩《おそ》きや」

と、「父、玉木叔父、兄に上る」書中に書いている。

無勅許で条約が調印されたことを、松陰が知ったのは、七月十一日のことであった。門弟中谷正亮が京都から知らせて来たのである。

松陰は驚愕《きようがく》し、また激憤して、すぐ筆を呵《か》して一文を草し、藩の要人前田孫右衛門に送った。

「今日こそかねて涵養《かんよう》する士の気節を振るうべき時である。幕府はすでに勅旨にそむくの暴挙を敢《あ》えてした。藩政府はよろしく殿様にお願いして、幕府に、『勅旨を遵奉《じゆんぽう》するのは天下の公義である』

と、忠告すべきである。

幕府もしきかずんば、藩は直接に天子に申し上げて、御処置を仰げ。もし幕府がわが藩を目して叛逆《はんぎやく》とし、兵を加うるなら、それもまたよいではないか。士は義を守って死し、国は義を守って滅ぶのだ。何の遺憾《いかん》があろう。

しかしながら、わが藩の志がこのように確乎《かっこ》として定まるならば、天下の人心は翕然《きゆうぜん》としてわれに集まるから、幕府は兵を加えることは出来ないであろう。

義をもって立つなく、利害を打算し、苟安《こうあん》をこととし、道にそむくの幕議に追随していては、日本は次第に衰え、ついには亡びるであろう。そうなってから、気節を持出しても、国論を立てても、追いつきはしないのである。しかるに、今の天下の諸藩は、いずれも利害満腹、苟安の徒である。百世の後、人は何と批判するであろうか。

願わくは、小生のこの論をもって、家老衆に説き、殿様に献じ、これを藩論と定めたまえ。気節の士をしていたずらに憤死せしむるなかれ(取意大要)」

翌日は藩公に書をたてまつる。

幕府が外国の威迫を恐れて勅諚にそむいて、条約の調印をした罪を論じ、

「罪悪かくのごとく昭々としているのに、功利の説をもってこれを弁護する者があ

る。桀《けつ》の逆を助け、紂《ちゅう》の暴を輔《たす》けるふるまいである。藩祖元就《もとなり》公は単にその主に叛《そむ》いたにすぎない陶晴賢《すえはるかた》を断乎伐って赦さなかった。今、幕府は天子にそむき、国害をかもし、国辱のふるまいをなした。天下の賊である。これを討たずんば、天下後世の批判をいかんせん。元就公の神霊はどう思われるであろうか。

義を正し、道を明らかにするを専一として、功利に心を奪われないのが、聖賢の教えである。猶予すべきではない。

しかしながら、英雄の事を謀《はか》る場合は、多少の利害は考えなければならないものであるが、今は義と利が合致している。

幕府の計算では、諸藩を使ってアメリカを討っても、とうていアメリカを滅ぼすことは出来ないのみならず、諸藩は幕府から離反するだろう、これに反してアメリカの威力を仮れば諸藩は制御しやすく、しかもアメリカの叛くことは先ずあるまいというのである。すなわち、幕府はアメリカの心より諸藩の心を疑い、諸藩の力よりアメリカの力を恐れているのだ。

わが藩がこの幕府の心計を天下に暴白《ばくはく》し、断々乎として大義を天下に唱え、国民の公憤を呼びおこすなら、正気は旺然《おうぜん》として天下におこり、事は必ず成るのである

（取意大要）」

松陰はついに討幕論に達したのである。前日の前田孫右衛門に送った文章とくらべると、一夜のうちにこうまで激化している。終夜寝もせず、思いつめたことがわかる。ぼくにはギリギリと歯を嚙《か》みならしながら思念を追っている姿が想像されるのである。

しかしながら、末段に至って、こう書いている。

「このようにして大義が天下に明らかになったなら、幕府には二百年来の恩義もあることだから、再三再四忠告して、勅に遵《したが》うことをすすめよう。朝廷もまた軽々しく討幕はなさるまい。幕府が翻然前過を悔悟するなら、決して追究はなさらんだろう。その時は、わが藩が朝廷と幕府の間に立って調停し、天朝には寛洪《かんこう》をもって臨まれるよう、幕府には恭順するように説いて、国内協和、もって四夷にあたるようにすべきである。しかしながら、もし、天下の勢い、調停が出来ないようであれば、断乎として大義に仗《よ》るのである」

これは後のいわゆる公武合体説である。松陰の心が揺れていると見るべきではあるまい。彼の立脚点は常に義である。義は宜であるという。固定したものではない。正義は時・処・位によって決定さるべきものである。幕府が前非を悔いて叡慮に恭順するなら、これを扶けることが義であるとするのは、松陰においては当然のことであったはずだ。

十四

松陰はこの後もひんぴんとして、あるいは藩庁に、あるいは藩の要人に上書した。藩庁は松陰の志を知っているから、好意的ではあったが、あまりに純粋すぎる松陰の説は採用は出来ない。藩としては、松陰の最もきらう利害の商量をしないわけには行かないのである。しかし、すぐ行えることは、採用している。人作りのために有為な青年を選抜して京・江戸・長崎等へ遊学させたのがその一つだ。甲鉄船を一隻買うことにしたのもその一つだ。松下村塾の青年らも多数遊学生の選に入った。高杉が江戸に、伊藤利介（博文）や山県小輔（有朋）が京へ出たのも、この時である。

松陰としては、最も肝心なことはまだ達せられないが、藩庁の態度がこうである以上、正気が全藩の空気となるのは時間の問題だと、よろこばざるを得ない。この頃、在京の久坂に出した手紙にそのよろこびが見える。

「本藩の事情、日々維新《これあら》た、自分は実にうれし涙縦横である。藩政府では日々御前会議がある。革新の政治は防・長全体にはまだ行きわたっているとはいえないが、萩城下には十分行きわたっている」

と書いて、あとに遊学生派遣のことや軍艦買入れのことを書いているのである。

間もなく、長州藩に密勅が下った。この密勅降下は、薩藩の日下部伊三次《くさかべいさじ》が水戸藩士らと共同謀議して、水戸藩に密勅を下賜してもらった時、尾張、越前、加賀《かが》、薩摩等の十三藩にも下賜されたが、その一つであった。

密勅といっても、討幕などというあらあらしいものではない。

「当今、国内すこぶる騒動の兆があり、外国関係もむずかしくなっているのに、京都の警備は不完全で、甚だ心配にたえない。沈勇忠烈の大名が他事に託してひそかに兵を摂津《せっつ》あたりにかくしておき、急変の際には直ちに入京して、内裏《だいり》を守護し、朕《ちん》が心を安んじてくれるなら、まことに天下の忠臣というべきである。しかし、未《いま》だその人を得ないので、国難を憂えて寝食を忘れている有様である。いつの日か朕が心を安んじてくれる人がいるであろうか。悲しいかな、悲しいかな」

というのである。

この密勅は八月二十一日に長州についた。

敬親は感激して、周布政之助を上京させた。周布は長州藩と親しい正親町三条《おおぎまちさんじょう》実愛《さねなる》と鷹司輔熙《たかつかさすけひろ》とに会って、

「弊藩は唯今幕命によって兵庫警備の任にあたっておりますれば、一旦急あらば、直ちに入京、禁裡《きんり》守護の任にあたるでございましょう。さりながら、当今の時勢は最も国内一和を肝要といたしますれば、御仁恵をもって、関東とはつとめてご一和あられたく願い上げます」

と言上して、帰国した。これは九月十四日のことであった。

この密勅降下を、藩は松陰に知らせていない。よほど厳秘にしたと見えて、わきから知らせた者もない。松陰が感激のあまり何をやり出すかわからないと恐れたのであろう。

安政大獄がはじまったのは、周布が密勅に奉答した日から一週間前である。九月七日の夜、梅田雲浜が捕えられた。梁川星巌の家にも捕吏が向ったが、これはその三日前にコレラで死んでいたので、妻の紅蘭《こうらん》が捕えられた。

あとはしばらくやんでいたが、九月十七日に老中間部《まなべ》詮勝《あきかつ》が着京すると、その翌日には水戸家の京都留守居鵜飼吉左衛門とその子幸吉とが捕えられた。四日後には、鷹司家の臣小林民部権大輔《みんぶごんのたゆう》、三国大学《みくにだいがく》、三条家の臣金田伊織《いおり》、儒者池内《いけうち》大学、画家浮田《うきた》一蕙《いっけい》、頼三樹三郎《らいみきさぶろう》が捕えられ、どこまで網がひろがるかわからない有様であった。

台風の目である間部詮勝はどうかといえば、病気と称して、旅館の妙満寺《みようまんじ》から一歩も出ないが、訪問者があると、快く会う。居間の床の間に軸がかけてある。老人が月夜に刀を研《と》いでいる絵だ。「月夜老夫磨レ刀像」と題がついて、賛がしてある。

「胸中自有安逸意、笑向長空撫佩刀（胸中おのずから安逸の意あり、笑って長空に向って佩刀を撫《ぶ》す）」

という文句だ。

「これアわしの自画像です。賛は比叡山《ひえいざん》の坊さんにしてもらいました」

と言って、にやにやと笑っている。大いにテロリズム（恐怖政策）をとりますぞと、公家《くげ》らにすごんで見せているのである。

京都中ふるえ上っている間に、検挙はひしひしと進んだ。京都だけではない。江戸でもだ。いや、全国的規模でだ。

たしかに、井伊のこの恐怖政策は効果があった。諸藩の志士らも、個人としては別だが、藩は冷水をぶっかけられたようにシュンとなった。長州藩もこれに漏れない。松陰を警戒すべき人物として、阻隔しはじめたのである。

元来がラジカルな松陰だ。藩政府のすることに全面的に同意していたわけではない。藩政改革などに自分の意見を容れるので、将来に希望をつないで、よしとしていたのだ。藩庁が奥歯にもののはさまったような態度で接するとなると、憤激せざるを得ない。激情的な人が一層激情的になった。

この頃、在江戸の門人松浦亀太郎に、手紙で、紀州の付家老水野忠央《みずのただなか》を刺せと諷《ふう》諭《ゆ》している。水野が自分の主人慶福《よしとみ》を将軍世子にするために、井伊と組んで、百方の手段をつくしたことは、「長野主膳」で書いた通りであるが、松陰の松浦あての手紙によれば、松陰は違勅調印もこんどの恐怖政策も、すべて水野が背後にあってやらせているのであって、井伊はロボットにすぎないと見ている。

この頃は家定《いえさだ》将軍はもう死んで、慶福が家茂と改名して十四代の将軍になっているので、紀州時代の家老である水野が家茂を操っているはずと見たのであろう。

松陰は温かい家庭に愛情深く育っている上に、真直ぐすぎるくらい真直ぐな人がらなので、こういうことの推理は巧みでない。江戸に出ている松浦には、松陰の見当ちがいがもちろんわかる。いくら尊敬する師の諷諭でも、これは従えない。松浦がどうしたか、師に事情を告げてやったか、黙っていたか、今ではわからないことになっているが、水野を刺さなかったことは事実だ。松陰のいら立ちは昂《こう》ずるばかりであったろう。

当時熱血公家として最も有名であった大原重徳《おおはらしげとみ》を説いて、長州に招き下し、勤王の兵を挙げようとの画策もした。大原にあてた手紙に、

「万一失敗しても、私の同志だけでも三十人や五十人はいます。それをひきいて天下を横行し、姦賊《かんぞく》の首を二つ三つとった上は、戦死しても、勤王の先駆として、天下の義挙の首唱はしたことになります」

とある。しかし、これもいろいろな都合でものにならなかった。

赤根武人は梅田雲浜の門人にもなっていたので、赤根を亡命させて京都に潜入させ、大和《やまと》の士民らを糾合して伏見《ふしみ》奉行所の獄を破って、雲浜その他の志士らを救出しようとしたが、これは藩庁に知られて中止するよりほかはないことになった。

狂気のようにいきり立っている松陰に、門人らも手を焼いた。まだ正式の入門前だが、よく出入りしていた入江が江戸の吉田栄太郎に、

「栄太早々帰れ、先生のもりにこまる」

と書き送ったほどである。

藩庁でもあぐねて、周布政之助が、松陰の兄と入江杉蔵に言いふくめて、

「勤王のことは藩政府でちゃんと計画を立てている。それは殿様が江戸へ御出府の後、万事はっきりなる。無闇な動きはやめよ。あまりバタつくと、また牢に入れね

ばならんことになるぞ」

と言わせた。威嚇である。松陰は一層憤激した。

「殿様が江戸に出られてからというのであれば、それは定めて公武一致のご周旋をなさろうというのであろう。今の際の公武一致は、開国反対、条約破棄をつらぬいた上での公武一致でなければならない。開国和親説の中心である江戸で、そんな議論が通るはずがない。みすみす、殿様を人質にし奉るようなものだ。すでに江戸には若殿定広《さだひろ》（後元徳《もとのり》）公がお出《い》でだ。ご父子ともに人質にし奉るのか」

と、参府反対を叫び出した。

この頃、世子番頭《ばんがしら》の長井雅楽《うた》が江戸から急行して帰って来たところ、これは幕府が土佐《とさ》の山内豊信《とよしげ》侯と宇和島《うわじま》の伊達宗城《むねなり》侯とに近く隠居を命ずることになっているので、殿様にそんなことがないように、幕府のきげんを取るために参府の時期を早めるために帰って来たのだという噂《うわさ》が立った。松陰の憤激が昂進したことは言うまでもない。益々参府反対説を主張する。同時に、大原重徳の西下策をむしかえして、門弟らを京都に出した。

十月の末頃、尾張・水戸・越前・薩摩の四藩が連合して井伊大老を暗殺する計画を立て、長州に加盟をもとめて来たという風評が立った。これは風評だけではなく、事実であった。西郷、有馬、堀忠左衛門などが熱心に計画した。西郷は月照《げつしょう》を亡命させなければならないことになって九月半ば薩摩に去ったが、有馬と堀とが崩れかけようとするのをもり立てもり立て、運動した。この計画には長州藩の山県半蔵（宍戸璣《ししどたまき》）も入っている。また、この頃、堀が長州に来もしたのである。

この企ては堀や有馬らが信じこんでいるほど熟してはいなかったのであるが、松陰はこれを信じた。

「洞雲公（元就）以来、尊王のお家として天下に鳴っている毛利家が、四藩の驥尾《きび》に付してことをなすようでは、無念の至りである。志ある者打ちそろって京都に馳《は》せ上り、間部老中を討取ろう。間部は志士を追捕《ついぶ》し、朝廷を戦慄《せんりつ》させ、神州の正義を圧殺しようとする大姦である。これを誅《ちゅう》することによって、神州の正気はよみがえるのである。すなわち、勤王の一番槍《いちばんやり》である」

と、門弟らに説いて、十七人の同志を得た。いわゆる松下村塾の血盟である。

松陰はこのことを藩の要人らにかくそうとはしなかった。前田孫右衛門にはクーボール（軽便な速射砲）三門、百目玉砲五門、三貫目鉄空弾二十、百目鉄玉百、火薬五貫目を貸し下げてほしいと頼んでおり、周布政之助には俗吏へは必ず内聞にしてくれとことわって、はっきりと計画を打明けている。

　ここに松陰の一特質がある。松陰という人は純粋で、真正直で、自ら正しいと信じていることは必ず人も信じてくれると思いこんだ人なのだ。この年八月頃に、久坂が京都から松陰の書いた文章が方々に散らばっていて、幕府が目をつける恐れがあるから、注意してほしいと、手紙をよこしたのにたいして、

「自分の文章は梁川星巌のところには行っているが、心配はいらない。ここに大事なことがある。よく聞いて心得てほしい。元来天下のことは、区々たる小細工によって成敗するものではない。秘密にことを運ぼうとすれば、かえって疑惑されやすいものだ。公明正大、十字街頭を白日に行くがごとくすべきものだ。かくて、天命にかなわば成功するであろうし、かなわずば敗れるであろう」

　と返事している。こういう人なのだ。政治家や革命家としては純粋すぎるのである。しかし、だからこそ、教育家としてはあれほどの成功をしたのである。

　周布は才人だ。松陰をだまそうとかかって、藩が近く採ろうとする勤王策を語ったが、松陰に言いつめられてしまった。

　ついに、周布は敬親に請うて、松陰に再入獄を命じた。

「学術不純にして人心を動揺す」

というのである。十一月二十九日であった。

門人の佐世八十郎、岡部富太郎、福原又四郎、佐久間忠三郎、有吉熊太郎、入江杉蔵、吉田栄太郎、品川弥二郎等八人が憤激して、周布ら要人の屋敷におしかけたので、藩は八人に自宅謹慎を命じた。

ほぼ一月を経て、十二月二十六日、松陰は野山獄に入った。

十五

野山獄の司獄福川犀之助とその弟高橋貫之助（前名藤之進）は松陰の弟子である。安富惣輔《そうすけ》という囚人をさそって、松陰に頼んで、春秋左氏伝の会読をはじめた。高橋がやってくれるので、外部との連絡はほぼ自由にとれる。門人らとの面会も出来る。松陰はいろいろと画策した。水戸人関鉄之助、矢野長九郎の二人が萩に来たのは、入獄間もない時であった。水戸藩に下賜された密勅の伝達をしたいというのと、水戸老公に上洛の計画があるから長州藩も力を貸してほしいというのとであった。正月半ばには播州《ばんしゆう》の大高又次郎、備中《びつちゆう》の平島武二郎が来た。これは水戸老公の密旨を受けて来たという。松陰は彼らを萩にとどめることによって、藩論を勤王一筋に定めようと画策したが、藩はいずれも追うようにして立去らせた。

この頃から、松陰の友人や門弟らは、松陰の主張するような勤王責幕運動は時機尚早として、おりにふれては松陰を諫《いさ》めるようになった。松陰の心は動かない。なお大原重徳を西下させる策を練りつづけていると、在江戸の高杉、久坂、中谷正亮、飯田正伯《いいだしようはく》、尾寺新之丞《おでらしんのじよう》の五人が、連名血判して、松陰に諫言状《かんげんじよう》を送って来た。

「時機尚早である。やがて幕府の暴状にたえられなくなって、天下の人心の動く時が必ず来るはずである。その時に、いのちかぎりの働きをいたしましょう。それまでは胸をおさえ、鋒《ほこ》をおさめて、がまんして下さい」

というのだ。

松陰はこのことについて、ある人（名前不詳）にこう書きおくっている。

「在江戸の諸友、久坂、中谷、高杉などはぼくと料簡《りようけん》がちがう。ぼくは忠義をするつもりなのに、彼らは功業を立てるつもりでいる」

松陰を誰よりも尊敬している人々だが、あまりなる純粋さにはついて行けなかったのであろう。松陰の失望は思いやるだに痛ましい。

ついに、絶食して死のうと考えた。

食を絶った。正月二十四日であった。

このことは同囚の安富惣輔から、翌日杉家に知らせた。皆仰天した。父も、母も、玉木文之進も、兄も、それぞれに諫めの手紙をおくった。門弟らもそうした。

松陰は誰の手紙にも心を動かさなかったが、母の手紙にはたまらなかった。

「一寸《ちよつと》申し上げます。そもじ様のことについて、思いがけないことを聞いて、心配でなりませんので、この手紙を書きます。そもじ様は昨日から絶食しておいでの由、驚いています。万一、それでお果てなされては、不孝第一のこととなり、口おしいことになるではありませんか。母は多病の身で、長生きはむずかしいでしょうが、たとえそもじ様が入牢しておいでても無事でおられるなら、母もはり合いがあるのです。短気はやめて、生きながらえて下さい。この品は母がこしらえた干柿です。母にたいして食べて下さい。頼みます。かえすがえすも、思い直しなさるよう頼みます」

松陰は声をあげて泣いた。母の心づくしの干柿を一つ食べ、水を一碗《わん》のんだ。

それだけで常の食事はとらなかったが、翌日、松陰のために周布ら要人の家に乗りこんで、家庭謹慎を命ぜられていた門人八人が、昨日ゆるされたと聞いたので、その日から常の食事にかえった。

この頃、松陰が入江杉蔵(九一)にあたえた手紙中に、「徳川万々扶持すべからず。徳川を扶持するは聖上の大仁なり。しかも仁すでに至れば、則《すなわ》ちこれに継ぐに義を以てせざるを得ず。義尽くれば、則ち仁その中に在り」

という文句がある。婉曲《えんきよく》すぎて端的には意味をとりにくいが、「しかも仁すでに至れば云々」以下の句は、文天祥《ぶんてんしよう》が元《げん》に捕われて死んだ後、その衣帯《いたい》中に発見された賛の文句、「孔曰《いわ》く仁を成すと。孟曰く義を取ると。ただその義尽く。仁至る所以《ゆえん》なり。聖賢の書を読んで学ぶところは何事ぞ。而今而後《じこんじご》、ねがはくは愧《は》づることなからん」というのを土台にしている。要するに、死して国家王室のためにつくすことが聖賢の教えであるというのがこの賛の意味だ。だから、松陰はわれわれ国民はもう決して徳川家のためにつくす必要はない。国家皇室のために身を殺して倒すべきであると言っているのである。

松陰はまた画策する。藩主敬親が三月には江戸参覲《さんきん》の途に上ることになっているので、大原重徳と連絡を取って、大原らに敬親を伏見から京都に連れて行かせ、いやおうなしに討幕に踏み切らせることを考えたのだ。そこで、連絡のために京都に行く者を門人中から選ぼうとしたが、応ずる者がない。

「今の藩政府には我々に応ずる人物がいないのだから、殿様だけ京都にお連れしても、ものにならない」

というのである。どうやら、このところ、門人らは松陰を半狂人視しているかのようである。入獄前のことだが、

「先生に妾《めかけ》を持たせるがよい」

といった者もあったという。

やっと佐世八十郎（前原一誠）と岡部富太郎とが引受けたが、すぐ取消して来た。松陰は怒りもだえた。すると、入江杉蔵がわたしが行きましょうと申し出て来た。入江は前から出入りはしていたが、正式入塾は去年の十一月半ばだ。最新参者である。松陰のよろこびは一方でなかった。しかし、やがて入江のかわりに弟の野村和作が行くことになった。二人には老母がおり、幼い妹がいる。これらを養わなければならないからである。

和作は二月二十四日出発した。もちろん、脱走である。

このことが、藩にわかった。和作を見送りに出た岡部富太郎が、松陰の友であり妹婿である小田村伊之助（楫取素彦《かとりもとひこ》）に知らせたのである。佐世八十郎も、小田村に知らせた。こんなところを見ると、松陰のこうした画策については、皆知らせよとかねて小田村が申しふくめておいたのかも知れない。松陰はこの頃、友人や門人らにさえ、何をやりだすかわからない危険な人間と思われていたのであろうか。

小田村としては、藩の一大事である。藩庁に告げた。藩庁は驚愕して、和作に追手の者を出すと同時に、入江杉蔵を岩倉獄に投じた。入江は母のことを心配して、小田村や山県小輔（有朋）に頼んで入獄延期を願ったが、許されなかった。この時の入江の母が見事である。

「松陰先生さえ牢に入っていなさるのじゃ。お前らが入れられても、ちっともおかしゅうないぞ」

と、励まして送ったというのである。

松陰は入江のことを悲しむとともに、門弟や小田村のことを激怒した。

「ああこれ、何たることぞ。平生の同志は今は国賊になり下った！」

と、悲痛きわまる言を吐いている。

松陰は入江に手紙をやって、

「お前ら兄弟は不朽なことをしたのだ。お母さんは気の毒だが、お前らが不朽なら、お母さんも不朽になる。今の身になったを幸いに学問にはげめ。天道はお前に鉄石《てつせき》腸《ちょう》をこしらえる機会をあたえたのだと思え。和作が捕えられて罪をただされることになったら、わしが張本人であることを自首しよう。一緒に死のうではないか」

と、言っている。

やがて、和作も捕えられて帰って来、岩倉獄に投ぜられた。

松陰は、いさぎよく死にたいという気持と、日本の運命が心配でならない気持との間にはさまれて、よほどに悩んだようであるが、四月二十二日頃に、入江杉蔵に出した手紙にはこうある。

「松陰は命が惜しいか、腹がきまらぬか、学問が進んだか、忠孝の心が薄くなったか、他人の評は何ともあれ、自然（にまかせる）ときめた。死をもとめもせず、死を辞しもせず、獄に在っては獄で出来ることをする。獄を出ては出来ることをする。時も云《い》わず、勢いも云わず、出来ることをして行き当れば、又獄になりと、首の座になりと、行くところに行く。殿様に直ちに尊攘をなされよというは無理なり。尊攘の出る様なことをこしらえて差上げるがよし」

三十歳にして、彼はついに死生の大事を決定して、死生一如《いちにょ》の境地に達したのである。

この時から二十一日目の五月十四日の午後、兄が来て、幕府の命で松陰が江戸に差送られなければならないことを知らせた。

この日の夕方、在江戸の高杉、飯田正伯、尾寺新之丞らの門人らが連名で送った手紙もとどいた。彼らはすでに江戸藩邸で、松陰が江戸に送られて来て、幕府の審問を受けることを知っている。

「まことに申し上げようもない仕儀になりました。今は小生らとしては、先生が身をもって日本の進路を打開するの御決意をもって、幕府の役人らに尊王攘夷、公武合体の大義をお説きいただきたいと念ずるだけであります。そうしていただけば、皇国の大幸、これにまさるものはないでありましょう」

　というのである。松陰は深く決意するところがあった。

　このことがわかると、門弟らは次々に野山獄に来た。松陰のはげしさに手こずった者も、罵倒破門されたものも、皆たずねて来た。松陰は一切こだわりを捨ててやさしく迎え、自分の志をついでくれるように頼んだ。

　この間に、久坂の提議で、松浦亀太郎（無窮）が、松陰の肖像画を描いた。八幅《ぷく》描いた。松陰はそれに一々賛をした。

「三分出廬兮、諸葛已矣夫、一身入洛兮、賈彪安在哉（三分出廬《しゅつろ》、諸葛《しょかつ》やんぬるかな、一身洛に入って、賈彪《かひょう》いずくにかある）」

　というにはじまる二十句の長詩である。

　五月二十四日に、明日江戸へ出発という知らせが来た。司獄の福川犀之助は、久坂らの頼みで、独断で、なごりをおしませるために、松陰を家へ帰した。

　母は風呂《ふろ》を沸かして待っていたが、松陰がかえって来ると、すぐ入れた。そして、痩せた背中を洗ってやりながら、

「こんどは何か心配でならないけど、どうかもう一度無事な顔を見せておくれ」

というと、松陰は笑った。

「大丈夫ですよ。きっと息災で帰って来ますから、安心して待っていて下さい」

風呂から出ると、親戚や門人らがもう集まっており、なお続々と集まって来る。

母は仏壇に燈明《とうみよう》をあげて合掌した後、松陰に、無事に帰って来られるように拝みなされと言った。松陰は素直に合掌したという。昭和年代のはじめ頃まで生きていた門人の一人渡辺蒿蔵（当時天野清三郎）が、記憶して語っているのである。

翌日は小糠《こぬか》のような霧雨の日であったという。松陰は一族や門人と別盃《べつぱい》をかわして、玄関まで出て、皆にあいさつした後、唖の弟の敏三郎の手をとって、

「お前は物が言えぬが、決して愚痴をおこさぬように、万事かんにんが第一」

と訓戒して、駕籠に乗り、一旦野山獄にかえって、そこから錠前付網がかりの駕籠に腰縄をつけられて乗り、三十人の護送役にかこまれながら出発した。

六月二十五日に江戸藩邸につき、七月九日に評定所《ひようじようしよ》に呼び出された。寺社奉行、勘定奉行、町奉行、大目付立合いの上での取調べである。

松陰に関する幕府の不審は二カ条あった。

一つ、梅田雲浜が長門《ながと》に下向した時、面会した由だが、何の密議をしたか。

二つ、京都御所内に落し文があった。その方の手蹟《しゆせき》に似ていると、梅田その他が申し立てている。覚えがあるか。

雲浜が長州に来た時、会ってはいるが、時事談はしない、ただ禅学などのことについて語ったばかりであると答えた。その通りにちがいないから、いろいろくどく尋問されても、明白に言いひらいた。

二つ目は全然覚えのないことであるから、これも明白に答弁した。

ここで口をつぐんでいれば、松陰は無罪になったのだが、この機会に幕府の蒙《もう》をひらく決心で来ている。ペリーの最初の来航以来のことを語って、日本のとるべき外交策について自分の意見を開陳しはじめた。

役人らは長州の片田舎に、しかも一室に幽居すること五年にわたる松陰が、世界の形勢から国内の事情に至るまでよく知っているのにおどろいた。獲物の臭いを嗅ぎつけた猟犬の心理だったかも知れない。そしらぬ顔でいう。

「これは役目の尋問外のことであるが、その方の心行かしのために、申せ。いくら長くてもよいぞ」

松陰は堀田老中がペリーと和親条約を結んだ時の応接書を痛烈に駁撃《ばくげき》した上で、

「拙者は死罪に相当する罪が二つござる。当り前なら自首すべきでござるが、他人に累を及ぼす恐れがござるので、そうしないのでござる」

と言った。役人は心中はっとしながらも、

「ここで自らそういうほどのことであれば、大罪ではあるまい。ありのままに申せ」

と、やさしく言う。

松陰は人を疑うことを知らない人だ。「奉行もまた人の心あり、われ欺かるるも可なり」と思って、間部要諫策《ようかんさく》（要撃とはいわなかったのである）と大原重徳を西下させようとしたことを述べた。

ここで奉行は態度を改めた。

「その方が国のためを思う心はよくわかるが、ご老中を刺し申そうとは不届至極、吟味中、揚屋《あがりや》入り申しつける」

と、伝馬町の揚屋に入れられた。

松陰はここの揚屋でも、牢名主代の元福島藩士沼崎吉五郎に孫子と孟子を教えている。暗記しているところを教えたのだ。

やがて、死刑はまぬがれないという気になったので、門弟らにわが志をのこすために留魂録《りゅうこんろく》を書きはじめた。この書名は、冒頭の、

身はたとひ武蔵《むさし》の野辺に朽ちぬともとどめおかまし大和魂

の歌によるのである。

十月二十七日、判決の申渡しがあった。

小幡高政は長州藩の公用人で、この日長州藩の代表者として、評定所の法廷に立合った人であるが、後年こう語っている。

松陰は獄卒に導かれて潜戸《くぐりど》から入って来、定めの席について、一礼して人々を見まわした。鬚《ひげ》も髪も蓬々《ぼうぼう》として眼光鋭く、人が違うように凄味《すごみ》があった。死罪申渡しの文を読み聞かせられた後、立ちませい！　と言われて立ち上り、自分の方を向いて一礼した。潜戸から外へ出たかと思うと、朗々たる吟声が聞えた。

吾《われ》今国のために死す

死して君親に負《そむ》かず

悠々たる天地の事

鑑照　明神《めいしん》にあり

奉行らは粛然として聞いていた。

護卒らもそばにいながら制止するのを忘れたもののようであった。吟誦《ぎんしょう》がおわると、にわかに気がついて、あわてて駕籠にのせた。

一旦伝馬町の獄に帰り、裃姿になって縄をかけられて、小塚ッ原の刑場に引かれて行くのである。獄を出る時、同囚の同志らに訣別のつもりで、留魂録の和歌と今評定所で吟じた漢詩とを吟誦したという。

刑場の態度も従容《しょうよう》として実に見事であったという。年わずかに三十であった。

松陰の死骸は翌々日、桂小五郎、伊藤利介、尾寺新之丞、飯田正伯の四人が獄吏からもらい受けて、小塚ッ原に葬り、巨《おお》きな石をしるしにおいたが、四年後の文《ぶん》久《きゅう》三年の正月、高杉晋作らが今の世田谷《せたがや》の松陰神社の地に改葬した。

松陰の松下村塾での教育は一年半そこそこであるが、この間に長州藩の精神的立直りの種子をつくり、その種子が生長して維新運動は達成された。奇蹟《きせき》と言ってよい。「至誠にして動かざるものは未だこれあらざるなり」という孟子のことばは、松陰の最も愛することばであったが、これはその明らかなる立証である。

三条河原町の遭遇

古川　薫

古川　薫（ふるかわ・かおる）

大正十四年、山口県に生まれる。山口大学教育学部卒。山口新聞編集局長を経て、専業作家となる。二十代の学生の頃から同人雑誌に作品を発表。昭和四十年、同人雑誌「午後」に掲載した「走狗」が「文學界」に転載され、商業誌デビューを果たす。この作品は直木賞候補に挙げられた。以後、故郷に腰を据えて、歴史・時代小説を書き続ける。平成三年『漂泊者のアリア』で、第百四回直木賞を受賞。同年、山口県芸術文化振興奨励特別賞にも輝いた。確かな史眼に基づく歴史小説を得意とし、幕末の長州を題材とした作品が多い。

「三条河原町の遭遇」は共著『沖田総司 剣と愛と死』（新人物往来社　昭50・9刊）のために書き下ろした「池田屋事件の二人」を改題のうえ全面改稿し、『狂雲われを過ぐ』（新人物往来社。のち新潮文庫）収録。

作者は今、いわゆる池田屋騒動の乱闘で敵味方に分かれ、刃《やいば》を交えなければならなかった沖田総司《おきたそうじ》と吉田稔麿《よしだとしまろ》という一組の若者のことを考えている。あたかも殺し殺されるために、ほとんどそれだけのためにといってよい軌道をすべってきた未熟な二つの人生が、異郷の夜に衝突し、散らした火花の色を想像している。

歴史が人間の出会いによって展開されることもあり得るという考え方は、それほど間違ってはいないだろう。歴史などと大げさにいわずとも、人の生き方が、だれかとの出会いによって強く影響されて行くのは、疑いのない事実である。

人間の出会いの多くは歓《よろこ》ばしい何かをもたらすものと思いたいが、背後の情況から暗い影が射し込んでくるときの悲惨な結果もまた避けがたい。ここに登場する二人の人物は、未完のまま世を去る薄命の剣士と志士である。いずれ遭遇せざるを得ないひとつの場所を、それぞれに目指していたのだが、この男同士の出会いは生死を賭けた対決として、いきなりあらわれた。

新選組《しんせんぐみ》副長助勤の肩書をもつ剣客沖田総司という二十一歳の青年と、吉田稔麿という二十四歳の長州《ちょうしゅう》の志士が不幸な出会いを果たしたのは、元治《げんじ》元年（一八六四）六月五日の午後十時をかなりすぎた時刻のことである。

祇園宵宮《ぎおんよいみや》のそわそわした気配がたちこめる京都三条河原町《さんじようかわらまち》の旅宿池田屋の内部を照らす龕灯《がんどう》の光に浮き出た沖田と吉田が、初めて顔を見合わせたとき、そこはすでに幾人かの血しぶきを飛散させた修羅場と化していた。互いに見知らぬこの二人には、素朴な憎悪と殺意がみなぎるほかに何の感情も湧かなかっただろう。

それは、黒船の出没に脅《おび》える幕末、日本の東と西の地表から、何者かの意志で吸い寄せられるように延びてきた二本の抛物線《ほうぶつせん》が、決定的にからみあう瞬間だった。乱世を生きる青年の一途《いちず》な行為を凝縮させながら、沖田総司と吉田稔麿は、その場で、まがまがしい出会いの意味を分かち合ったのである。

1

安政《あんせい》三年（一八五六）、沖田総司十三歳。

その日、早朝から細い雨が降りつづいた。秋雨である。午後九時ごろ、江戸小石《こいし》川小日向柳町《かわこびなたやなぎちよう》のやきもち坂をのぼったところにある試衛館《しえいかん》道場に、二人の剣客らしい中年男がたずねてきた。剣客といえば聞こえはよいが、両人ともひどくくたびれた衣服をまとっている。どうせ食い詰めた浪人者だろう。多少は腕にも自信があるとみえ、なにがしかの小遣いにありつこうという魂胆らしい。一手御教授にあずかりたいというのである。最前から降りが激しくなったので、雨宿りのついでにと思いたったのかもしれない。濡《ぬ》れて、和布《わかめ》のようになった着衣が、余計に貧相たらしく見える。

「先生は外出中ですよ」

と、ひとり留守番をしていた総司が式台に立ちはだかったままいった。相手を薄汚い浪人と見たにしても、無礼な応対だが、背のひょろ長い少年の、明るい笑いをふくんだ顔を見上げていると、それほど不愉快な感じではなかった。

「待たせていただこうか」

顎に傷のある大柄な方の男が、つられて笑いながらいった。

「ではどうぞ」

と答えたところで、総司がふと笑顔をひっこめたのは、二人を上がらせてよかったのかなという気持が胸をかすめたからである。

(どうせ待ちあぐねて帰って行くだろう)

そう自分にいいきかせ、道場の東側隅に案内した。道場主は近藤周助《こんどうしゅうすけ》だが、すでに老齢で、時折、稽古を覗《のぞ》きにくる程度。ふだんは別棟になっている住居にこもっているだけだから、とても他流試合の相手になるほどの力はない。三日前に出発した師範代の島崎勇が、日野《ひの》への出稽古から帰ってくるのは、昼すぎになる筈《はず》だった。それまでは待てまいとふんだのである。

事情をいって追いかえせばよいものを、そんなやりとりに時間をつぶすのも惜しいと思うくらい、総司は読書に熱中していたのだ。彼は、少し離れた武者窓から、ほのかに明るみがさしこんだ位置に坐《すわ》って、さっきから読みふけっていた『剣法初学記』に再び目をおとした。窪田清音《くぼたすがね》という剣客が書いたものの写本で、試衛館にかよってくる門人のだれかが置き忘れて行ったのを、ひろげて見ているうちについ身が入り、最後まで読んでしまおうという気になった。他流の者が書いた本を読むのは、いささか後ろめたいが、これほど懇切に剣の極意を解説したのもめずらしい。これも勉強のひとつだと、留守番をよいことに、もう半分ばかりを読みあげた。

窪田清音は幕臣である。田宮流九代を継いだが、独自の流派を建《た》てたので、窪田派田宮流と称している。居合をよくするが、槍《やり》、柔術、砲術にも長けるという多彩な武芸者である。大御番《おおばん》、御納戸頭《おなんどがしら》など勤めたのち安政二年に講武所《こうぶしよ》の頭取に就任した。講武所は、幕府の武芸練習所で、教授には男谷精一郎《おだにせいいちろう》、高島秋帆《たかしましゆうはん》、勝海舟《かつかいしゆう》など、当代一流の人物が顔をそろえているが、旗本や御家人《ごけにん》の子弟しか入門が許されない。日野の田舎から江戸へ出てきて道場——といっても三間に四間という狭いものだが——を構えた試衛館などとは比較すべくもない官営の豪勢な道場で、その頭取として有名な窪田清音は、著述家としても知られており、晦渋《かいじゆう》なこの道の伝書とちがって平易かつ詳細な記述がよろこばれた。とくに『剣法初学記』などは、剣術稽古に励む若い人たちが争って写し、読んだものだ。しかし、町道場に集まる者の中には「講武所なにするものぞ」といった傲岸な気負いもある。

試衛館のような江戸の片隅にあって、せいぜい十数人の門弟を抱えるにすぎない道場には、いくらかのひがみも手伝って、そのような気風が濃厚にただよっている。「今にみておれ」という闘志をたぎらせながら、激しい修業に打ちこんでいるのだった。やがて、幕府が京都警衛の浪士隊を編成しようとしたとき、試衛館の剣士が、得たりとばかり集団をなしてこれに応募した背景には、めぐまれぬ身分に鬱々としていた人たちの絶大な自信に裏打ちされた投機的な意欲がうごめいているとみるべきだろう。——

沖田が写本に読みふけり、およそ小半刻《こはんとき》も経《た》ったころ、案の定、浪人の会話の声が高くなった。

「おそいな」

「まさか隠れているのではあるまいのう」

「そうかもしれん」

「おい、小僧」

総司を呼んだのである。返事をしないでいると、立ち上がって、苛立《いらだ》った足音をひびかせながら、背の低い方の男がやってきた。

「主《あるじ》はまだ帰らんのか」

「まだのようですね」

沖田が、笑った顔で、相手を見上げた。

「師範代もおらんのか」

「出稽古から帰られるのは、昼すぎ、いや夕刻近くになりそうですよ」

「なんで早くそれをいわん」

「待つといわれたでしょう」

「此奴《こやつ》!」

と、浪人の目が怒った。

「おおい、出なおそう」

もう一人の浪人が、むこうから声をかけた。子供を相手に腹を立てても仕方がないというのだろう。

「そうするか」

どうやら諦めて帰る様子をみせ、

「天然理心流《てんねんりしん》などと豪儀な題目を唱えているが、どうせ大したものでもあるまい」

「多摩《たま》の百姓剣法だそうな」

などと話している。道場を出ようとする二人の後姿を横目に追いながら、急に、
総司は本を閉じた。

「折角だから、わたしがお相手しましょうか」

声をかけて、相変わらず笑っている。それがいかにも人を小馬鹿にした態度に受けとれた。

「小僧、本気か」

ふりむきざま、大きな方の男が、残忍な笑いを泛《うか》べた。

「口の減らない小僧だ」

「みせしめに、ひとつ叩《たた》きのめしてくれようか」

と相談して、大男がつかつかと板壁の刀架《かたなかけ》に近づき、黒光りする太目の木刀をとりあげた。そのまま立ち合うつもりらしい。幕末ともなれば、木刀は素振りや型

の稽古に使うために備えてある。面具をつけ、竹刀《しない》をもって立ち合うのが普通だが、すでに怒りを発している浪人は、威嚇する意図もあって、いきなり木刀に手を出した。

「いいですよ」

「よいな」

総司も木刀をとって、道場の中ほどに軽い足どりで出て行く。やはり笑っている。これから遊びでも始めようかというような少年の屈託のない表情が、浪人の怒りをさらに刺激するのである。

「小僧、容赦はせんからな」

と、八双《はっそう》に構えた。構えながら、瞬間、おや？　と思ったのは、木刀を青眼《せいがん》につけた少年の不思議な落ち着きぶりだ。いつの間にか笑いが消えて、無邪気な子供の顔ではなくなっている。切れ長の目が、わずかに凶暴な光を帯びているのはわかったが、それが静かに殺気に移って行くのまでは見抜けなかった。少年と思って、よほど甘く見くびっていたからだろう。

じっさい天然理心流という流派は、ほとんど知られていないころだ。発祥からの歳月も他の有名流派にくらべると浅く、ようやく三代目である。遠江《とおとうみ》の人、近藤内蔵助《くらのすけ》に始まり、武州《ぶしゅう》南多摩郡加住《かすみ》村の農民と思われる三助が養子となって二代を継いだ。三助に子がいないので、門弟の中から島崎周助を養子に迎えて三代に据えた。周助は南多摩境村の農民である。周助にも子ができなかったので、武州調布上《ちょうふかみ》石原《いしはら》の農民の子を養子として、四代を継がせることにした。これが近藤勇《いさみ》である。当時はまだ養家の姓を名乗り島崎勇といった。勇の四代目披露は、まだおこなわれていなかったが、事実上、試衛館を背負って立つ位置におかれ、江戸の道場で門弟を指導する一方で、日野を中心とした田舎での出稽古にも熱心だった。それが主な収入の道でもあるからだが、一帯には三百人からの門弟が散らばり、天然理心流もこの地方では隠然たる勢力をもっていた。門弟の大半は農民であった。百姓剣法などという蔑称を買うのもそのためであろう。

農民が剣術に精を出すという場合、彼らの目的は何だったのだろうか。近藤勇の実家である宮川家は多摩の富農で、父親の久次郎は自宅に道場を設けて付近の若者を集め、剣術稽古に励んでいた。そこへ出稽古にやってきていた島崎周助が、久次郎の三男勇の才を認めて養子に乞うたのである。余計者のようにいわれた農家の三男としては、新しく生きる道をつかんだことになる。

封建社会の庶民として生まれた人たちが、閉鎖的な身分制を乗り越えて、彼らなりな出世の道を切り拓《ひら》くためには、他にぬきんでた学問あるいは武芸を身につけることが最も手近かな方法だった。多摩一帯に散在する農民経営による道場の目的が、すべてそうであったとはいえまい。ペリー来航以来、騒然とした社会背景を反映して護身の術を会得しようということだったかもしれない。いずれにしても農民が剣を習うという気風が、霧のように村落をつつみはじめると、武技を身につけて風雲に乗じようとするひそかな野心が、若者の胸中に火を点じていったのだろう。

剣術は、武士階級の特権的な武技のように考えられていた。しかし、もともと武士そのものが、古代荘園《しょうえん》制の中で、武器をとった農民の専業化から発生したということなら、農民が剣術に接近するのは不思議とするにあたらないともいえた。しかも、農民が、その手に剣を帯びることは、武士階級への志向につながるのである。しこれらの田舎道場にかよう農民たちが、野良着《のらぎ》を脱ぎ捨てて、両刀を腰に差した武士の姿であったという事実もそれを裏付けている。幕末の騒乱は、そうした農民の武家志向を実現させる機会として、彼らにひとつの生き方を与えることになったのだ。

近藤勇も、土方歳三《ひじかたとしぞう》も、その他多くの農民出身の剣客たちが、おのれの出自に対する引目とは逆の誇らかな意識を浮き立たせたのは、その抜群の剣技をもって武士階級へ一歩踏み入れたという自覚がそうさせるのである。おそらく彼らの武士意識は、生まれつきの武士以上のものであったにちがいない。

ほとんどはそんな人たちの中で、沖田総司だけは違っていた。沖田は、弘化《こうか》元年、白河《しらかわ》藩浪人沖田林太郎《りんたろう》の次男として生まれた。そのとき彼の父親はすでに浪人だったが、一説では江戸麻布《あざぶ》の阿部《あべ》藩下屋敷で生まれたと伝えられている。いずれにしても、れっきとした武士の血をひき、天才的な剣の素質をそなえていた。つまり、育ちがよいのである。彼の周囲にいる人たちの、いわば泥臭い雰囲気にあって、沖田だけは、少し違った気配をもっている。その言動から、多分に坊ちゃん気質のようなものが感じられるのは、這いのぼって来た者がただよわせている暗い緊張感がなく、あっけらかんとして、翳《かげ》りがないからであろう。さりげない出自への誇りと剣に対する自信がそうさせるのである。

この日、試衛館に他流試合を申し込んできた二人の浪人者が、天然理心流に悪態をつき、「百姓剣法」などと罵ったのを、総司は聴きのがさなかった。門人の大多数が農民であるこの流派の名誉にかけても、浪人を無事帰らせるわけにいかないと考えたのだ。

浪人は、木刀を八双の構えから大上段に変えた。これは威嚇である。背の高い側が、このように振りあげると、低い方は、やはり威圧を感じてしまう。総司も十三歳にしては上背のある体格をしているが、その浪人はとにかく見上げるほどの長身である。そんな背の高い男が、のしかかるように、頭上から襲ってくる気配をみせた。たしかに、気配だけで、すぐに打ちこんではこなかった。それは総司の青眼が尋常でないと悟ったからである。へたに振りおろすとやられるかもしれないという危険を感じたからだ。

大上段に構えた場合、顔から胸、胴のあたりを敵にさらすわけだが、そこを狙って跳びこんでくるほどの相手といえば、ほとんどの場合、捨身になっている人間だ。相打ち覚悟の、いわば自棄《やけ》っぱちの突撃だから、避《よ》ける以外にはない。

突き。これが受ける側にとっては、最も始末の悪いものといえる。天然理心流の極意が、実はこの突きなのであった。同派の極意書には、いろいろな型を並べているが、要するに突きだけといってよいくらい直線的で単純な攻め方をおもんじたらしい。どのような練達の剣士も諸手《もろて》で剣を水平に突き出してくる捨身の突きには辟《へき》易《えき》する。大上段に構えている者が、これを迎える方法は、その位置で相手の鐔《つば》を狙って斬りさげるしかない。失敗すれば、むろん相打ちである。

浪人は、総司の青眼を見たとき、瞬間、突きにくるのではないかと思った。天然理心流の突きの激しさに関する多少の予備知識はあったからだ。この程度の小僧の突きならと、大上段に構えて威嚇するつもりだった。それでも相手が突きを入れてくれば、斬りさげようと半身に構えている。

「両刀矛《ほこ》を交ゆるに、避くるに用いず、攻守また同じ」

これは幕末の剣豪山岡鉄舟《やまおかてつしゅう》のことばだ。つまり敵刀を避けようとするだけの意識で剣を動かすのは、その時点ですでに不利な立場にいることを指している。捨身の突きは、必然的に避ける剣を相手に使わせる。

天然理心流が、突きを重視したのは、この流派を志す人々の多くが農民だったことからきているだろう。農民が、単なる見栄だけでなく実用的な剣技を体得しようとする目的を抱いた場合、つまり実戦の技術を速成するには、捨身で敵に挑んで行く突きという必殺の攻撃法を身につけることが最高の方法である。

浪人者は、軽蔑の意味で「百姓剣法」といったが、天然理心流は本質的にそうであった。装飾化された武士の道場剣法と違って、実戦を唯一の目的に、相打ち覚悟で力まかせに猪突《ちょとつ》する理心流の突きこそは、まさに恐怖の必殺剣であった。

沖田総司が、天然理心流の凄絶《せいぜつ》な極意の中枢を純粋に吸収して、ほとんど突きだけの技に磨きをかけたというのも、やはり彼の剣客としての稟質《ひんしつ》によるものだといってよいだろう。

この浪人者と立ち合う直前、総司が読んでいたのは、窪田清音の『剣法初学記』の「突き方」という項であった。当然、彼の関心をよぶ部分である。それには、次のような意味のことが書いてある。

突きは、諸手突き、片手突きを併せて習得せよ。打ちと同じく手と体と足が一斉に作動しなければならぬ。突きの稽古は、敵の顔の真ん中を狙うことにしぼれ。喉・胸・腹などは、面の中央を突くことに練達すれば、自由に突ける個所である。突きと打ちを併用することも大切だ。太刀《たち》を振りおろしたあと直ちに突き、突き出したあと間髪を入れずに打ち、さらに突くという連続技である。面を打って、面を突き、面を突いて籠手《こて》を打ち、籠手を打って面を突くといった技だ。この動作は、軽捷《けいしょう》でなければならぬ。とくに足の運びを軽くして、手の動きにおくれないようにすることが最も肝要である。

このような『剣法初学記』の説明は、総司にとっては、すでに特別に新鮮なものではなかった。しかし、訓練により条件反射的な動きとして身につけている剣技が、文章におきかえられてみると、それを読んでいるうちには、分析とか整理とかといった心の働きがうながされてくるのである。窪田清音の著作が喜ばれた理由のひとつは、そうした解説の詳しさにあったのだろう。

総司は、浪人者との立ち合いで、さっき読んだばかりの連続技を、彼なりにあためてためしてみるつもりだった。突きだけの三段連続技を考えている。

浪人は、大上段に振りかぶっていた木刀を、徐々におろして、青眼につけた。

「この立ち合い、やめてもよいぞ」

と、浪人がいった。もう小僧とはいわなかった。総司は黙って、すっと半歩前進した。あくまでも闘うという意思表示だ。

浪人は、やむなく再び大上段に木刀を振りあげた。彼の面上をあきらかな恐怖が走った。

「とおッー」

総司の口から透きとおった気合がほとばしった。同時に左足が床板を蹴っている。躰《からだ》と木刀が、凄《すさま》じい勢いで、近づき、さらに両腕がのびて、木刀の尖端《せんたん》が、弾丸のように、浪人の喉を狙った。浪人は、構えたその位置から斬りさげることをせずに、一歩後退し、退きながら木刀を振りおろしたので、ガチッと音を立てて総司の木刀のなかほどを叩いただけだ。それでも一応避けることはできたが、すかさず第二の突きが、胸元をめざして繰り出されてきた。もう一歩退いて、これは横にかろうじて払いのけたが、体勢がわずかに崩れた。そして、第三の突きを迎えたのである。左の片手突きが、スルスルと伸び、半廻転《はんかいてん》した浪人の右脇に、のめりこんだ。

呻《うめ》き声をあげて、浪人がのけぞり、そのまま床の上に粗雑な音をたてて仰向《あおむ》けに倒れた。まだ気力は残っているとみえ、木刀を杖《つえ》に立ちあがろうともがくのを、総司は近づいて、正座の膝を割った姿勢で、拝み打ちに、木刀を相手の肩に振りおろした。鎖骨が折れたにちがいない。総司が、さらに木刀を構えたとき、後ろから、声がかかった。

「それまで!」

ふりむくと、島崎勇が、旅装のまま、道場の奥の入口に立っている。

「お引きとり願おうか」

顎をしゃくるようにして、勇が、蒼白《そうはく》な顔をして立ちすくんでいるもう一人の浪人にいうと、彼は、大あわてで、傷ついた方を抱きおこし、よろけながら、戸外へ消えた。

総司は、浪人が放り出して行った木刀を拾い、自分のと一緒に刀架へおさめると、さりげない表情で、勇に向きなおった。

「殺すつもりだったのか」

「いいえ、ちょっと痛めつけてやろうと思っただけです」

「稽古の立ち合いなら一撃で充分だ」

「稽古なら竹刀でやります。木剣でやろうといったのは、あの人ですから」

「真剣勝負のつもりかね」

「それほどでも」

と、総司は笑った。

勇は、そんな少年の顔を、不思議な動物を見るような目つきで、ちょっとの間ながめていたが、黙って奥へ去った。

2

安政三年、吉田栄太郎《えいたろう》十六歳。のちの稔麿である。

この年十一月二十五日、栄太郎ははじめて吉田松陰《しょういん》とことばを交わした。松陰はこれから三年後に刑死し、栄太郎は八年後に非業《ひごう》の死を遂げる。運命的な出会いといえば、それは栄太郎の立場からであろう。彼にはまだ将来に対する漠然とした期待しかなかった。いくらか具体的な目標があるとすれば、それは足軽という身分のまま、父親のように老いたくないということである。父親は清内《せいない》といった。吉田姓を名のっているが、これは自称にすぎない。わずかに、その自称を藩から許されている。つまり、藩府に出す書面には、吉田清内と署名するが、藩府から下るそれには清内と呼び捨てにされる。

清内は、足軽の分際を守って、愚直にその一生を終ろうとしている。栄太郎もそれを継いで、武家社会の底辺を這《は》いずりまわり、年老いていく軌道が、生まれながらに敷かれている。

「学問を教えていただきとうございます」

栄太郎は、松陰の前に両手をついた。

「学問を修めて何をするつもりかね」

やや甲高い声で、松陰がたずねた。長いこと櫛《くし》を入れていないらしく、頭髪がボサボサに乱れ、痩せた頬が、暗くとがって見える。そんな松陰にくらべたら、鼻梁《びりよう》の高い聡明な面《おも》ざしを伏せている栄太郎の方が、着衣もこざっぱりして、第一、恰幅《かつぷく》がよい。

「どうだね」

栄太郎が返事をしないので、松陰がむつかしい顔でうながした。

「役に立つ人間になりたいと存じます」

「足軽では、役に立たないと思うのか」

「そうは思いませんが、足軽より役に立つ働きをしたいと考えちょります」

「学問は役に立つだろうか」

「立つと思うから、先生も学問をされたのでしょう」

「学問は、功業に役立てるためにするんではないよ」

「わかっちょります」

この日の松陰は、いつになく意地が悪い。質問は、まだ続いた。

「君は、久保《くぼ》先生の塾にいたそうだな」

「はい」

「なぜ、僕のところへ来た。久保先生では不満か」

栄太郎は、そう問われて、しばらく考えたのち、

「不満ではありませんが、久保先生も、吉田寅次郎《とらじろう》先生について学んじょられると聞きました。師につくなら、少しでもえらい先生を選ぶべきだと思いました」

「少しでも、か」

　はじめて、松陰が声をあげて笑った。

「君は、江戸に行っていたそうだね」

「十三のときから、三年間、江戸番手《ばんて》の手子《てご》（手伝い）として、江戸屋敷におりました」

「江戸では学問を習ったかね」

「そのつもりで、江戸行きを希望したのですが、果たせませんでした。足軽の身分では、えらい先生について、ゆっくり学問をするようなことは許されません。槍を少し習いました。これは足軽のつとめですから」

「久保先生より、えらい学者には会えなかったわけだね」

「はい」

　久保五郎左衛門《ごろうざえもん》は、松陰の外戚にあたる人で、同じく松陰の叔父《おじ》にあたる玉木文之進《たまきぶんのしん》が開いた松下村塾《しょうかそんじゅく》を受け継ぎ、松本村に住む軽輩の子弟を教育していた。吉田栄太郎も十一歳から二年間、村塾に学び、そして藩主の参勤交代について江戸に出た。安政三年の二月に帰国、松陰のところへ入門を申し入れたのは、その年の秋である。江戸の試衛館道場で、沖田総司が浪人を打ちすえていたころであろう。

「江戸で学者につくことができなかったとしても、何か学ぶところはあっただろう」

「ありました。ペルリの軍艦がやってきましたから」

「君は、あのときどうした」

「武装して、大森《おおもり》海岸に行きました」

　ペリー来航のとき、長州藩は幕命により、五百人の藩兵を編成して、江戸湾の海岸護衛にあたった。栄太郎は、藩兵に加えられ、槍を持って大森の長州陣に入った。結局、黒船を目の前に見ることはできなかったが、異様な緊張を味わった。

「何を感じた」

「これは大変な時代になると思いました」

「どんな時代だ」

「わかりません」

「実は、僕にもよくわからんのだ」

「そのために、学問をしたいのであります」

「栄太郎、百里奚《ひゃくりけい》ちゅう人を知っとるか」

「シナ春秋時代の人でしょう。『史記』にありますね。『孟子《もうし》』にも出てきます。いろいろな国をまわって王に仕えようとしたが、説を採りあげられないので、去って、ついに秦王穆公《しんおうぼくこう》に仕え、在任七年、秦をして覇《は》たらしむ……」

「では、百里奚の諫《いさ》めざるをもって智賢《ちけん》となす、という孟子のことばをどう思うかね」

「反対です。諫めず死せず、何をもってこれを智とし賢となしましょうや。里奚の生き方には疑問があります」

「僕も同意見じゃ」

松陰は、おどろいて、栄太郎に鋭い視線を投げた。隣家の足軽の子を、安易に試そうとした自分を恥じる気持が、率直に顔にあらわれている。

「学問をするちゅうことは、それによって得た識見をもって、必要なとき諫言《かんげん》することである。それが役立つ学問だと僕は思う」

「だれに諫言するのですか」

「今のわれわれの立場としては藩主だ。藩主が誤った方向にわが長藩の針路を進められると思ったとき、勇気をもって諫言しなければならん。君のいう通り、世は、大変な時代にむかおうとしておる。今こそ、新しい学問が、知識が必要なときだ。ペルリがきた嘉永《かえい》六年、僕は江戸にいた。そして、安政元年、ペルリの軍艦で外国に渡ろうとして失敗した……」

そのことは栄太郎もよく知っている。自首した松陰は、伝馬町《てんまちょう》の牢《ろう》から萩《はぎ》に移され、野山獄《のやまごく》に投ぜられた。やがて、出獄して、杉《すぎ》家に幽閉された松陰は、親族を集めて『孟子』を講じはじめた。

父の杉百合之助《ゆりのすけ》や兄の梅太郎《うめたろう》は、獄中で松陰が『孟子』を講じていたことを聞き、ではわれわれが聴講するので、その続きを家でやったらどうかと勧めた。孤独に書を読むだけの生活では、幽室での懊悩《おうのう》が増すばかりだとも考えたのであろう。あるいはまた、松陰の報告をきいて、その講義に興味を抱いたということかもしれない。好学の一族らしい発想である。この杉家における講義が、松下村塾での開講にいたる重大な契機ともなったのである。

野山獄での『孟子』の講義は、「万章」上篇で中断されていたので、そのつづきから始め、約六ヵ月で全篇を講じ終えた。杉家の講義を聴いたのは、杉百合之助、梅太郎父子のほか玉木文之進、その長男の彦介《ひこすけ》、久保五郎左衛門、近所の青年では佐々木梅三郎、高須滝之允《たかすたきのじょう》といった人々である。

安政三年八月から、松陰の講義は『武教小学《ぶきょうしょうがく》』となり、『日本外史』、『春秋左氏伝《しゅんじゅうさしでん》』や『資治通鑑《しじつがん》』なども併行して進められた。

十月に、増野徳民《ましのとくみん》という者が周防《すおう》からたずねてきて、杉家にころがりこむように、松陰の講義を聴きはじめた。山代《やましろ》の医者の子で十六歳になる。

足軽吉田清内の家は、杉家の隣りである。松陰が養子に入った軍学師範の吉田家とは、むろん無関係だ。清内の子栄太郎は、幼いころから松陰の存在を知っている。吉田松陰は五十七石という微禄《びろく》の藩士だが、特殊な地位にあった。藩の軍学師範であり、家老をはじめ多くの高級家臣がその門下生として名をつらねている。松陰は、六歳で叔父吉田大助《だいすけ》の跡を継ぎ、九歳で藩校明倫館《めいりんかん》の教授見習となった。十一歳で藩主の前で軍学を講じ、その後もたびたび君前講義の栄に浴した。藩主も松陰に特別の目をかけたのである。稟質がすぐれているだけでは、世にあらわれることができない。生まれついた家柄が問題なのだ。

お互い隣りあわせに粗末な家でくらしながら、足軽清内の自称吉田家と、軍学師範吉田家とは、その内容がまるきり違う。栄太郎は、近所に住みながら、松陰とことばを交わしたこともない。近寄りがたい存在なのだ。父親の清内は、それを当然としているが、栄太郎は何となき矛盾を感じている。その釈然としない気持が、栄太郎を勉学にかりたててきたのだ。

久保五郎左衛門の松下村塾で二年間学び、それから江戸へ出た。そこでの生活に期待をかけたが、これといった機会が与えられたわけでもない。藩邸の雑用に追いまわされる毎日だった。いわば失望をかみしめながらの帰郷である。

松本村の家に帰ったとき、栄太郎は、ひとつの変化を知った。まぶしいほどの出世コースをたどっていた松陰の転落した姿が、隣家にあった。五年前、松陰は脱藩の罪で、士籍を削られている。一緒に旅行に出かける友人との約束を守るため、藩の許可を待ちかねて藩邸を脱出したからである。その程度のことで、身分を放棄した松陰の行動を、人々は理解しかねた。栄太郎は、むしろ唖然《あぜん》としてその話を聞いたものだ。死ぬほどに望んでも、得ることができそうもない侍の階級を、惜しげもなく捨てた松陰という人物が不思議に思えた。

松陰はそれでも、杉家の育《はぐくみ》ということで、自由な旅行も許された。浪人ではあるが、いつかは復権させるというふくみがある。藩主の温情だった。やはり特権を与えられている。その松陰が、こんどは海外脱出をくわだてて、ついに投獄される破目となった。復権の可能性は遠のいた。

栄太郎が萩に帰ったころ、松陰は、野山獄を出て、杉家の幽室で、親族を相手に、内輪の講義をしているらしいと聞いた。声をかけることもできなかった松陰が、今は保釈された罪人として、隣家に閉じこもっている。やがて、受講者の数も、ぼつぼつふえていることを知り、栄太郎は、じっとしておれなくなった。それでも何となく近づきにくい感じがするのは、受講者がすべて侍であるということである。まだ松陰の身辺にただよう上層階級の空気への畏《おそ》れのようなものが、栄太郎を萎縮させた。

久保の松下村塾へ復帰するという方法もあるが、この塾にはすでに学ぶべきものがないように思える。四書の素読と古めかしい訓詁《くんこ》にはもう飽きあきしている。その久保五郎左衛門までが、松陰について学んでいるというのだ。手をのべれば、届くような隣家で、かつての藩校明倫館教授が、熱っぽい講座をひらいているというのに、容易にそこへ出かけて行けない自分の立場が苛立たしい。

そんなとき、山代の医者の子で増野徳民という男が、杉家にとびこんできて、松陰に学問を授けられているという。一つ年下の十五だ。栄太郎は、決心して入門を願い出た。

松陰は、彼が想像した通り、しかつめらしい表情で、あれこれ質問してくる。だが、それも初めのうちで、時間が経つにつれ、次第に打ちとけた様子をみせはじめた。百里奚についての対話以後、急に松陰の栄太郎に対する態度が変わってきたといってよい。

「君が望むなら、ここで勉強しなさい」

「あすからお邪魔してよいでしょうか」

「あすといわず、今からやろう。引き合わせておく者がおる」

と、松陰は、徳民を呼んだ。徳民は、さいづち頭の目の大きな少年で、群を抜くほどの才能はみせなかったが、翌安政四年、久保五郎左衛門が引退し、塾を松陰にあずけてから、つまり吉田松陰による松下村塾時代を通じて、最も長くこの師に従学した門下生の一人である。いわゆる村塾グループの一員として政治運動に参加したが、文久《ぶんきゅう》二年、捕えられて山代に送還、父に幽囚されて家を出ることができなかった。維新後は、山間《やまあい》の一医師として家業をつぎ、明治十年五月、三十六歳で死んだ。松陰に親しんだ門下生の中では、波瀾《はらん》の少ない人生である。松陰のもとで、同じような出発をしながら、吉田栄太郎にくらべたら、平凡で幸せな、しかし短い一生だったといえる。

3

安政五年。沖田総司十五歳。剣にも磨きがかかり、天然理心流の試衛館では、すでに欠かせない人物になっている。

秋、日野八坂神社に奉納された近藤周助一門の額に発起人の一人として名をつらねた。しんがりに「沖田惣次郎《そうじろう》藤原春政」とあるのがそれである。

このとき彼らが額を奉納したことに、何かの意味があるのだろうか。剣術の一派が、神社に額を納めたにすぎないといえばそれまでだが、やはり特別な祈りを捧《ささ》げたように思える。試衛館の剣士たちが、その共同体意識をたしかめあうような時代背景が、騒然と展開されているころだからである。ひとくちでいえば、風雲に乗じようとするひそかな野望が、この剣客の群れの中に渦巻いているのだ。

ペリーの強引さに押し切られて、幕府は、安政元年にアメリカと和親条約を結んだ。これが糸口となり、翌年には英・仏・露・蘭各国との和親条約締結となった。攘夷《じょうい》論をかざす人々の幕府攻撃は、一挙に表面化した。そうこうしているうちに、米使ハリスが下田《しもだ》にやってきて、通商条約の締結《けいし》を求めてきた。

条約調印の日は刻々と近づき、幕府は、将軍継嗣問題とも併せて、さすがに苦悩の色をただよわせた。現将軍（十三代）家定《いえさだ》が虚弱体質であるため、前々から懸案となっていたこの継嗣問題は、南紀派と一橋《ひとつばし》派に分れて対立した。

安政五年四月、大老に就任した井伊直弼《いいなおすけ》は、将軍継嗣問題、日米修好通商条約調印を、一気に解決しようとするのである。この二件がからまって、ついに安政の大獄を現出したのだ。井伊直弼は、彦根《ひこね》三十五万石の藩主である。大老になると同時に、彼は幕政批判者への大弾圧を開始した。

通商条約が調印されたのは、六月十九日、そして、紀州《きしゅう》藩主徳川家茂《いえもち》が、継嗣に決まったことが正式に発表されたのは、六月二十五日であった。

そんなある日のことだ。巡回稽古を終えた近藤勇と沖田総司が、真夏の日盛りを避け、夕刻、江戸への帰途をとって、途中、多摩川べりの茶店で休息していると、ここでも大声の議論が交わされているのだった。

別の牀几《しょうぎ》に腰かけた小ざっぱりした身形《みなり》の三人の武士である。どうやら水戸《みと》訛《なま》りだが、通商条約、井伊、南紀といった言葉がポンポンとび出す。

「騒々しいことになってるようですね」

と、総司が、笑いながら、勇に話しかけた。

「うむ、とにかく……」

勇が答えようとしたとき、武士の一人がいきなり立ち上がると、つかつかと近藤らに近づいてきた。

「騒々しいとは、われらのことか」

「皆さんの話を聴いているうちに、騒々しい世の中になったものだと思っただけですよ」

総司が、相変わらず、笑顔をみせていった。

「天下の形勢を知らぬとみえる」

もう一人がやってきて、坐っている近藤と沖田を傲岸な態度で見下ろした。

「よくは存ぜぬ」

近藤がボソリとした声で、地面に目をおとしたまま答えた。

「それで、騒々しい、か。どこの者だ、名乗れ」

最初の二十二、三歳に見える若い侍が、声をはりあげた。酒臭い息だ。酔って議論した興奮を、撒《ま》き散らそうとしているらしい。

「行こう」

勇は、後ろをふりかえり、茶店の親爺《おやじ》にめくわせすると、茶代を牀几の上においた、腰を上げた。ゆっくり大刀を差し、まだ坐っている総司をうながした。

「待て、まだ、話は終っておらん」やはり若い方だ。

「最初から、貴公らとは話していない」と勇。

「本当に、騒々しい人たちですね」

総司が、眉をひそめた。

「黙れ」

もう三人が、一斉に刀を抜いている。

「やるか」

勇が、少し笑った表情で、総司を見た。

「やりましょう」

総司が、にっこりした。

一人が、いきなり勇をめがけて斬りつけてきた。抜き放ちざま、それを受けとめる刃物の触れあう響きにつづいて、バサッと濡れ手拭をはたくような音がした。若いのが、袈裟《けさ》がけに斬られ、のけぞるのを、総司は、目の隅で見ていた。

「総司、離れて見ておれ」

勇は、新しい敵を睨《にら》んだままいった。

「一人くらい斬らせて下さい」

総司は、ゆっくり抜刀して、青眼に構えた。中年の武士が、

「たアッー」

とかけ声を発して、片手横なぐりに、総司のこめかみを狙った。乱暴な剣である。それを受けたとき、総司は、そのまま相手の胸元に突きを入れて行くかどうかを、瞬間、迷った。そして、左へ一歩かわして、再び青眼に構えなおした。左腕をのば

して、水車のように刀を振ってきたのだから、突きを入れるだけの間合はあったはずである。ひとつの機会をのがしたのは、やはり真剣でわたりあう初めての経験で、多少臆するところがあったのかもしれない。総司は、わずかに自分を叱りながら、敵を凝視《みつ》めた。相手は、こんどは慎重に、呼吸を窺《うかが》っている様子である。睨みあいになった。

「ギヤッ」

という悲鳴が、横の方であがった。勇が、もう一人を斬ったらしいことは、すぐわかった。

「総司、手伝おうか」

血刀をさげた勇が、そばから声をかけた。

「いえ、わたしが斬ります」

「よし、ゆっくりやれ」

勇は、立ち合いの審判のように、少し離れて両者の中間に立ちはだかった。まだ納刀していないのは、総司が危険にさらされたときの用心であろう。

「やあ」とか「とおっ」といった気合いを、勇は、総司の呼吸にあわせて、しきりに発している。励ましともとれた。

武士が、肩で息をしはじめ、怯《おび》えが徐々にあらわれてきた。総司の剣尖《けんさき》が、わずかずつ動き、やがて下段の構えになった。それに対応して、相手が、上段に振りあげた。総司が突進した。「えいっ！」と、勇がそばから鋭い声をあげたときは、すでに諸手で突き出した総司の剣尖が、武士の左胸から背中を刺しつらぬいていた。

「見事だ」

勇は、刀の血をぬぐい、鞘《さや》に納めながら、つぶやくようにいった。

「見事でもないですよ、恐《こわ》かったなあ」

総司が、蒼黒《あおぐろ》い顔を、少しばかりひきつらせて、正直に告白すると、

「同じことだよ、みんな恐いにきまっている。わたしも、人間を斬り殺したのは、これが初めてだ」

「思ったより、血がたくさん出るものですね。見て下さい、柄《つか》がぬるぬるする」

「総司のは、突きだから、まともに柄が血を浴びるのさ」

三人とも即死である。自分たちが、手にかけた死体の前で、いかにものんびりした会話を交わしている。だが、近藤勇は、昂《たか》ぶる気持を、かろうじて抑えているのだった。

「洗ってこよう」

と、総司は、河原へ降りて行こうとする。

「やめておけ。早くここを去った方がいいようだ」

「届け出ないのですか。われわれは正しいのだから、責められはしないでしょう」

「水戸の家中らしいが、脱藩者ともみえる。いずれにしてもあとがうるさくなる。さいわい、見ていたのは、茶店の親爺だけだ。相手が仕かけてきた喧嘩《けんか》だということは、あの親爺が証《あか》しをたててくれるだろう。われらのことは口止めしておく」

勇は、早口に説明すると、親爺になにがしかの金を与えたのち、先に立って歩きはじめた。

「あれが、攘夷派というのですか」

「そうだろう」

「騒々しい連中ですね」

「うむ」

「わたしの相手は、なかなかいい刀を持っていましたよ」

「そうか」

「腕はそれほどでもない。でも奇妙な剣だな、あれは何流でしょうか」

「……」

勇は、もう口を利かなかった。

（総司は、平気なのかな）と考えている。ふと、道場で、倒れた浪人者を、木剣でさらに打ちすえようとしているあの日の総司の後姿を思い出した。

「川がきれいですよ」

という彼の声に、勇は、視線をすべらせた。夕陽《ゆうひ》を撥《は》ねかえしながら、多摩川の水が、血の色に染まっている。

（当分、この道は、避けることにしよう）

そう思って、しばらく流れに目をやり、

「総司、急ぐぞ」

勇は、それだけいうと、急に、歩幅をひろげた。

4

安政五年。吉田栄太郎十八歳。

十一月十日に、栄太郎は、萩へ帰ってきた。前年の八月、御番手御供小使として、江戸へ出ていたのである。久保五郎左衛門が経営していた塾が、松陰の講義室と合併し、第三期の松下村塾が発足したのは、安政四年の三月だった。塾生もふえはじめ、中心人物の一人として、村塾運営に活躍していた栄太郎の江戸行きは、松陰にとっても痛手にちがいなかった。

しかし、栄太郎の実家としては、無役のまま彼が、勉学三昧《ざんまい》の生活をつづけることに、いささかの不安を抱いていただけに、この江戸行きを喜んだ。収入を得る道でもあったからだ。それに、父親の清内が、ひそかに憂慮していたのは、松陰が罪人として投獄され、保釈中の身であるということだ。この政治犯に師事していて、いつ過激な道にひきこまれ、方向をあやまるかもしれないという心配である。内心ヒヤヒヤしながら、村塾の動きを見守っていたのは、ひとり栄太郎の親だけではなかったのだ。すでに藩校の明倫館では、学生が時事問題を討論することを禁止している。松下村塾では、堂々とそれをやり、幕府批判を叫んでいるのだった。

一年三ヵ月ぶりに江戸から帰ってきた栄太郎が、組頭《くみがしら》に帰任の報告手続きを終って帰宅したのは、夜に入ってからである。隣家にあたる松下村塾には、おそくまで灯《ひ》がついていた。翌朝にしたらどうかという父親のすすめをしりぞけて、栄太郎はその夜のうちに松陰をたずねた。講義室には、松陰をとりまくようにして、入江《いりえ》杉蔵《すぎぞう》、佐世八十郎《させやそろう》、増野徳民、品川弥二郎《しながわやじろう》といった塾生が十人ばかり、緊張した表情を並べていた。

（何かあるな）

と、栄太郎は、直感した。

「帰ってきたのか。君を待っちょった」

松陰が、微笑しながら、栄太郎の坐る場所をゆびさした。

「どうだ、江戸は」

と、入江が話しかけてきた。

「ただならぬ雲行きちゅうことだけはいえる」

「学問は、進んだかね」

「足軽の身分では、おちおち本も読めないが、こんどは剣術を少しばかりやることができた。桂《かつら》さんの肝煎《きもい》りで、斎藤《さいとう》道場に通いました」

「桂君の手紙だと、栄太は大分手を上げたとあった」

松陰が、話をひきとった。栄太郎が江戸へ発《た》つとき、松陰は、門下の桂小五郎《こごろう》にあてた添書を持たせている。剣術をやりたいという栄太郎の希望を容《い》れて、桂はかつて自分が塾頭をしていた斎藤弥九郎《やくろう》道場練兵館《れんぺいかん》を紹介した。斎藤は、神道《しんとう》無念《むねん》流の達人。桃井春蔵《もものいしゅんぞう》、千葉周作《ちばしゅうさく》とともに幕末三剣客といわれた人物である。多くの長州藩士が入門し、弥九郎の子新九郎はたびたび萩へやってきて、明倫館の道場で稽古をつけており、斎藤道場と長州藩との結びつきは、かなり深い。

斎藤弥九郎から、桂小五郎にあてた手紙に、

「……吉田栄太郎君大いに御上達、御悦《およろこ》び下さるべく候《そうろう》……」とあるから、一年余りの入門で、栄太郎の腕は相当の域に達していたのであろう。そのことを、桂は松陰に報告していたらしい。

「君のその武技が、あるいは役に立つかもしれん」

松陰が、少しあらたまった顔でいった。

「何をやるのでありますか」

と、栄太郎は、頑丈なからだを揺すりあげるようにして、松陰にむきなおった。

松陰は、すぐには答えず、つめたい視線を彼にむけたままだ。栄太郎は、色白で、なかなかの好男子である。躰《からだ》が大きいので、黒紋付に裃《かみしも》でもつければ、ちょっとした大身の侍で通るくらい押し出しがよい。それに、学問、教養を身につけているから、足軽とは思えないほどの風格をただよわせている。

「まあ、一杯飲め」

と、佐世八十郎が、湯呑《ゆのみ》をつきつけ、一升徳利から、勢いよく酒を注《つ》いだ。栄太郎は、一気にそれを飲み干した。

「江戸で、酒の手もあげたとみえる」

と、佐世が笑った。のちの前原一誠《まえばらいっせい》である。大組士四十七石、このとき二十五歳だった。

「見せてやれ」

松陰が、入江杉蔵にいった。栄太郎と同じ足軽の子で、天保《てんぽう》八年生まれだから、栄太郎より四つ年上だ。松下村塾の四天王の一人といわれた。四天王とは、高杉晋作《たかすぎしんさく》、久坂玄瑞《くさかげんずい》、吉田栄太郎、入江杉蔵である。中でも双璧《そうへき》とされる高杉と久坂は、このころ江戸にいた。松陰にいわれて、入江が巻紙をとり出してきて、畳の上にひろげてみせた。連判状である。

「栄太、署名してくれるだろうね」

押しつぶしたような声で、松陰がいった。

「はあ」

曖昧に答えながら、栄太郎は、文面を睨んだ。『閣老間部詮勝要撃之事《まなべあきかつ》』とある。

「五日前、赤川直次郎《あかがわなおじろう》君が、京都から帰ってきた。彼がいうには、水戸藩その他が、大老井伊直弼を暗殺する計画をめぐらせ、わが藩《や》にも協力を求めているそうじゃ。井伊は、水戸にまかす。われらは、間部を殺る」

説明する松陰の眼《め》が、異様な光を帯びている。

老中間部詮勝が、大老井伊直弼に激励されて京都に向うべく江戸を発ったのは、安政五年九月三日である。一足先、その日に京都所司代酒井忠義《さかいただあき》が着任した。この二人が井伊の股肱《ここう》といわれた人物である。反幕に揺れ動く京都の情勢を、何とかして鎮静させたいという井伊直弼は、重大な使命を二人にさずけて江戸から送り出したのだ。酒井の任務は、京都に集結する「国内の陰謀人刈り尽し」であり、間部に与えられた使命は、朝廷内における反幕勢力の粛清であった。間部を補佐する人物として、幕府は伏見《ふしみ》奉行内藤正縄《ないとうまさつな》を抜擢《ばってき》し、御所内取締の兼務とした。

志士狩りが始まり、九月五日に梅田雲浜《うめだうんぴん》、十八日には水戸藩の鵜飼吉左衛門《うがいきちざえもん》らを捕え、二十三日には鷹司《たかつかさ》家の小林民部《こばやしみんぶ》を捕えた。これを皮切りに、宮家、公家《くげ》の諸臣、儒者、学者など根こそぎに逮捕して行く。吉田松陰が親しくしていた梁川星巌《やながわせいがん》は、逮捕直前の九月四日、自宅で急死したので、町の人は「死（詩）に上手」などというが、その星巌や雲浜との交流の線をたどって、ようやく松陰の身にも大獄の魔手はのびようとしていた。

安政五年十一月に入ったころ、藩士赤川直次郎が江戸から京都を経て帰省し、村塾にいる松陰をおとずれて、京都の政情を報告した。松陰の怒りは、禁裡《きんり》を粛清すると豪語する間部詮勝や、それを助ける内藤正縄にむけられた。たまたま赤川が、薩摩《さつま》・水戸・越前《えちぜん》・尾張《おわり》の四藩が連合して井伊を暗殺する計画を立て、長州にもひそかに助勢を求めているらしいと話したことから、松陰は反射的に「長州藩がやるとすれば間部だ」と考えた。

この赤川の情報は、当時噂《うわさ》として流れていたものだが、かなり違っている。それを画策していたのは、ほとんどが水戸の藩士であり、あくまでも個人的な動きであった。そして彼らは直前に藩籍から離脱の手続きをとったのである。

松陰はすぐに塾生によびかけた。この間部要撃策に加盟したのは十六名で、吉田栄太郎が、最後に署名したので、十七名となった。

きょうは旅の疲れがひどいので帰るといい、栄太郎が席を立つと、玄関まで佐世八十郎が送ってきた。薄暗がりの中で、栄太郎が佐世の耳にささやいた。

「松陰先生は本気なのでしょうか」

「狂気ではないかといいたいのじゃろう」

「何か別のことを狙っておられるのではないかと思うのです」

「別のこと？」

「つまり、できそうもないのに、これを云い立てることによって、藩の重役をあわてさせようという魂胆ではないでしょうか」

「いや、本気でやろうとしていなさるようじゃ」

「そんなら、狂気ですよ」

「狂気でもよい。われわれは、先生の弟子だ。師に従うしかないではないか」

「諫言するということもあります。忠諫は、もともと松陰先生の教えられるところですから」

「君は、嫌なのか。しぶしぶ連判状に署名したのかね、吉田君」

佐世がひらきなおった。

（これは駄目だ）

と、栄太郎は思う。

「とにかく、明日」と、逃げるようにして、村塾を出た。

翌朝早く、佐世が栄太郎の家をたずねてきた。あのまま村塾に泊まったらしい。寝不足な顔をしていた。

「吉田君、事はもう始まっちょるのだ。あとにひけんのだ」

といった。松陰が、門下生を集めて間部暗殺の計画を打ちあけたとき、一同が啞然としたことは事実である。

「先生は、すでに願書を行相府《こうしょうふ》の前田殿と周布《すふ》殿にあてて提出されていたんじゃ。われわれが反対して去れば、先生は一人になってしまわれる。世間からは狂人扱いされるかもしれん。こうなっては理非をいうちょられん」

「願書、を出されたのですか」

「ここに写しがある」

佐世は、ふところから、一通の書面を取り出した。

「別紙願事《ねがいごと》、近日発し候様、同志中追々盟約仕《つかまつ》り置き候。右に付き左の件々御周旋願い奉り候」と冒頭にある。「盟約仕り置き候」とは、松陰が勝手に決めたことだ。門弟は必ず自分に従ってくれると信じていたからだという。

「クーボール砲三門、百目玉筒五門、三貫目鉄空弾二十、百目鉄玉百、合薬五貫目貸し下げの手段の事」

「別紙願事」という願書の内容は、閣老間部詮勝を打ち果し、長州藩勤王《きんのう》の魁《さきがけ》となり、天下の諸藩に後《おく》れず、毛利《もうり》の義名を末代まで輝かしたいのでこの行動を許してもらいたいというものである。

「無謀だ！」

栄太郎は、思わず叫んだ。

「われらも、無謀だとわかっちょる」

「第一、藩が取り上げるはずがない」

「おそらく」

「無茶だ。狂人沙汰ですよ、佐世さん、これは」

「じゃから、手をひくというのか。先生一人を、笑いものにしておけちゅうのか」

「……」

栄太郎は、正座して目を閉じたまま、しばらく黙っていた。佐世は、腕を組み、大きなため息をひとつ洩《も》らした。それが本心だったのだろう。

「雪ですか、外は」

「うん」

「あとで、塾へ参ります」

「来てくれ。先生も待っちょられる」

「佐世さん、あんたに任せますよ」

「いずれ、江戸の高杉君、久坂君からも何かいうてくるじゃろう」

「知らせたのですか」

「助勢をと、先生が手紙を出された」

「そうですか。とにかくあとで行きます」

「頼む」

佐世が帰って行くと、父親の清内が、さっそく栄太郎の部屋へやってきた。気配を察したようだった。

「行かん方がええぞ、栄太郎」

「心配無用ですよ」

「折角、お役にも就《つ》いて、出世の糸口をつかんだちゅうに……」

「出世か。……どのみち足軽です」

「いいや、お前は違う。この間も組頭の山下新兵衛《やましたしんべえ》様がいうちょられた。栄太郎は、いずれ士分にお取り立てになるじゃろうとな。こんなとき暴挙に巻きこまれては、すべて台無しじゃ。お前の出世だけを楽しみに生きちょるわしらの気持を察してくれんとこまる」

「父上のいわれる通りですよ」

母親までが、顔を覗《のぞ》かせている。

「大丈夫、です」

栄太郎は、ふり払うように立ちあがった。〝士分取り立て〟という父親の声が、妙になまなましく尾をひいている。初めて聞く言葉だった。

（山下新兵衛様が、そういったのか）

目の前が、急に明るくなったような気がする。それは、しかし一瞬ののちに、曇りを帯びてしまった。

――間部閣老暗殺。

そんなことが出来るはずがない。だが、不可能なまでも、松陰のことだから、行動だけでも起しかねないだろう。捕まって、死罪だ。

その日の正午近く、村塾に行くと、松陰は風邪《かぜ》で高熱を出し、寝こんでいた。品川弥二郎は、松陰の手紙を持って、須佐《すさ》の育英館《いくえいかん》に出かけたという。育英館は小国剛蔵《おぐにごうぞう》が経営する私塾で、塾生はしばしば松下村塾にやってきて松陰の講義を聴いている。いわば姉妹関係にある。松陰は、暗殺計画への同調を、剛蔵に求めたのである。

「徳民は、土屋《つちや》先生のところだ」

炭火に手を焙《あぶ》りながら、佐世がいった。やはり松陰の手紙をたずさえて、土屋蕭海《しょうかい》の宅に、軍資金百両の借り出しを交渉しに行ったらしい。土屋は、萩藩でも「少壮中文章第一」といわれた学者で、松陰とも親交があり、松下村塾の支援者でもあった。もともと陪臣《ばいしん》の子だが、その学識を認められて藩士に昇格した人物である。土屋、と聞いたとき、栄太郎は、また〝士分取り立て〟という父親の言葉を思い出した。そして、その声を打ち消すように、

「あとは、すべて返事待ちですね。藩からも願書に対する回答は、何かありましたか」

と、佐世にたずねた。

「まだじゃ。江戸の高杉君らからも。これはかなり日にちがかかる。しばらくは待機の姿勢ということだ」

「松陰先生のご病気は」

「大したことはあるまい」

佐世は、つめたい畳の上に、背を丸めて、ごろりと横になった。この男は、楽天家というのか、いつも茫洋《ぼうよう》とした面持《おももち》で、ゆっくりした動きを見せる。人の先頭に立つということはないが、しんがりをノコノコ蹤《つ》いて行くというほど鈍重でもない。大勢がつくる渦の中を、悠々と泳いでいるといった風格が身についていた。後年、高杉がわずか八十人足らずで藩の俗論政府打倒を叫んで挙兵したときも同調している。明治九年、不平士族が叛乱《はんらん》をおこした萩の乱では首魁《しゆかい》となったが、かつぎあげ

られた傾向が強い。無定見というほどではない。自分なりな判断は持っているが、他人が自分を必要としていると知れば、まず感激する。そして「あとにはひけないじゃないか」と思うと、もう打算抜きだ。

(この人は、生まれついての藩士だからな。私のようにガツガツしていない。村塾に来ても人一倍勉学に励むそぶりもなかった。野心がない。達観しているのだ)

栄太郎は、佐世のふっくらした横顔を見ながら、そんなことを考えていた。あまり会話も交わさないまま、午後が暮れた。

夕刻、増野徳民が肩をおとして帰ってきた。

「土屋先生には、断わられた。ずいぶん粘ったのだが、児戯にひとしい無謀に手は貸せないといわれる」

「そうか」

佐世は、その返事を予想していたように、平然と答えた。

「松陰先生に報告しておきましょうか」

「いまでなくともええじゃろう。それより、寒い。増野君、酒を買《こ》うてこんか」

ふところを探して、佐世は小銭を投げ出した。黙々と酒を飲んで、何となく夜を明かした。翌朝、品川弥二郎が、須佐から帰ってきた。やはり育英館の小国剛蔵に協力を拒否されたという。

夜は、静かに、講義室に集まった十人ばかりで酒を飲んだ。

(これが、かつての松下村塾か)

と、栄太郎は、苦い酒を喉に流しこみながら、一年前をなつかしんだ。重立った塾生は江戸へ行ってしまい、受講生も減って、講義らしいこともなくなった。灯が消えたような村塾に、ひきつづき顔を出したのはわずか十数人である。それも時折、やってくる程度だ。松陰が、間部暗殺を計画し、彼らに召集をかけてからは、毎日、十人足らずの者が、こうして集まった。しかし動きらしい動きもないままに、興奮や緊張が薄れ、重苦しい空気だけが、暗くただよった。激越した会話もなく、寒さと暗い無聊《ぶりょう》を酒でまぎらわせている。

松下村塾は、荒廃していた。じっさい、明治維新の重要な一拠点をなした吉田松陰主宰による松下村塾の使命は、すでに終了していたのである。

安政五年十一月二十九日。この日をもって、松下村塾は、閉鎖された。その夜、講義室でとぐろを巻いていた者は、藩府からの突然の使者を迎えた。使者は、淡々とした口調で、松陰の投獄、村塾の閉鎖という二つの藩命を伝えて帰って行った。

事実上、間部暗殺計画は、阻止されたのである。

投獄といっても、野山獄への借牢願《しゃくろうねがい》を出せという形式をとっている。松陰の父杉百合之助から、藩府へ松陰を牢に入れたいので野山獄の囚室を貸してもらいたいと願書を出し、藩がそれを許可するというしきたりであった。

たまたま、その杉百合之助が重症の床にあったので、松陰の叔父玉木文之進が藩府に運動し、看病のため入獄をしばらく猶予するという許可をとりつけた。かわりに松陰を杉家の幽室から一歩も出さないという条件つきだ。

吉田栄太郎や佐世八十郎や品川弥二郎はじめ、門下生たちは、興奮をよみがえらせ、連日、松下村塾に集まって、情勢を論じはじめた。

(みんな、ほっとしているのだ)

と、栄太郎は思う。彼自身がそうであった。老中を暗殺するなどという無謀なわだてに、心ならずも同調している負担から解放されて、正直一息ついたところである。声高な議論のなかに、皮肉な明るい空気を、だれもが感じているにちがいないのだ。挫折に打ちひしがれているであろう松陰の胸中を思うと、申し訳ないという気持もある。わけもなく走り出したい衝動にかられることもある。こうして塾生たちが集まってくるのも、そんな心理をもてあましてのことだろう。藩府から、正式に松陰の下獄を命令してきたのは、まさにその情況が頂点に達していたときであった。

　十二月五日のことである。夜、栄太郎ら六人が村塾にいた。

「松陰の学術不純にして人心を動揺《ゆるが》すとは周布政之助《まさのすけ》の言か、けしからん。先生のために弁疏《べんそ》すべし！」

　酒の勢いもあった。栄太郎らは、凍《い》てついた道を走り、松本橋を渡って深夜の城下へ入った。周布政之助の役宅は、すでにかたく門を閉ざしている。大声をあげてたたき、強引に開門させると、邸内に乱入した。

「松陰先生の投獄の理由をうけたまわりたい」

　出てきた政之助にむかい、口々にわめきたてた。

　周布政之助。家禄六十八石で代官などつとめていたが、天保改革の指導者村田清風《むらたせいふう》に才腕を認められて昇進をかさね、藩政の実権をにぎる行相府の右筆《ゆうひつ》にまでのしあがった。藩内進歩派の大物で、松陰の理解者ともみられていたが、この当時の長州藩は、まだ討幕路線からほど遠く、対幕姿勢にも慎重を期していたころだ。松陰の間部暗殺計画を知り、その過激行動を憂慮して、投獄やむなしと判断した。この年三十六歳。

「おぬしら、狂人か。ならば、このわしを斬ってみい。赤い血が出るぞ。さあ、刀を抜け」

玄関の式台に立ちはだかったまま、政之助が、低く呻くようにいった。

「理由を聞きとうございます。松陰先生投獄の」

栄太郎が、落ちついた声を出した。

「山下新兵衛組の足軽であったな。栄太郎であろう」

「はい」

「さがれ、下郎！」

「下郎であっても、今は、吉田松陰門下吉田栄太郎として罷《まか》り越しました」

「ならば、松陰のことを思え。おぬしらが騒げば、松陰の身はますます不利になるのがわからぬか」

「なにとぞ投獄の儀は撤回を」

と、佐世八十郎が、横から口を入れた。

「八十郎、おぬしほどの者がわきまえんのか。藩議の決定を、わし一人ではくつがえせぬ。とにかく、悪いようにはせん、おとなしくしておれ。もう寝かせてくれんか、寒うてならん」

「行こう」

佐世が、みんなをうながした。

「城下を騒がすでないぞ」

政之助は、さっさと奥へひっこんだ。一同はそれから、二、三重臣の屋敷へ行き、同じような問答をくりかえして、引きあげた。

要路の役宅を騒がした罪で、六人に謹慎が申し渡されたのは翌十二月六日である。

「何ちゅうことをしてくれた」

清内は、腹立たしい思いを、そのまま息子の栄太郎にぶっつけた。出世の希望が断たれただけではない。江戸御番手小使の役をはずされて、また生活は苦しくなる。

「寅次郎先生は、親不孝を教えちょられるのか」

「……」

栄太郎は、ただ黙っているしかない。

「もうあの先生とつきあうのは、やめた方がええ。とんだ厄病神じゃ」

「……」

狭い吉田家の一室に栄太郎はとじこめられたまま、年の暮れを迎えた。

十二月二十六日の朝、杉家から餅をつく音が聞えてきた。松陰は、まだ投獄されないでいる。父百合之助の神経痛と下痢が悪化して、一時危篤に陥ったからである。

「ええことじゃのう。うちには餅をつく金もないちゅうに。杉のお宅では、まだ余裕がおありなさる。身分が違うちゅうことじゃろう」

と、清内が、栄太郎に聞えよがしに、妻と話している。

杉家で餅をついたのは、百合之助の病状が少し快方にむかい、いよいよその日、松陰が下獄することになったからである。しばらくして、裏木戸から、男の声がするのを、栄太郎は耳にした。松陰だった。会わせてくれといっているらしいが、清内が掟《おきて》を理由に断わっている。

「では、少しばかりですが、この餅を栄太郎君に食べさせてやって下さい。私は、きょう野山屋敷へ入ることになりました。栄太郎君のこと、また杉の家のこと、よろしく頼みます」

「きょう、牢へ」

清内が、さすがに絶句している。

栄太郎は、廊下に出て、古びた連子窓《れんじまど》の障子をそっとあけた。松陰は帰って行こうとして、小柄な痩せた後姿をみせていたが、何かいおうとする栄太郎に、ふりむいて笑い、軽くうなずいただけだ。これを最後に、この師弟が会うことは、二度となかったのである。

松陰が下獄し、大晦日《おおみそか》に至って佐世八十郎らの謹慎が解かれた。吉田家にも、その沙汰があるだろうと、待っていたが、元日になっても、藩府から何もいってこなかった。清内が調べると、藩士だけは先に解除されたが、栄太郎は足軽であるため、重臣の家を不法に訪れた罪を重くみられ、謹慎の期間はもっと長いだろうという。

「口惜《くや》しい話じゃの」

と、清内が歯がみしている。栄太郎も同じ思いだった。あの夜、「さがれ下郎」といった周布政之助のつめたい視線が、苦々しくよみがえってきた。

5

安政六年。沖田総司十六歳。

すさまじい安政の大獄が展開された年である。しかし、近藤勇や沖田総司や、試衛館道場に集まる剣客たちにとっては、いわば何ということもない日々が過ぎている。ただ物価が上がるのだけは、苦痛だった。

(嫌な世の中になったな)

と思っている。

三月、土方歳三が試衛館に入門した。二十五歳である。農家の出で、商家に奉公したり、薬の行商をやったりしていた男だが、十五、六のころから近藤勇とは顔見知りの仲だ。

実家は日野の大百姓で、姉が日野宿の名主佐藤彦五郎《ひこごろう》のところに嫁に行っている。彦五郎が剣術好きで、自宅に道場をつくり、近藤周助の指南を受けていた。周助に従って勇もこの道場に出入りしているうちに、佐藤家に寄宿していた歳三と知りあった。総司にしてもそうだ。佐藤彦五郎の道場は、近藤・土方・沖田ら三人の結合をもたらした出合いの場であった。

土方歳三は、勇と並ぶとやや背の高いなかなかの美男子で、正式に試衛館の門人になったこのころ、すでに彼の腕前は、かなりの域に達していたようである。だが、その歳三とも互角あるいはそれ以上と沖田総司の剣は評価されている。

九月ごろから、歳三は、勇の代稽古として、多摩の道場を廻《まわ》りはじめた。いつか町人髷《まげ》をやめて総髪にし、身形《みなり》も武家風にあらためている。容貌も恰幅もよいので、にわかづくりの侍には見えなかった。勇は、顔がごついので、剣客としては強靭《きょうじん》な面《つら》がまえだが、どうかすると垢抜《あかぬ》けしない泥臭さがあった。以前からの気易《きやす》さで、土方を呼ぶのに「歳さん」というとき、特にそんな感じがしたが、それはまた朴訥《ぼくとつ》な誠実さをただよわせ、決して悪い印象を人に与えるものではなかった。

「どうやら、大変なことが起きているようだねえ」

と、柳町の道場に帰ってきた歳三が、いきなり勇にいった。十月の末のことである。総司が、すぐに冗談口をはさむ。

「土方さんが、大変というのだから、よほど大変なことなんでしょうね」

「いや、真面目《まじめ》な話だ」

「何だね」

と、勇が歳三をうながした。

「伝馬町の牢で、ずいぶんなお仕置がおこなわれているらしい。橋本左内《はしもとさない》、頼三樹三郎《らいみきさぶろう》、吉田松陰というような人たちが打首になったらしい」

「物情騒然だな」

「また、勤王家たちが騒ぐのでしょうね」

総司は、いいながら、瞬間、血しぶきをあげてのけぞる武士の姿を思いうかべた。

あの日いらい、何度か夢の中でも見た風景である。それは、奇妙な快感をともなっていた。事件のことは、だれにもいうなと、勇からかたく口止めされている。その秘密をまさぐりつづけるうちに、おれは人を斬った、という気負いが、自然に滲《にじ》み出てくるのをどうしようもなかった。総司の太刀筋に、凄《すご》みがあらわれたという者もいる。それは、勇にもいえることだった。

「われわれには、関わりのないことだが、いったいどうなるのだろうね」

歳三が、どちらに話しかけるともなく、つぶやいた。

「まあ、歳さん、飯を食おう」

勇が憮然《ぶぜん》とした顔で答えた。

桜田門外《さくらだもんがい》で、大老井伊直弼が、水戸浪士らに惨殺されるおよそ五ヵ月前のことである。江戸の空には、ぼつぼつ木枯しに似た音をたてて、冷たい風が吹きはじめていた。

6

文久元年。吉田栄太郎二十一歳。

八月、栄太郎は、松里勇の変名で五百石の旗本、妻木伝蔵《つまきでんぞう》の屋敷にいる。妻木のところに栄太郎を送り込んだのは、桂小五郎である。幕府の奥右筆をつとめる妻木の身辺で情報を探れといわれている。つまりは長州の密偵として妻木の家士になりすまし、江戸牛込《うしごめ》の屋敷で暮らしているのだった。激しい環境の変化だが、自分でも信じられないくらいうまく勤めを果たしている。桂への諜報《ちようほう》とは別に、家士としてての仕事にも励むというひそかな不安のつきまとう生活ながら、足軽として長州藩につかえるよりは充足感があった。

栄太郎が長州を脱藩したのは、前年の万延《まんえん》元年十月だった。彼は松陰の下獄に抗議して一緒に騒いだ佐世八十郎ら藩士たちよりよほど遅れて謹慎を解かれたが、同時に松陰との師弟の縁をみずから断っている。それは父清内の強いすすめに従ったのだが、足軽身分の自分が藩士と差別されたことに大きな衝撃を覚えたのが直接の原因といってよい。何もかもがむなしくなった。同じ松陰の門下生とはいえ、高杉晋作、久坂玄瑞、佐世八十郎のように栄太郎の目からは藩の高禄を食《は》んでいる連中と行動を共にすることに嫌悪をもよおし、孤立の立場を選んだのである。そうして冷静になってみれば、もともと栄太郎自身が冷ややかに見ていた松陰のひとりよがりの狂った言動に、このまま躍らされてたまるかという居直った気持にもなっていく。

その松陰は投獄されてからも、獄中から門下生たちにあれこれの指令を発し、危険な行動にかり立てようとするのだった。しばしば栄太郎にも手紙を送ってきた。

「無逸《むいつ》（栄太郎に松陰が与えた号）足下、如何《いかが》ノ情態ゾヤ。吾《わ》レ獄ニ投ゼラレテ以来、念々足下ニ在リ。而《しか》シテ未《いま》ダ曾《かつ》テ一書ヲ致サズ。……何ゾ相念《あいおも》ウノ切ニシテ、相問ウノ疎《そ》ナルヤ……」

　松陰は、栄太郎からの音信を痛切に訴えるのである。それでも、栄太郎は手紙も出さず、松陰が江戸で刑死するまで、ついに沈黙を守り通した。

　万延元年八月、栄太郎は兵庫警衛御番手手子《てご》を命じられ、九月に兵庫へ着いた。黒船への備えとして、長州藩はこの任務を幕府に命ぜられ、兵庫の海岸線警備の役に就いた。兵庫への出張は、藩士たちもあまり喜ばなかったようで、栄太郎のような足軽にとっては手子といった雑事に追いつかわれるような仕事しかもらえないのだから、面白くない毎日だった。相当な学識もつんでおり、またそれを自負するところもあった栄太郎は、親を喜ばせるわずかな収入のために、このような任地にいつまでも我慢してはおれなかったのだ。

　ついにその年十月に脱藩した栄太郎は、いったん福知山《ふくちやま》に走り、およそ五ヵ月間、放浪同然に山陰地方をまわった。むろん剣客といわれるほどの腕ではないが、江戸で斎藤弥九郎の道場練兵館で剣を学んだ経歴を述べて、各地の武者修業宿を渡り歩き、また学識もあったから学問塾を訪ねているうちには、それなりに日を過ごせたのである。それから江戸に出ると、備前《びぜん》池田家の家臣岡元《おかもと》太郎《たろう》を頼った。文久元年三月のことである。これも練兵館を通じての知己だ。岡元は、栄太郎ほどの男を足軽にしておくのはもったいないと考え、彼が長州に愛想をつかして脱藩したことに理解を示してくれた。ゆくゆくは仕官の望みもあるからと、備前藩邸での用務を与え、栄太郎も期待にこたえてよく働いた。

　脱藩した栄太郎が、備前屋敷にいることを探知したのは、桂小五郎である。斎藤道場の塾頭までつとめたことのある小五郎は、岡元からそれを聞いたようだが、ただちにそれを藩に報告しなかった。小五郎は、新橋《しんばし》の茶屋に栄太郎を呼び出して酒をすすめながら話を切り出した。

「どうかね。幕臣の家に仕えて腕をふるってみないかね。藩邸に出入りしている柴《しば》田東五郎《たとうごろう》は、薩摩の出身だが、旗本田中市郎《たなかいちろう》右衛門《えもん》の用人だ。柴田から聞いたところでは、奥右筆の妻木伝蔵が自分の子供に学問を教えるかたわら、家士の仕事もできる人物はおるまいかと探しているという。君にその気があれば、柴田に頼んで推挙してもらう方法がある」

　相談を持ちかけるという口調だが、栄太郎はそれを拒絶する立場にいない。脱藩人の処分を言外にほのめかし、小五郎は強引に密偵の役を栄太郎に押しつけるのである。危険な仕事だ。

「私が長州人であることは隠せないのですから、妻木が信用するでしょうか」

「長州とは縁を切った脱藩浪人ということで、うまく売り込んでおくよ。あとは君の働き次第だ」

妻木家に入った栄太郎は、松里勇の変名で、与えられた職務を、実に熱心に果し、たちまち伝蔵の信頼をとりつけてしまった。はじめ納戸《なんど》兼帯中小姓という役だったが、給人となり「用人助之格」と重用されるようになった。一人扶持《ぶち》のほか五両高に加増、妻帯すれば二人扶持とするという書付けまでもらっている。伝蔵の名代として、知行地を監察する任にあたるようにもなった。

そのころ栄太郎は、萩の両親にあてて手紙を出した。

「桂よりいか様にもはたらきくれと申し候。もっともこれは極々内々のはなしに候間、たれにも御はなし御無用に御座候」と前置きしながらも、得意げに近況を書きつづるのである。

私もおいおい立身し、上の人を追い越して給人という役になりました。これよりは裃《かみしも》を着けることになります。衣類も絹物でなくてはかなわないわけです。

此《こ》の間、田舎へ参りましたが、殿様の名代ゆえ、代官も庄屋も村役人も私のいう通りに働きます。孝行者並びに仕事に精出した百姓へは褒美《ほうび》をつかわすことにしました。まことに面白いことで、実に涙のこぼれるほどうれしく、道を行くにも百姓どもが頭をさげ、村役人も名主も次の間より機嫌をうかがいに参りますが、これは窮屈でこまります。しかし、このような身分になったことは、武士の本懐と存じますので、どうぞお喜び下さるように。

私も只今《ただいま》、評判よろしく、先日御納戸役と申す役目になりました。着物も唐ざらしの紋付一枚、袴《はかま》などこしらえました。江戸で辛抱しておれば、御旗本にも取り立てられるでしょう。天下様の御城（江戸城）にもしばしば行きます。まことにきれいなものです。どうぞ長生きして、私のめでたときを見ていただきたいものです。

……

長州藩でのみじめな足軽時代とちがって、彼の才能が認められ、それを存分に活用できる舞台を得た満足感や喜悦がにじみ出るこの手紙は、親を喜ばせようというだけではない、彼の本心も率直に語っているのだった。

桂には、妻木――奥右筆から目付役に昇進している――から得た幕府の内情を適当に通報してはいるが、さほど重大な機密事項が入手できるということでもなかった。その間、栄太郎が幕臣としての立身を、まったく考えていなかったといえば嘘《うそ》になる。長州との関係をはずれて、このまま武士らしい身分に安定する日を、漠然と志向しかけたある日、それは文久二年五月のことだった。桂小五郎から呼び出された栄太郎は、妻木家での任務が終了したことを申し渡された。

「妻木伝蔵が、近く目付役を解かれるのを知っているかね」

「いいえ、まだ何も」

「確かなことだ。幕政に非難めいた口出しをしたのが、要路の逆鱗《げきりん》にふれたらしい。伝蔵は隠居する。家督は子に譲られるが、まだ幼いから重職につくのは当分先のことになる。君が妻木家にいる理由はなくなったわけだ。このさい帰参したらどうか。脱藩を自首して出るかたちをとるが、そこは僕が手を打って穏便に取りはからうので安心してよい。これからは天下晴れてわが藩のために働いてもらいたいのだ」

妻木家で示した栄太郎の手腕にあらためて着目した小五郎は、自分の手許《てもと》において新しい任務を彼に与えるつもりなのだろう。

7

文久二年。

吉田栄太郎二十二歳。

沖田総司十九歳。

七月、栄太郎は京都にいる。脱藩の罪は軽い処分で済んだ。ひとまず「清内厄介」として慎《つつしみ》を言い渡された。京都藩邸にとどまって、事実上自由の身となった。いずれ桂小五郎から何かを命じてくるだろうと身構えていたが、政局は騒然とした情況を迎えている。小五郎としても今は栄太郎にかまってはいられないほどの多忙な日々を送っていた。

吉田栄太郎が、妻木邸を出て、脱藩を自首したころ、近藤ら試衛館の剣客たちは、ある出番をつかんだ。不幸なことに、彼らが乗じた風雲は、時の流れに逆行する方向に吹きつのっている暗雲でしかない。

近藤と共に、沖田総司は京都にむかう。栄太郎は京都から江戸に出て、再び京都へ立ち戻る。まったく見知らぬ、まったく関係のない総司と栄太郎が江戸と京都の間を擦れ違うように往き来しているが、この二人が時代の意志に操られて出会いの瞬間を迎えるまでには、このときからなお二年足らずの歳月が必要だった。

8

文久三年。沖田総司は二十歳《はたち》になった。

九月末の午《ひる》さがり、総司は、京都壬生《みぶ》村の郷士八木源之丞《やぎげんのじょう》方においた新選組屯所《とんしょ》を出て、すぐ近くの壬生寺へ足をはこんだ。よくここへ来る。だだっ広い境内で、子供たちが鳩《はと》とたわむれている。重い羽音をたてて鳩が一斉に舞いあがる洛西《らくせい》の空は、目に沁《し》みるような青さだ。総司は、疲れていた。朝起きると、肌着がひどく湿っている。寝汗をかくのである。午後になると、ひどい倦怠《けんたい》感《かん》に襲われる。何もしたくなくなる。隊士に剣術の稽古をつけてやる時間が近づくと、総司は逃げるように壬生寺へやってくるのだった。そこで、子供たちと鬼ごっこなどしていると、すこしの間、疲れを忘れることができた。

ときどき子供の群れから外れて、本堂に安置してある仏像を覗きこむ。薄い光を浴びた延命地蔵菩薩《ぼさつ》の立像や四天王像が、ほのかに浮かびあがり、静かな視線を、総司にむけているように思われた。四天王のいかつい表情や姿勢が、人間の闘争心を象徴しているように、総司ははじめのころ感じていたが、たびたび対面している うちに違うのだと気づいた。

総司は、無表情に人を斬る。多摩川べりで、侍の血を吸ってから、総司の剣は、血に飢えたように、人の血を求めはじめたようだ。政治むきのことが、どう動いているのか、彼にはほとんど関心がない。それは近藤とか土方が判断してくれるだろうと思っている。その近藤や土方が、やたらと士道を説き、侍らしくふるまっているのが、総司には、ふと滑稽に見えることもある。別に軽蔑しているわけではなく、江戸いらいの仲間意識からの寛大な視線と微笑を投げかけているのだ。江戸の試衛館時代にくらべたら、物質的にもめぐまれた生活を京都ではしている。それが命の危険に身をさらしていることの代償であるのはわかっているが、やはり近藤の才覚によって、いわば野良犬のように生きてきた一群の剣士たちの救われた現在があるのだと信じている。

（とにかく、近藤さんに蹤《つ》いて行くだけだ）

と、総司は思っている。身柄を預けてしまっている。そこには安心と甘えがある。そして、総司は、命じられるままに出動し、命じられるままに、その手練《てだれ》の腕をふるって人を斬るのだ。総司の心を離れて、剣だけが生きもののように動き、殺意をきらめかして敵に襲いかかる。ただ、彼自身は、人を殺傷したあとで、ひどく疲れるのだった。どうしようもない倦怠感に厚くとりつつまれて、寺へやってくる。血の臭いを、嗅ぎつけられるのではないかと怖《おそ》れながら、やわらかい幼児の掌《てのひら》の感触に一時の安息を求め、そして、時に仏像の前に佇《たたず》んだ。四天王像の怒りは、人の命を奪ってきた総司を責める歯ぎしりをともなっているが、地蔵菩薩の温顔は、わずかな救いをただよわせていた。

「お前は京で何をしているのですか」

と、問いかけているようだった。

本当に！　と総司は思う。おれは何をしているのだろう。時間が、夢のように流れ去り、圧縮されて、総司の胸の片隅に、どす黒いシミを遺《のこ》しているだけだ。

吉田松陰の処刑を最後に、安政の大獄が一応の終末を告げ、やがて大老井伊直弼が暗殺された。皇女和宮《かずのみや》の降嫁《こうか》。坂下門外で老中安藤信正《あんどうのぶまさ》が水戸浪士に襲われて重傷。

寺田屋の変。生麦《なまむぎ》事件。攘夷浪士によるイギリス仮公使館襲撃。高杉晋作ら長州の志士が品川御殿山《ごてんやま》に新築されたばかりのイギリス公使館を焼き打ちし、京都では〝天誅《てんちゅう》〟と称するテロリズムが横行した。

清河八郎《きよかわはちろう》の提案による京都警衛のための浪士を幕府が江戸で募ったのは、文久二年の十二月だ。

浪士募集と聞いて、ただちに近藤勇は、牛込二合半坂《にごうはんざか》の松平上総介《まつだいらかずさのすけ》邸に行き、その趣旨をたしかめ、道場に帰ると、一同に「いよいよわれらの時来《きた》れり」と告げた。上総介の説明では「尊王攘夷の本旨からこのたび公儀で募る浪士の一隊は来春上洛すべき将軍家茂の警護として京都へすすめらるべきもの」であった。試衛館の重だった顔ぶれは近藤勇のほか、沖田総司、土方歳三、山南敬助《やまなみけいすけ》、原田《はらだ》左之助《さのすけ》、藤堂平助《とうどうへいすけ》、井上源三郎《いのうえげんざぶろう》たちである。

　文久三年二月、浪士組京都入り。清河八郎が尊王討幕の志を明らかにしたのは、京に着いた二十四日の夜であった。芹沢鴨《せりざわかも》・近藤勇以下十七名は、清河とは行動を共にしないという態度を決める。

　三月。清河ら東帰。芹沢・近藤らは、新たに浪士差配となった京都守護職松平容《かた》保《もり》に京都残留の嘆願書を提出、受理。これより松平肥後守《ひごのかみ》（容保）御預りとなり、新選組発足。壬生八木家の表門に「新選組宿」の大看板をあげた。

　七月。大坂取締りのため下坂。京屋に滞陣。その十五日、舟涼みに出かけた芹沢、山南、沖田らは、ささいなことから大坂角力取《すもうとり》と口論、ついに遊廓《ゆうかく》で乱闘となり、総司は、角力取一人を斬殺した。

　八月。いわゆる八・一八政変で、朝廷内に勢力を占めていた長州藩失脚。京都を追放された。この日、新選組は、武装して御所警衛に出動。同日、正式に市中取締りを命ぜられた。京坂一帯で隊士を募集し、すでに数十名の人員をかかえ、新選組は強力な武力集団として京都の街に大手を振った。

江戸で浪士組を募るとき、松平上総介の説明では、尊王攘夷を建前に、将軍の警護を任務とするはずだった。いつの間にか、尊王攘夷をかざして暗躍する浪士を取締まる警察隊として、新選組は活動を開始している。

長州藩は、下関《しものせき》で外国の軍艦と戦っているという。朝廷ははじめそれを褒めながら、二ヵ月もしないうちに態度を一変、長州藩は御所から追われてしまった。行動の評価が猫の目のように変わる。

「世の中、どう転がって行くのか、さっぱりわかりませんな」

山南敬助が、分別くさい声でいうと、

「だから、真っ直《まっす》ぐ歩いていればいいのだよ。白になったって、黒になったって、これは時が決めてくれるのさ」

と、近藤が答えた。

「今は、白と思っていいんですか」

総司が、笑いながらいった。

「いつも白と思ってりゃいいのだ」

不機嫌なくらい投げやりな口調で、土方が抑えつけるように、総司に横顔をむけたままつぶやいた。

「わたしは、色が黒いから……」

また総司が笑う。

「それより、総司は顔色がよくないぞ。病気じゃないのか」と近藤。

「咳《せき》をしているようだな」と土方が、総司に視線を移した。

「風邪がなおらんのです。大したことはありません」

「そうか、きょうあたり、浪士狩りをやるかもしれない。気分が悪かったら休んでいてもよい」

「いや、行きますよ」

総司は、わざとらしく元気のよい声を出してみせた。

八月二十一日、祭木町で長州藩士桂小五郎らが密会しているという情報が入る。会津《あいづ》・桑名《くわな》の兵と合して、新選組も出動した。桂には逃げられ、数人を捕えた。総司は、一人を殺し、一人に深手を負わせた。

「総司、殺さずに、なるべく捕えるようにしてくれと、会津の指揮者から申し入れてきたぞ」

壬生の屯所に帰って、刀の手入れをしていると、近藤がいった。

「そんなことをいうのですか」と言葉をはさんだのは土方だ。

「あの藩兵ら、遠巻きにしているだけじゃないか。斬りこんで行くのは新選組だけですよ。乱刃《らんじん》の中で、そんな手心が加えられるわけがない」

「歳さん、まあ怒るな。そういう申し入れがあったというだけだ。殺《や》ったってかまいはしないが、会津の方にも思惑はある。それを心得ておく必要はあるというものだろう」

浪士といっても雑多で、脱藩して士籍のない者もいるし、壮士を気取った食い詰め者もいる。あるいはれっきとした藩士もいる。それらを取締りの名目で見境いなく殺したのでは、思いもかけない大名との物議をかもすことがあるかもしれない。

会津もそれをひそかに懸念しているようだった。祭木町いらい、こうした浪士狩りから、会津や桑名の正規の藩兵が出動することが、ほとんどなくなったのはそのためだろう。浪士狩りは、新選組が一手引受けのかたちとなった。扱いは武士でも、いわば新選組も浪人の集団にすぎない。問題がおこったときの責任は、彼らにおっかぶせておけばよいという計算がある。所詮《しょせん》、新選組も走狗《そうく》にすぎない。走狗を励ますために、予想以上の金員を与えて優遇しているのだ。そう長い期間ではあるまいという見通しも持っていたのだろう。不要になれば、切り捨てるまでだ。

考えてみれば、江戸で将軍警護などの名目で浪士を募ったこと自体、不自然な発想である。直参旗本などという連中が、余るほどいる。譜代の藩兵を動員しても、三千や五千の武士はたちどころに集まるだろう。敢《あ》えて浪人者を狩り集め、京都へ行かせたのは、嫌な仕事で幕臣の手を汚したくないという魂胆からだとみてよい。清河八郎の提案にうまく乗せられたと見せかけた芝居である。その清河も、策略を秘めての行動だったが、幕府に不利とわかると、あっけなく始末されている。

京都で清河と袂《たもと》を分かち、近藤らと行動を共にした芹沢鴨は、その専横な言動もわざわいして、粛清された。近藤、沖田、土方らが芹沢を殺したのは、文久三年九月十六日の夜である。女と寝ている芹沢に、最初の一太刀を浴びせたのは総司だ。芹沢は、さすがに脇差《わきざし》を抜いて応酬し、総司は鼻の下に軽い傷を負わされた。

九月二十六日には、長州から密偵として新選組に潜入していた四人のうち、二人を殺し、二人は逃亡した。殺された御倉伊勢武《みくらいせたけ》と荒木田左馬之輔《あらきださまのすけ》は、壬生前川邸の屯所で、二人並び、のんびりと床屋に髪を結わせているところを、背後にまわった斎藤一《はじめ》と林信太郎が刺殺した。総司は藤堂平助と共に、別室にいた越後三郎《えちごさぶろう》と松井《まつい》竜次郎《りゅうじろう》を討とうと踏みこんだが、窓から逃げられた。

この四人が長州藩のどのような身分の者であったかはわからない。あらゆる人名簿を引いても出てこない。変名のまま京の一隅に果てた犠牲者たちである。

近藤体制を確立した新選組は、しだいに組織的な動きを高めて行く。赤穂《あこう》義士を思わせる派手な制服を着て隊伍《たいご》を組み、凶暴な浪士として、京都人の心に畏怖の影をさしこみながら、繁華街を闊歩《かっぽ》するのだ。

嫌な仕事、つまり殺戮《さつりく》の任務が、浪士の一団に任《ゆだ》ねられた意味を、新選組の人々は善意に、ある感動をもって受けとめたのである。都の治安維持を一任された警察隊という大義名分を疑うものではなかった。彼らはひたすら幕府のための殺人の下請業に励んだ。殺した者も、殺された者も、ほとんどは封建制にしいたげられてきた下層社会に属する人たちだ。新選組も攘夷浪士もすべては、衰弱した幕政の犠牲者といえた。

「時代がどう転がって行くのか」そのたしかな見通しを持っている者はだれもいなかったにちがいない。自分の前に敷かれた軌道を、やみくもに走るだけだ。歴史の評価を別として、新選組の断面をとらえるなら、そこには長い間、世に容《い》れられなかった男たちの、必死の生きざまがある。禄を食む武士らしいもてなしと、自分を必要としている情況に対するささやかな歓喜がこぼれている。腐蝕《ふしょく》を目前にした、滅びる者のにぶい輝きがある。そして、命を奪い、みずからの命も投げ出した殺人者のいびつな美意識が、燐《りん》のように燃えているのだ。

この年の暮れ、新選組の新たな格付けが定められた。すなわち局長の近藤勇は大御番《おおばん》頭取として月五十両を支給されることになった。大御番とは江戸幕府の職名で、江戸城および市中の警備にあたり、事あれば戦場に臨むもので、寛永《かんえい》以後十二組を定数とした。頭取ははじめ老中自身、のちは老中支配に属し、旗本または大名の中から任ぜられた。京都の大御番は初めてだが、いずれにしても、この農民から出た一剣客が、大名格ともいうべき職務に就いたのである。

副長の土方歳三は大御番組頭として月四十両、沖田総司ら副長助勤は大御番組として三十両、平隊士は大御番組並として十両を支給されるという通達を受けた。

大御番といわれて、総司は思い出した。七年前、彼が読んだ『剣法初学記』の著者窪田清音が、江戸の大御番をつとめていたということを。

9

文久三年。吉田栄太郎は二十三歳である。

脱藩の罪で「清内厄介」とされていた栄太郎は、この年一月八日に、慎《つつしみ》を解かれた。

四月、久坂玄瑞は京都周辺にいる攘夷浪士三十人ばかりをひきつれて長州にむけ出発した。新選組の基盤がかたまる前であり、八・一八政変の四ヵ月前だから、攘夷浪士がまだおおっぴらに京の町を歩いているころである。彼らが長州へ移動したのは、幕府が攘夷期限を五月十日とすることを朝廷に奉答したので、その日を期して下関海峡を通航する外国船を砲撃しようというのだった。

幕府が示した攘夷期限は、まったく心にもないことで、いわば世論に押され、しぶしぶ覚悟をみせたにすぎない。だから「外国艦がもし攻撃するようなことがあれば、これを撃退せよ」という受け身の表現を使っている。ところが、攘夷論にはやる浪士たちは、得手に聞いて勝手におこなうのデンで、下関へ押しかけた。もっとも長州の藩兵も六百人くらいが萩城下から下関に出動し、五月九日には、海峡を見渡す下関の町は、それらの武装兵でごったがえした。

五月十一日未明、たまたまアメリカの商船ペンブローク号が、海峡を通航しようとした。総奉行の毛利能登《のと》は、やはり攻撃命令を出すのをためらった。久坂がひきいる浪士隊は、光明寺《こうみょうじ》という寺を宿舎としていたので、光明寺党と称し、総裁に公卿《くぎょう》中山忠能《なかやまただやす》の子忠光《ただみつ》を戴《いただ》いている。のち天誅組の乱でも総裁にかつぎあげられ、失敗して、長州に亡命したが暗殺された人物である。光明寺党は、霧のような梅雨《つゆ》が煙る中で、ひとりいきり立ち、ついに長州の軍艦を強引に動かして、ペンブローク号に砲弾を浴びせかけた。これが攘夷戦の始まりである。

六月五日までに五度の戦闘が、海上と海岸線でおこなわれているが、四度目のアメリカ軍艦、五度目のフランス軍艦による報復攻撃で、長州軍は惨敗した。長州攘夷派の暴走だった。幕府は詰責使《きつせきし》を長州に送り、その無謀をなじった。外国軍が下関に上陸し、砲台を壊滅させるなど、敗北にうちひしがれた長州藩の立場は、きわめて悪いものになった。

そんなころ、栄太郎は、突然、山口に移っていた藩府から呼び出され、士分に取り立てる旨を告げられた。二人扶持、二石四斗。一代限りの準士である。藩士というには、まだ「準」の一字がついているが、とにかく、栄太郎は、足軽から一歩這いのぼった。

（ついに、サムライになったぞ）

天にも昇る心地とは、このことをいうのであろう。後ろめたい思いで、幕臣になるより、生まれついた長州藩で武士の身分を獲得することこそ栄太郎が長年あこがれていた夢なのだ。

「右先年、吉田寅次郎ニ従学セシメ、兼テ尊王攘夷ノ正義ヲ弁知シ心得ヨロシク……」とある。栄太郎が、ひとつの衝撃を覚えたとすれば、冒頭の「吉田寅次郎ニ従学セシメ」という文字であった。松陰の評価は、急速に高まりつつあった。幕府の縄つきになった松陰は厄介者扱いされ、江戸送りとなり処刑されてからも、しばらくはいまわしい人物としか考えられなかった。時勢が移り、長州藩が尊王攘夷の藩是をかためはじめてから、松陰は、先駆者として、ほとんど神格化されるほどにあがめられている。

松下村塾に籍をおいていた者は、それ自体が学歴となった。栄太郎の準士取り立ての沙汰書《さたしよ》がそれを物語っていよう。松陰が最も苦しい立場に追いこまれたとき、かたくなに絶交した自分の行為が今さら心を嚙《か》むのである。

「いずれ、よろこびの客が訪ねてくるでしょうが、なるべく静かにおとなしく応対して下さい。親類には酒をくばるのもよいが、大ざかもりはしないように。私の今日の出世は、松陰先生のおかげですから、真っ先に御神酒《おみき》を先生の霊前に捧げて下さい。ひとえに松陰先生のおかげであることを申し上げておきます」

栄太郎は、母親にあてて、そのような意味の手紙を出した。

八月。京都の政変である。都落ちする七人の急進派公卿と共に、長州勢は京を去った。ますます苦境に立たされた藩は、九月、吉田栄太郎に江戸行きを命じた。士分になると同時に、栄太郎は、稔麿《としまろ》と改名している。

「稔麿とは、また、公卿のような名にしたものだな」と陰口をたたく者もいるが、彼にとっては、軽輩身分への訣別《けつべつ》を意味していた。「吉田稔麿」。何という快いひびきであるか。

士御雇

吉田　稔麿

右御内用有《これ》レ之《あり》、江戸被二差登一候《さしのぼらされそうろう》ニ付、右御用中遠近付之《えんきんつきの》御仕成ニ被二仰付一《おおせつけられ》候事

これまで「栄太郎」とのみ呼び捨てにされていた藩府からの沙汰書が、まるで輝くように見えるのだった。

遠近方は、藩士の出張旅行などの事務を扱う役だが、このころは情報収集の任務を与えられている。遠近方に属するのが五十石未満の遠近付士である。遠近付を命ぜられ、江戸行きの指示を受けた栄太郎、いや稔麿の使命は、幕府への工作だった。

彼に江戸行きの密命をさずけたのは桂小五郎だが、幕臣妻木伝蔵とのつながりを利用するその役割を買って出たのは稔麿自身だった。妻木はすでに隠居の身分だっ

たが、老中の板倉周防守《いたくらすおうのかみ》との親交はつづいているとみて、妻木を通して板倉を動かし、長州藩の復権を画策しようというのであった。

京都政変後、窮地におちいった長州藩としては、稔麿の提案がどれほどの結果をもたらすかはわからないが、とにかくやるだけのことはやらせてみようということになったのである。その沙汰書は下ったが、稔麿はすぐには出発しなかった。十月に入り、妻木から江戸藩邸の公用人小幡彦七《おばたひこしち》を経由して、稔麿に手紙が届いた。長幕周旋のことを話しあいたいので至急江戸へ来いという内容である。彼は妻木に手紙を送り、慎重にそのような根まわしをして、十一月十三日、三田尻《みたじり》港を発し、海路東上した。元治元年の正月は、江戸で迎えた。

いったい稔麿は、江戸で何をしようというのだろう。長州の一下級武士が、隠居した五百石の旗本を介して、大きく嚙みあっている長州藩と幕府、そして政変後薩摩などが勢いを張っている朝廷をふくめて、巨大な時局の歯車を逆転させることができるのだろうか。果して微動だにするものではなかったのだ。

稔麿は元治元年二月末、むなしく江戸を発し三月七日に京都へ着いた。そして四月四日に京を発ち十五日に帰国、萩の実家に家族をたずねたのち、とんぼ返りに長州を出発し、再度京都へ入った。目的は江戸にあった。老中板倉周防守を介して将軍へ長州藩の嘆願書を渡すという内容を受け、その費用として三十両を渡されている。幕府へのパイプ役をつとめられるという稔麿への期待を藩はなお捨てていなかったのだ。こんどは漠然とした工作でなく将軍への嘆願書をたずさえての東上である。

稔麿は、直接江戸へ足をのばさず、いったん京都へ入って情況の推移を見守った。そのうちに、将軍が大坂城へ下るという情報を入手した。これでは江戸へ行っても駄目だと、あっさり諦めて、藩から持たせられた三十両は、三条寺町東入ルに店を構えた長州藩御用商人塩屋兵助《しおやひょうすけ》に預けた。ただこのとき塩屋に金と共に渡した書付けには「此度《このたび》、京師長滞留ニ決シ候上ハ京師ニテ頂戴致スベキ事」としているから、いずれは京都で使ってしまうつもりだった。

そのまま稔麿は、京都に滞在した。池田屋事件までの約一ヵ月、稔麿がぶらぶら遊んでいたわけではない。情報収集の役目があるから、それだけの仕事はした。ただ、将軍が上洛し、大坂城に入ったのは、およそ一年後の翌慶応《けいおう》元年閏《うるう》五月である。ぐずぐずしていたのは、もはやそのような小細工に似た対幕工作が無駄だと思っていたからだ。事実、稔麿は、国力を蓄えて時機がくるまで長州で雌伏すべきだと、後に長州藩内でいわれた武備恭順論に近い意見を抱いていた。しかし、それにしても、幕府への画策は、彼自身が藩に宣伝し、期待させたことだったのだ。稔麿が、藩命に従って、京都にとどまらず嘆願書を持って江戸へ行っていたら、池田屋で惜しい命を散らすことはなかったのである。

10

三条小橋西入ルの池田屋を中心とする京の古地図を簡単にたどってみよう。池田屋から、西へほんの少し歩いたところが高瀬川《たかせがわ》だ。川に沿った木屋町筋《きやまちすじ》を上り池田屋とほとんど背中あわせのような木屋町三条上ルに料亭丹虎《たんとら》がある。当時は旅館で四国屋といった。土佐《とさ》の武市半平太《たけちはんぺいた》が潜伏した宿だが、池田屋事件の夜、新選組では土方歳三のひきいる一隊が、この四国屋に浪士が集まっているのではないかと特に狙いをつけた。

四国屋から約三百メートル川沿いに北上したところが長州屋敷、その南に御池通《おいけ》りを隔てて加賀《かが》屋敷が隣接、さらに南に舟入り一つをおいて対馬《つしま》屋敷がある。長州屋敷は、池田屋からだとまず四百メートルという場所にある。現在の京都ホテルである。池田屋を新選組が急襲したとき、何人かがこの宿と長州屋敷の間を走った。つまり加賀、対馬邸の門前もずいぶんと騒々しいことであったろう。

次に、池田屋から真っすぐに約六百メートル南下した地点、つまり三条から四条へ下った西木屋町四条上ル真町の小路《こうじ》に桝屋《ますや》がある。今は「志る幸」という食べ物屋になっているが、当時は桝屋喜右衛門《きえもん》という者が筑前《ちくぜん》藩御用達《ごようたし》の割木屋を営んでいた。実は輪王寺宮《りんのうじ》家の家臣古高《こたか》俊太郎《しゅんたろう》の仮の姿である。志士のアジトであった。

このころ京都へやってきた肥後の宮部鼎蔵《みやべていぞう》が従僕の忠蔵と共にここへころがり込んだ。この忠蔵が南禅寺《なんぜんじ》塔頭天授庵《たっちゅうてんじゅあん》の肥後藩宿陣に、宮部の使いで行くところを、張りこんでいた新選組に捕えられた。忠蔵は南禅寺山門にさらされ、宮部の所在を吐くように責められたが頑として口を割らない。そこで新選組は、忠蔵を釈放し、彼を尾行して桝屋をつきとめた。南禅寺から桝屋まで直線距離にして約二キロ。その間見えかくれしながら、跡をつける隊士に気づかず、桝屋に直行した忠蔵も迂闊《うかつ》だった。宮部は捕まらなかったが、古高が網にかかった。しかも家の中に隠していた武器や火薬を発見されている。

壬生の新選組屯所まで、ここから四条通りを西に約二・五キロのみちのりである。古高は屯所に引きたてられ、土方歳三の陰湿な拷問にかかって、ついに自白した。御所や京の町に火を放ち、その混雑にまぎれて薩摩、会津を君側からのぞき、天皇の長州動座をはかるという陰謀である。

この幼稚な暴挙が具体的に計画され準備されたという史証があるわけではない。古高がそのように自白したとする新選組の発表がすべてだ。桂小五郎がその首謀者だというのは、決してあたっていない。桂という男は、政治工作には動くが、そんな危険な暴力を用いることは極力避けている。しかし京都に潜入した一部の志士で、あるいはそれを計画していたことは充分に考えられるので、単に新選組が志士狩りの口実とし、京都人の世論をあおるためにでっちあげたとはいえないだろう。池田屋に集まった志士のうち何人かは、その冒険主義に走ろうとする者だったかもしれない。

古高が捕まった直後、池田屋に会合した志士たちの議題は、計画実行というより、古高逮捕の善後処置についてであった。会合に出席するはずだった桂小五郎は彼らの暴走をなだめようとする意向を持ち、吉田稔麿もむろん極端な過激行動に反対だった。桂からも意をふくめられ、稔麿は長州側代表として穏やかな意見を用意していた。桂は決められた会合の時刻よりかなり早く池田屋に行き、人が集まっていないので、あとで来ると告げ、近くの対馬屋敷へ入ったまま、二度とあらわれなかった。対馬屋敷へはよく出入りしていたらしいが、なぜ長州屋敷へ戻らず、対馬邸に潜んだのか。桂としては、池田屋に近いところなので、ちょっと用事を済せるつもりだったという理由を挙げることができる。そのうち池田屋を新選組が襲ったので行けなかったといえばそれまでだが、襲撃は、夜の十時ごろである。数時間も桂は対馬屋敷で時をかせいだのだ。予感があったのだろう。つまり桂小五郎は、この会合を危険とみたのである。逃げたのだ。

稔麿は、この集会に絶対出席しなければならぬほどの役割を持っていたわけではない。江戸行きの用務を放棄して、一ヵ月ばかりのころだ。京都にひそむ志士たちと綿密に交流し、指導的役割を受持っていたとは考えられない。ただ彼が、吉田松陰の門下であり、松下村塾の四天王の一人といわれた経歴を、志士たちは注目していたにちがいない。吉田姓であることから、松陰の甥《おい》と早合点する者もいた。村塾生の中にいた久保清太郎《せいたろう》（五郎左衛門の子）と間違えられたのだろう。

要するに稔麿は、からだがあいていたので、志士たちの過激な行動を慎しむよう説得する役目を果すくらいのつもりでこの会合に参加したといってよい。新調したばかりの白の帷子《かたびら》に黒い絽《ろ》の羽織、大小を差して藩邸を出る彼の服装は、道行く女たちがふりかえってながめるほど見事な侍ぶりである。祇園宵山に賑《にぎ》わう町を通り抜けて、稔麿は死地にむかった。

11

元治元年六月五日。

沖田総司二十一歳。

吉田稔麿二十四歳。

夕刻、近藤勇以下新選組の隊士三十数人は、壬生の屯所を出発した。宵宮見物にでも出かけるといった恰好の者や、普通の見廻りに見せかけた小人数の隊伍を組むなど三々五々に東をめざした。祇園囃《ばや》しが陽気にひびき、忙《せわ》しく行き交う人の群れを縫って、彼らは三条小橋と三条縄手《なわて》付近の町会所に集結し、前もってひそかに送りこんでおいた戦闘用具で武装した。五つ刻《どき》、つまり午後八時には、すっかり出動態勢を整え、連絡を待った。

守護職・所司代・町奉行に支援を求めており、この時刻、一斉に密会中の志士を襲う手筈《てはず》だった。これまでにない多人数の会合なので、幕府側の手勢にも応援してもらいたいという新選組の希望には承諾の返事が出ている。多人数の会合を襲うことは、多数の殺戮がおこなわれることを意味している。どこの藩のどのような身分の者が集まるのかも、よくわからない。殺してはまずいと思われる人物もいるとすれば、これは新選組の独断で襲撃しない方がよいという判断が近藤にはあったのだろう。守護職の手の者が出動すれば、新選組の手柄は薄められるが、このさい致し方ない。

しかし、約束の時刻になっても、一向に出動の気配がないのだ。守護職・所司代らにしても同様の杞憂《きゆう》を抱いていたのだろう。彼らは新選組の独断による突入を待っているのだ。騒ぎが始まれば、市中警備の名目で繰り出すことができる。そして例によって、斬り込みは新選組に任せ、それを遠巻きにして、逃げてくるのを捕えればよい。

暑い夜である。武装しているので、余計に汗がふき出す。苛々《いらいら》しながら待っているうちに一刻が過ぎ、午後十時にもなった。一網打尽の好機を逸するかもしれないと、近藤は焦りはじめた。

成功すれば、新選組の名はたちまち鳴りひびくだろう。京の人々は、まだ新選組を充分に理解していない。奇妙な制服を着て、町をのしあるく浪士の集団としか見ない者が多かった。壬生に屯所を構えているので、壬生浪士と呼び、略して壬生浪などと陰では蔑称しているらしい。ここで京の町を自分たちが守ってやっているのだということを認識させ、同時にその威力を示して、軽侮の視線を一掃させたい気持もあった。

過激な浪士が御所を焼き、京都に火を放とうとする相談をしているところを襲ったのだとする池田屋斬り込みの理由が、とくに強調されたのは、こうした経緯によるのであろう。

「歳さん、やるか」

「奴等《やつら》を待っていては夜が明けてしまう」

「よし」

と近藤が、立ちあがる。

情報はやや曖昧で、池田屋とも考えられるが、別の場所の可能性が強いという。二手に分かれることになった。一隊は近藤勇のほか沖田総司、永倉新八《ながくらしんぱち》、奥沢栄助《おくさわえいすけ》、藤堂平助、近藤周平の六人である。もっとも周平は勇の養子で十七歳の少年であり、その年ごろに総司がみせたような剣が使えるわけではない。槍を持っておずおずと一行に従うだけのものだ。近藤としては、この少年に、一度修羅場を見せておこうという配慮である。つまり手練《てだれ》の者五人で、池田屋に直行することにし、あとの二十数人は、土方歳三がひきいて、河原町三条近辺の旅館をしらみつぶしに探索することにした。なかでも四国屋が怪しいと睨んでいる。土方が大勢をひきつれたのは、池田屋以外の線が強いと踏んだためである。

三条通りにはまだかなりの人通りがあった。かきわけるようにして、河原町の池田屋の前までくると、そのまま玄関から屋内に入り、

「主人はおるか、御用あらためである」

と、近藤が怒鳴った。初老の男が、あわてた足音をたてて中央の階段にかけ寄る。池田屋の主人惣兵衛《そうべえ》だ。

「みなさま、御用あらためでございます」

と金切声をあげた。

「ええ、どかぬか」

板張りに駆けあがり、惣兵衛を横に突きやると、近藤は抜刀して、二階を見上げた。相当の人数らしい。

(ここだったのだ！)

土方の一隊が、合流してくるまでの時間を五人でつなぐことができようかという不安が胸をかすめたが、もう後には退《ひ》けない。近藤は、階段をのぼって行く。沖田、永倉、藤堂がそれにつづいた。奥沢は、周平と下に待機した。周平は、ふるえながら、槍を構えている。階上では、刃《やいば》が触れあう鋭い音、掛声、悲鳴、床を踏む足音

がひびき、早くも乱闘が始まった。

わあっと叫び声を発して、階段を転げ落ちてくる者がいる。志士の一人だ。

「突け！」

奥沢が、周平の肩をたたいた。夢中で突き出した槍の穂先に、勢いのついた男のからだが、ぶつかってきた。周平の槍に深々と腹を刺しつらぬかれた志士が、魚のように激しく体をよじるのを、横から奥沢が拝み打ちに頭を割った。周平は、呆然《ぼうぜん》としている。槍に手を添えてやり、引き抜くと、

「坊、初手柄だな」

と笑ってみせたが、さすがに声がかすれていた。

二階では、裏座敷に近藤と沖田、表座敷に永倉と藤堂が踏みこんで、斬りあっていたが、行灯《あんどん》はすでに吹き消され、残っていた燭台《しよくだい》も倒れて、あたりは暗くなった。窓からとび出し、屋根伝いに逃げて行く者もいる。緒戦で総司が一人、永倉も一人を仕止めた。階段を降りて表から逃げようとする者もいた。下には、奥沢と周平しかいない。総司と、永倉が、それを追った。板張りの隅にあった行灯はそのままだから、階下は多少明るいのだった。

二人の志士が階段を走り降りてきた。先に立った一人は片手で脇差をふりかざし、

勢いにまかせてそこにいる周平に襲いかかった。

「危い」

奥沢は周平を突き飛ばし、斬り込んできた志士の刀を受けそこねて頭部を深く斬り割られ、よろめくところを二の太刀を受けて、そこへ転がった。ほとんど即死だった。もう一人の志士は追ってきた永倉が背中に一刀を浴びせ、総司はそのそばを擦り抜けて、奥沢を斬った男を出口のところで追いつきざま背中に突きをくれ、のけぞるのを袈裟がけに討ちとった。

二階で近藤の鋭い気合が響き、一人の大柄な志士がまた階段を走り降りてきた。近藤と闘って傷ついたらしく、よろめいている。

「そやつが宮部だ。逃がすな」

と、近藤は新たな敵と斬り結びながら、上から怒鳴った。総司と永倉が階段の下で待ち構えた。宮部鼎蔵らしいその志士は、階段の途中でどっかりと腰をおろすと、持っていた脇差を逆手に持ちかえた。駆け登ろうとする永倉に、

「永倉さん、その男は自決しようとしている。放《ほ》っておきましょう」

と、総司が声をかけた。宮部は腹を刺し、階段から転げ落ちてきた。近藤の一太刀が致命傷だったらしく、宮部はそのまま動かなくなった。上では逃げおくれた志

士たちと近藤、藤堂が斬りあっている。

「土方だ、来たぞ」

と、表から声がして、数人がおどりこんできた。いくつかの旅宿を調べあげ、最後に四国屋をあらためて、むなしく引揚げようとしたとき、池田屋で近藤たちが闘っているのを知ったのである。そのころになって、守護職・所司代・奉行所の手勢が出動したようだった。彼らはやはり、池田屋を遠巻きにしているだけで、鴨川《かもがわ》をめざして逃げてくる志士の何人かを搦《から》め捕りはしたが、池田屋での戦闘は、あくまでも新選組に任せたという態度だ。

無数の龕灯《がんどう》に照らされて、池田屋の内外はにわかに明るみを増してきた。屋外にかろうじて逃げ出した志士は、すでに取り囲まれていることを悟り、立ち止まって刀を構えた。土方の隊がそれに襲いかかる。家の中でも何人かがわたりあっている。

「えいっ」「おうっ」という近藤の掛声が間断なくひびき、血の臭いのたちこめた暑熱の空気を裂いた。近藤は、いつものように、自分が闘っていないときでも、掛声を発している。これは隊士を励ますと同時に、指揮者の位置を明らかにするためだったろう。

(近藤さんが、やってるなあ)

と、総司は思う。すぐに二階から志士が二人駆け降りてきた。どこかにひそんでいたのか、無傷で勢いがよい。正面突破で逃げようとしたのだろう。総司と永倉がそれを迎え討つ。総司は目の前に立った一人の敵と二、三合《ごう》刃をあわせたが、恰幅のよいその男は、容易には斬り込んでこなかった。志士のほとんどは大刀を取るひまがなく、脇差で戦っていたが、彼は大刀を青眼に構えたまま、微動もしなかった。そばでは永倉新八が、斬りあっている。これも手強《てごわ》いのを相手にしていた。

「とおっ」

気合を発して、永倉の小手を狙ってくる。それを外して、得意の面を打ち、左の頬から首へかけて斬りさげ、さらに一太刀肩に浴びせたが、かすった程度で、勢いあまって、土間の漆塗《たたき》に剣尖を打ちつけ、刀はポキリと折れてしまう。あわてて、ころがっている刀を拾いあげたが、柄を握れないのだ。気がつくと、先程の小手で、右手の親指の付け根の肉を切り取られ、白い骨がのぞいていた。斬られた志士は、よろめきながら、余力をふりしぼって、永倉に襲いかかろうとする。永倉は、這うように、総司の立っている足元のあたりに身を避けた。男が追いすがる。それを察した総司が、太刀をかえすと、志士の胸に一突き入れ、跳びさがって、再び自分の相手に剣尖を向けた。隙とみて、彼が総司めがけて斬りつけてくるのと同時だった。

摺《す》りあげて、敵刀をかわし、総司はようやく立ちなおった。

戦いの後半から、総司は、息が苦しい、と感じはじめた。水を飲むなと、近藤から注意されながら、会所を出発する直前、ひきつるように乾いた喉に、湯呑に二杯ほども流しこんだのがたたって、とめどもなく汗が出るのだ。敵は、目の前にいる。

総司は、呼吸を整え、中段に構えなおした。

「わたしは長州藩士吉田稔麿。君、名乗り給《たま》え」

と、澄んだ声で、白い帷子を着たその志士がいった。

「白河脱藩、沖田総司」

そう答えながら、なぜ新選組といわなかったのだろうという思いが、チラとひらめいた。しかし早くも稔麿の刃が風を切って襲いかかってきた。左に身をかわした総司の必殺の突きが走る。手応えはわずかだ。二本目の片手突きがのびる。それを横に斬り払った稔麿の刀と激突した総司の剣尖が、はじけるような音をたてて折れ飛んだ。かまわずにそのまま体当りで、諸手突きをくれる。帽子の折れた刀身が、敵の胸板深くめりこむ鈍い手ごたえに、総司は、いっしゅん痺《しび》れるような快感を味わいながら、渾身《こんしん》の力をこめて、抉《えぐ》り、抜いて、なお残心に構えた。触れるほどの距離で、吉田稔麿の端正な顔が歪《ゆが》み、それが大きく揺らぐのを、獲物をたしかめる猟師の目で、執拗《しつよう》に凝視《みつ》めた。

(これでいい)

そう思ったとき、突然、なまあたたかい液体が、総司の喉の奥から噴きあげてきた。左手で必死に口を押えたが、ゴボゴボとさらに溢《あふ》れた鮮血は、指の間から流れ出して、土間にしたたり落ちた。視界が曇り、重心を失って、前のめりに崩折《くずお》れる。苦痛が消え、まるで恍惚《こうこつ》の淵《ふち》に沈むように、総司は、もはやおぞましい殺意を振り捨てながら、徐々に、意識をとりおとして行った。

若き獅子

池波正太郎

池波正太郎（いけなみ・しょうたろう）

大正十二年、東京浅草に生まれる。下谷の西町小学校を卒業後、株屋の店員など、さまざまな職業につく。戦後は、東京都職員のかたわら、戯曲を執筆し、長谷川伸に師事する。その後、舞台やラジオ・テレビドラマの脚本を書きながら、小説にも手を染め、昭和三十五年「錯乱」で、第四十三回直木賞を受賞。昭和四十年代から「鬼平犯科帳」「剣客商売」「仕掛人・藤枝梅安」の三大シリーズを始め、絶大な人気を博した。なお、現在、当たり前の言葉として使われている〈仕掛人〉は、この作者の造語である。昭和五十二年『鬼平犯科帳』他で第十一回吉川英治文学賞、六十三年に第三十六回菊池寛賞を受賞。昭和六十一年には、紫綬褒章を受章した。平成二年逝去。

「歴史読本」昭和四十年十一月号（新人物往来社）掲載、『若き獅子』（講談社文庫）収録。

武士の〔脱藩〕というのは、主家を捨てて出奔し、浪人となることだが、むろん重罪となる。

たとえ一夜でも、主家のゆるしを得ずして我家を明ければ脱藩者と見なされるし、まかり間違えば、たちまち切腹であった。

封建時代において、大量の脱藩者が各藩に続出したのは何といっても幕末のころである。これは、三百年近くも威光を誇った徳川政権が崩壊し、勤王《きんのう》革命の名のもとに近代日本が第一歩を踏み出そうというすさまじい時代と、また一つには、将軍をはじめ大名たち……すなわち〔主家〕の権威が急激におとろえはじめたことによって生まれた現象であり、一種の流行でさえあった。

二百何十年もの〔鎖国〕が、諸外国の東洋進出によって破られ、米英をはじめとする外国勢力の威嚇《いかく》的干渉によって、将軍をはじめ大小の〔主家〕は混乱と狼狽《ろうばい》の極に達した。

いまのベトナム戦争どころではない。ベトナムとは違い、当時の日本は、すでに都市の密集した文化国家であり、国民は、人種的に統一されている。危機感は、それだけに大きかった。

この国難を切りぬけ、明治維新の成功の主力となったのは、いわゆる薩摩《さつま》・長《ちよう》州《しゆう》・土州《どしゆう》・肥前《ひぜん》の各藩だということになっているが、むろん、そんな大ざっぱな表現ではすまされない。

第二次大戦後の敗者・日本の、おどろくべき復活がそうであるように、幕末の国難を諸外国の驚嘆の視線をあびつつ乗りこえられたのは、やはり名も知れぬ一人一人の国民たちの、ふしぎといえばふしぎな国民性によるものだといわねばなるまい。

このことをいい出せば、長くなりすぎるので、もうやめる。

さて……。

ふしぎといえば、長州藩に桂小五郎《かつらこごろう》と並び称される高杉晋作《たかすぎしんさく》の〔脱藩〕も、ふしぎなもので、彼は脱藩しては、のこのこと主家へ戻って行き、そのたびに罪を受け、そしてまた、たちまちにゆるされ、主家の信頼のもとにはたらきはじめる。

いかに幕末といえども、多くの脱藩者が主家に捕えられて斬られたり重罪に処せられたりした中で、晋作の場合は異例であり、また彼ほど〔主家〕が、たのみに思っていた〔勤王志士〕は、あまりあるまい。

彼の才能が、いかに卓抜したものであったかが知れよう。

高杉晋作は、天保《てんぽう》十年に、長州・萩《はぎ》の城下の菊屋横町《きくやよこちょう》で生まれた。現代《いま》から約百二十余年前のころである。

萩は、毛利《もうり》家三十六万石の城下で、晋作の父・小忠太《こちゅうた》は斉広《なりひろ》・敬親《たかちか》の二代の藩主につかえており、禄高《ろくだか》は二百石というから、まずまず上流に属する家柄であるし、高杉家は藩祖以来の家臣でもある。

晋作が生まれたとき、

「この子は、育つまい」

と、父親はいった。

難産でもあったが、いかにもひ弱そうな赤子であった。そのくせ泣声はすばらしく大きい。

まだ祖母も生きていたし、高杉家にとっては一人きりの男子でもあったし、まるで、なめるように可愛《かわ》いがられて育った。しかし、少年に達しても、依然、体軀《たいく》はまずしい。

後年に「乗った人より馬のほうが、まるい顔をしている」と、いわれたほどの長い顔のくせに、頭は大きく、晋作は、よく、

「頭が重うてかなわん」

と、いったそうである。

しかも、女のような撫《な》で肩《がた》だし、事実、よく病気もしたし、疱瘡《ほうそう》をやったときにも死にかけたものだ。

だが、こういう体質でいて、学問は藩校〔明倫館《めいりんかん》〕の鬼才といわれるようになったし、しばらくすると剣術が好きになり、好きになったかと思うと、このほうでも群を抜いた。

十一歳の正月に、こんな話がある。

晋作が座敷の前で凧《たこ》をあげていると、年始の客が来、あやまって凧を踏みつけ、破ってしまった。

晋作は、この中年の藩士の前に立ちはだかり、いきなり、

「両手を突いて、あやまれ」

と、怒鳴った。

「凧なら、買ってつかわそう」

「いやだ。あやまれ」

いくら子供でも、態度がすごい。両手を細い腰にあてがい、傲然として、こちらをにらみつけている。さすがに、その藩士も、ムッとなり、

「勝手にせい」

行こうとすると、晋作は泥をつかみ、前へまわって、これを投げつけようとするのだ。

「待て。この羽織は、殿さまから拝領の品だぞ。見よ、御定紋《ごじょうもん》がついとる。これを泥でよごしたなら、お前が、おとがめをうける」

叱りつけると、晋作は、せせら笑い、

「ふん。おればかりではない。そっちもおとがめをうける」

と、いった。これは当然である。それだけ藩士にも油断があったわけだから〔落度〕となるのだ。

「むう……」

藩士、つまった。

「あやまれ」

「むう……」

「早くあやまらんと、泥を投げるゾ」

仕方がなく、ついに大の男が十一の少年の前で土下座をやってしまったという。

これほどの激烈な性格を持っていて、そのくせ家柄も育ちもよく、文武の才能にめぐまれているという異常児の血は、おだやかな父母から受けついだものではない。

彼を必要とした〔時代〕が、彼を生んだとでもいうより仕方がないほど、この幕末から維新にかけて、ふしぎなほど諸方に適材適所の人物が生まれている。西郷《さいごう》もそうだし大久保《おおくぼ》も然《しか》り。桂、坂本《さかもと》、と切りがない。暗殺が流行した時期には暗殺の名人も出て来る始末であった。

ともかく……。

こういう高杉晋作だから、常道の学問や教育に甘んじていられるわけがなかった。明倫館では、先生たちの講義を居ねむりしながらきいていて、遊び半分に〔秀才〕の名をほしいままにしていたのだ。

彼が、彼にとって心から敬服出来た師を見出《みいだ》すまでは、その奔放無比な言動は藩中の〔もてあまし者〕となり、父母も、これには、いたく心をいためた。

やがて、晋作は吉田松陰《よしだしょういん》という師にめぐり合う。

松陰は同じ長州藩の下級藩士（二十六石）の家に生まれ、貧苦の中に育ったが、五歳のとき、叔父《おじ》・吉田大助《だいすけ》の養子となり、六歳で叔父の家督をついだ。吉田家は、代々、兵学師範として、五十七石余をうけてきている。

松陰は、十歳になると、早くも明倫館へ出て来て、藩の子弟に教授をはじめたというから、いかに、その素質と努力が非常なものであったか知れよう。

のちに、吉田松陰は、ゆるしを得て萩を去り、九州、江戸をはじめ諸方を歴遊して見聞をひろめた。このころの松陰が、もっとも影響をうけた人物は、松代《まつしろ》藩士・佐久間象山《さくましょうざん》で、象山のスケールの大きい目でとらえられた強大な外国文明のおそるべき実状をつたえられるに及び、

「一日も、うかうかとすごすわけには行かぬ」

決意するところがあった。

ペリーのひきいるアメリカ艦隊の来航によって、

「国をひらいて外国を受けいれるか。または外国を追い払うか……」

いわゆる開国と攘夷《じょうい》のどちらかをえらばなくてはならなくなった幕府当局の、うろたえぶりを見た松陰は、一夜、象山の助力を得て、海外密航をはかり、捕えられて、長州へ送り返され、投獄された。

松陰が、例の〔松下村塾《しょうかそんじゅく》〕をひらき、藩の子弟たちの教育に熱中しはじめたのは、この後であるといえば、松陰もまた一種の〔脱藩者〕であるわけだ。

高杉晋作が、一日、松陰の講義をきいて驚嘆し、その門下生となったのは安政《あんせい》四年（一八五七）である。ときに晋作は十九歳。

以来、松陰と晋作の師弟は切っても切れぬ間柄となる。

おそらく、松陰との邂逅《かいこう》がなかったなら、後年の晋作は生まれなかったろう。脱藩者の吉田松陰が、のちの晋作の〔脱藩〕をよぶことになる。そしてまた松陰が、うまくアメリカへでも渡ってしまっていたら〔松下村塾〕も出来なかったろうし、この、ささやかな塾の教育によってあたためられ、やがて激しく排出された勤王革命のエネルギーも育つことはなかったろうと思われる。


高杉晋作が吉田松陰の門下となった安政四年から、勤王運動は全国に燃え上った。三年前からこの年にかけて、幕府は、ついにアメリカやフランスとの和親条約に踏み切り、同時に京都朝廷を中心にした攘夷運動は激化した。

吉田松陰は、こういっている。

「……いずれは国をひらき、外国文明の実体にふれ、わが国の富国強兵の大策をたてねばならぬ……」

しかし、

「いま、それをすることは危険である。外国列強は力のないわが国を思うままにあやつり、ついに我国は彼らの馭《ぎょ》するところとなってしまうであろう」

つまり、日本の国威が確立してから外国との交渉を行なうべきで、いま、幕府が彼らの威圧の前に弱腰のまま種々の条件をうけいれてしまっては大変なことになる、というのだ。

すでに清《しん》国（中国）ではアヘン戦争その他の動乱を契機として、イギリスをはじめ諸外国の侵略がほしいままに行なわれていたが、松陰にいわせると、

「日本が断固とした態度をしめせば、いまのところは、まだ海をこえて我国に戦争を仕かけるだけの余力は外国にない」

と、いうことであった。

ただし「今のところは……」である。日本の富国強兵は急ぎに急がねばならぬ。

そのためには、徳川幕府のような……いまや政治力の分散した日和見《ひよりみ》的な政権に日本をまかせておくことは出来ぬ。

天皇を中心に、指導階級たる諸国大名が結集して新しい政体を生み出さねばならぬ。

この稿で、松下村塾における松陰の教育について、ふれているひまはない。

ともかく、こうした松陰の思想は、彼が教えるあらゆる書物の講義の中に脈を打

ち、それはすべて〔実践〕の一事に結集されて、門人たちの心身に叩《たた》きこまれて行った。

晋作をはじめとして、久坂玄瑞《くさかげんずい》、尾寺新之丞《おでらしんのじよう》、増野徳民《ましのとくみん》などの入門があり、塾は活気にみちあふれた。

晋作二十歳《はたち》の安政五年——。

文学修行という名目で、藩から江戸遊学がゆるされた。

江戸で、晋作は大橋訥庵《おおはしとつあん》の塾へ出入りをしたり、昌平黌《しようへいこう》へ入ったりしたが、

「つまらん」

学問よりも、江戸藩邸で桂小五郎や久坂玄瑞、それに伊藤俊輔《いとうしゆんすけ》（博文《ひろぶみ》）や山県《やまがた》小輔《こすけ》（有朋《ありとも》）などの青年たちと天下の形勢を論じることが多くなった。

だが、晋作は、どちらかといえば仲間外れのかたちであったらしい。

一同が議論に熱中する部屋の一隅で、むっつりと厭《いや》な顔つきをしながら鼻毛ばかりぬいていたという。

この年の四月に、あの井伊直弼《いいなおすけ》が大老に就任して以来、幕閣《ばつかく》は、にわかに強力化した。

井伊は、先《ま》ず対抗勢力の水戸斉昭《みとなりあき》一派を粉砕し、幕府の日米通商条約と、将軍家《いえ》

定《さだ》の死による継嗣《けいし》に、紀州《きしゅう》家から家茂《いえもち》を迎え、水戸派が擁した一橋慶喜《ひとつばしよしのぶ》をしりぞけた。

井伊大老の、断固たる幕政統一によって、この危機を強引に乗り切ろうとする態度は、水戸派の憤激をよび、

「夷狄《いてき》を追い払え」

「井伊を倒せ」

の叫びとなり、京都朝廷を擁して倒幕の旗をあげようという勤王志士たちの活動は、まさに猛然たるものに変ってきた。

井伊大老が、彼らを弾圧したのが、あの〔安政の大獄〕であった。

いわゆる〔勤王志士〕として第一陣に起《た》ち上った英才たちは、この弾圧によって捕えられ、殪《たお》れた。

そして、この中に吉田松陰も入っていたのである。晋作も、はじめは、

「まさか……」

と思ったが、事実であった。思いあたることもある。それは松陰の倒幕計画で、「薩摩藩の志士たちとはかり、江戸では井伊大老ほか幕閣の重臣たちを討ち、さらに京都で兵をあげよう」と、いうのだ。

松陰は、これを藩の重臣・周布政之助《すふまさのすけ》にはかり武器・弾薬の貸与を申し出たものである。むろん、周布はこれをゆるさなかった。

松陰の叫びは、江戸にいる高杉晋作たちにもとどいた。

「薩摩藩の一部のものがさわぎ出したからといって、たよりになるものではない。いまは幕府の威勢の強化を見て、諸藩も傍観の態度を見せているではないか。あまりにも先生は無謀すぎる」

桂小五郎たちともはかり、すぐに松陰のもとへ、

「このたびは、とどまってもらいたい」

と、手紙をやった。

松陰は、一読し、

「高杉たちは、ぬれ手で粟《あわ》をつかむつもりか」

きめつけたという。

むろん、松陰は、この計画の決行だけで政権が一変するとは考えていない。ただ身を捨てて決行する一事が〔呼び水〕となって天下をうごかすことを期待していた。

こういうわけで、幕府の弾圧は吉田松陰を逃がしはしなかった。

松陰は、安政六年七月に江戸へ護送され、十月に、頼三樹三郎《らいみきさぶろう》、橋本左内《はしもとさない》と共に

処刑された。

晋作の悲嘆は非常なものであったらしい。ことに、藩から帰国命令が下り、彼は、江戸の牢獄《ろうごく》につながれている師と別れて帰国。そして彼が長州へつく間に、松陰は刑死してしまった。

獄中の師に対する晋作の奔命ぶりは非常なもので、差入れ、面会その他にはたらき、倦《う》むことを知らなかった。それだけに、

「あのとき、おれは脱藩をしても江戸に残り、先生の死を見とどけるべきだった」

後年、酒に酔うと伊藤や山県に洩《も》らしたという。

井伊大老が、ついに水戸浪士によって暗殺された万延《まんえん》元年（一八六〇年）、晋作は、井上平右衛門のむすめ方《まさ》と結婚をした。数え年でいうと新郎二十二歳、新婦十五歳である。

方女は貞淑な、かしこい女性で、子は生まれなかったが、夫婦仲はわるくなかった。

高杉晋作の活躍が始まるのは、このころからであって、藩庁も彼の才能をたのみ、

明倫館舎長に任ぜられたのを皮切りに、同館教授、さらに殿さまの命をうけて世子《せい》・定広《さだひろ》の小姓役となり、さらに〔番手《ばんて》〕として江戸勤務。二十四歳の春には藩主から海外視察の許可を得て、上海《シャンハイ》へわたり約二ヵ月を滞在し、外国勢力の圧迫にあえぐ清国の実状を見た。

「ぐずぐずしてはおられん」

と、彼の行動が積極的になったのは、これからである。

井伊の死によって、幕政は、再び混乱しはじめた。文久《ぶんきゆう》三年には将軍家茂が朝廷の機嫌うかがいに京都へやって来るという形勢になってしまったのである。

長州藩を主力とする勤王勢力は、京都に結集して活発にうごきはじめた。

晋作も京へよばれ〔学習院御用掛《がくしゆういんごようがかり》〕という役目に任ぜられた。いうまでもなく、これは朝廷と藩との交流に彼を必要としたからの任命であったろうが、

「ばかばかしい」

あっさりと、彼は辞退してしまった。辞退して、京都藩邸へも帰らず、酒と女におぼれこんだ。これは、一種の脱藩行為であったが、とがめるものは一人もいなかった。

いま、長州藩は〔禁裡《きんり》守護〕の役目にもつき、皇居の警衛も支配している。まさ

に勤王運動の主力として長藩の士は肩で風を切って京の町を歩いていたのだ。

長州の対抗馬は薩摩藩で、これも新時代に乗り遅れまいとして、朝廷と幕府の間に立ち、さまざまな政策を打ち出してはイニシアチブをとろうとするのだが、とても長州の勢力にはおよばぬ。

幕府も所司代や守護職、または新選組《しんせんぐみ》などという浪士隊を京へ送り込んで来て、長州の倒幕運動を阻止しようとする。

暗殺、謀略の渦巻く京の町で、

「つまらぬ」

と、晋作がいうのは、このことなのだ。

日本人同士が体面も見得も捨てて、この小さな島国を世界の風波の中へ押し出して行かねばならぬというときに、陰謀と暗殺をくり返して勢力の伸張をはかろうなどという革命前夜の、無駄な、子供じみた自分の藩のうごきが、

「つまらぬ」

のである。

こんな話がある。

京へ来た将軍が、勤王勢力の圧迫によって、賀茂《かも》神社へ〔攘夷祈願〕の行幸《ぎようこう》を

する天皇に供奉《ぐぶ》をしたときのことだ。

これは、いま、外国と和親条約をむすんでいる徳川政権が勤王派のいう通りになって条約を破り、外国を追い払うことに同意した、ということに表向きはなるわけだが……。

このときの将軍家茂を見て、行列が通る沿道にいた高杉晋作が、

「征夷大将軍《せいいたいしょうぐん》！」

絶叫したという。ひやかしたのではない。感激したのだ。

「少くとも、あの一瞬、天皇と将軍が行を共にして祈願されたという事実に、おれは感動したのだ」

と、のちに彼は語っている。

晋作の頭には、天皇も将軍も、長州も薩摩もなかった。

いま、日本を一丸として、これを引張って行く大きな力のみが欲しかったのである。

しかも、孝明《こうめい》天皇は、

「幕府も、いまは朝廷に対し何事にも腰をひくめておる。力を合せて国難を乗り切ろう」

と、もらされているし、京における幕府勢力を粉砕するためには放火も殺人もいとわぬという勤王志士たちのうごきには激怒しておられる。

それだけに、高杉晋作は苦悩せざるを得ない。長州藩の勤王運動だって、何も殿さまが命じているのではない。勤王派の政権が藩を牛耳っているだけのことなのだ。どこの藩でもそうだが、いまや、殿さま一人では自藩をおさめ切れないのだ。

晋作の、放蕩《ほうとう》が激しくなったのも、この時期である。

高杉晋作が、一回目の〔脱藩〕をしたのは、文久四年（一八六四年）一月のことだ。

これより先、長州藩は京都から追い払われている。

天皇が幕府や親幕諸藩とむすばれ、勤王派の過激な運動を排除された、といってもよい。

薩摩・会津《あいづ》の両藩は、この先頭に立った。武力を背景にした〔政変〕に長州はやぶれた。

しかも、攘夷の先がけとして、長藩は下関《しものせき》海峡を航行する米・仏・蘭の外国商船を砲撃しており、やがてアメリカ軍艦・ワイオミング号ほかフランスの二艦の報復をうけ、長藩の軍艦三隻は、たちまち沈没し、下関砲台は、さんざんに破壊された。

晋作が急遽《きゆうきよ》、京から呼び戻されたのは、このときである。

彼が〔奇兵隊《きへいたい》〕を編成したのも、このときで、身分の上下を問わず、自藩の侍から他国の脱藩者、さらに農民町民までをあつめてつくりあげたこの〔軍隊〕は、のちに、長州藩の強力きわまる戦力となったのだ。

さて……。

年が明けると、長州へ敗退した〔勤王運動〕は、京都奪回を目ざして燃え上って来る。

三条実美《さんじようさねとみ》など七名の勤王派の公卿《くぎよう》も京から追い払われ、これを迎えた長州藩では、奇兵・遊撃《ゆうげき》の二隊をもって戦力の基盤とし、一時も早く京都へ進発しようという気運が濃厚となった。

いうまでもなく殿さまは反対だし、周布政之助、桂小五郎などという長藩の指導者たちも、その〔不利〕をとなえて過激派を抑えようとするが抑えきれそうもない。

いまの京都では、幕府と手をむすんだ薩摩という大藩が立ちはだかっている。ろくな軍備もなしに進発したところで、痛手を重ねるばかりであった。

晋作が殿さまの命をうけて、三田尻《みたじり》に集結する部隊の進発をとどめようと山口を出たのは一月二十四日である。

進発隊長は、来島又兵衛《きじままたべえ》という豪傑で、これが遊撃隊をひきいて京へ馳《は》せのぼろうとしている。

晋作は約五時間に及んで熱弁をふるい、説得にかかったが、このときは駄目であった。

来島は、断然、承知をしない。

「承知をしなければ、山口へ帰れ」

というのが殿さまの命である。

だが、

「このまま、おめおめと帰れるものか」

落胆のあまり、晋作は、そのまま大坂へ走った。すなわち脱藩である。

「そもそも、高杉のすることは、以前から藩を、君公をないがしろにする言動が多い。捕えて死罪にせよ」

という声も起って来た。

一ヵ月後、晋作は京において藩主の使者を迎え、帰国し、そのまま投獄された。

この牢獄の中で、彼は黙々として読書につとめている。

この間に……。

ついに、長州軍は京都へ進発した。

進発反対の周布政之助などは過激派によって失脚させられた。京都における長州軍は、皇居を守る薩摩はじめ親幕派の諸藩兵と戦って敗退した。

〔蛤御門《はまぐりごもん》の変〕である。

吉田松陰が、晋作と共に、もっともその将来をたのしんでいた久坂玄瑞も、このとき戦死をした。来島又兵衛も殪れた。

またまた長州は敗退したばかりか〔朝敵〕の汚名までかぶってしまった。

幕府は〔長州討伐〕の令を下した。同時に、あの下関砲撃の始末をつけるため、英・米・仏・蘭の四国連合艦隊が長州へ迫った。

さんざんな羽目になったものだ。

「高杉を牢から出せ」

またも殿さまの命が下った。

晋作を藩の正使として、諸外国との和議をおこなわせようというのだ。これは、何とかやってのけた。

そして、また脱藩をしている。今度は九州へ逃げた。

幕府に対して弱腰になった藩庁に愛想をつかしたのである。そして今度は、この年の十二月に引返して来るや、奇兵・遊撃隊をひきいて下関を占領した。

へっぴり腰の藩を建て直そうというのだ。

完全な反乱軍なのである。

しかし、もう高杉は桂小五郎と共に、長州藩になくてはならぬ存在であり、翌慶《けい》応《おう》元年九月には〔海軍興隆用掛〕を命ぜられ、同二年になると〔海軍総督〕となった。

長州へ攻めて来た幕軍は、晋作の指揮する長州兵によって、さんざんに打ち破られた。

このころになると、高杉晋作は、土佐《とさ》の坂本竜馬《りようま》とも通じ、長州を討伐しようという幕府に対し、あくまでも戦う決意をかためている。

そして、そのころから、薩摩と長州は歩み寄りはじめたのだ。坂本竜馬の周旋によって、両藩は握手し、薩摩は幕府からの長州出兵命令を拒否した。

高杉晋作の病患が、急激にすすみはじめたのは、この年の秋ごろからだ。

そして、翌慶応三年四月十四日。晋作は、下関で死んだ。

病気は肺結核だ。

牢獄を出てから、まる三年は、文字通り東奔西走して、彼の生涯が、この三年間に凝結したかのように思われるほどにはたらきつづけた。

長州藩は維新において、もっとも多くの人材を失っている。

これは、長州が勤王革命の先鋒《せんぽう》として悪戦苦闘を強いられた結果にほかならない。

晋作の女性関係も派手なものだが、もっとも有名なのは大坂屋の芸者・おうのであろう。

おうのは、容色にすぐれてもいないし、無智《むち》だが、底ぬけに気の善《よ》い女であったという。

肌の白い、むっちりとした肉づきの、この女を、晋作は身辺からはなさなかった。

桂小五郎が、

「あの女は、君に似つかわしい女ではない」

と、いったことがある。

すると晋作は、にやりとして、

「桂さん。食べても見ぬくせに、めったなことをいうものじゃァない」

大笑いしたそうである。

高杉の下関における遊びぶりは大変なもので、奇兵隊長として飛ぶ鳥を落す勢い、があったという。

いつも義経袴《よしつねばかま》に、ぶっさき羽織をつけ、絵日傘をかざして芸妓《げいぎ》をしたがえ、下関の町を闊歩《かっぽ》した。

重病となってからも、

「稲荷新地《いなりしんち》へ行こう」

と、いい出してきかない。稲荷新地は色町である。

無理に駕籠《かご》を呼ばせ、これへ乗せてもらったとたんに、

「あ……いかん」

晋作は、しんそこから情なさそうな顔つきになった。うごいたとたんに脱糞《だっぷん》してしまったのだ。

「こうなっては、もう駄目だなあ」

ついに、あきらめたようである。

死を前にして、つきそっていた田中顕介《たなかけんすけ》に、

「もう、きまったようなものだ」

と、いう。

幕府が倒れて、新しい時代が日本に来ることが、きまった、というのである。

「その後は、どうなります？」

田中がきくと、晋作は、

「後のことまで知るものか」

と、こたえたが、彼の胸中には、さまざまな国づくりの計画がひそめられていたに違いない。

死の当日に、勤王尼僧として知られた野村望東尼《のむらぼうとうに》が見舞に来ると、晋作は、この心をゆるした異性の友へ、

おもしろきこともなき世をおもしろく

と書いて見せた。望東尼が、それにつづけて、

住みなすものは心なりけり

書いて返すと、これを見て、

「おもしろいなあ」

と、つぶやき、晋作は目をとじた。

それきり、彼の目は、もうひらかなかった。

晋作ときに二十九歳。満年齢で二十七歳余であった。

彼は、早熟であった。才能は少年時にすばらしく開花し、二十歳をすぎて老成し、
だからこそ、死の前の三ヵ年の奮闘は、ことごとく的を射たのである。

晋作が死んだこの年の十一月に坂本竜馬が暗殺され、一ヵ月後には王政復古の大号令が発せられた。

小五郎さんはペシミスト

南條範夫

南條範夫（なんじょう・のりお）

明治四十一年、東京に生まれる。東京帝大経済学部卒。昭和二十四年、國學院大学政経学部教授に就任。大学勤務のかたわら、各誌に投稿を始め、昭和二十六年「出べそ物語」が第一回「朝日文芸」に入選。翌二十七年「マルフーシャ」が「サンデー毎日」の懸賞小説に、二十八年「子守の殿」が第一回「オール新人杯」に、三十年『あやつり』組由来記」が「サンデー毎日」百万円懸賞に入選した。三十一年「燈台鬼」で第三十五回直木賞を受賞。残酷行為の中に、日本人の民族性を見つめた一連の作品で〝残酷〟ブームを巻き起こす。明朗活劇から恋愛心理劇まで、時代小説という枠組みの中で、幅広いスタイルを示した。五十年に紫綬褒章を受章。平成十六年逝去。

「小説新潮」昭和五十四年二月号（新潮社）掲載。

一

私が萩《はぎ》の城下町を最初に訪れたのはもう五十年以上も前、大正十三年の晩春のことである。

当時私は山口高等学校に入学した許《ばか》りであったが、休日を利用して萩へ出掛けた。

現在は山口から萩まで坦々《たんたん》たる舗装道路が出来ていて、車で簡単に行けるが、その頃は、宮野《みやの》から佐々並《ささなみ》を経て、野丸岳《のまるだけ》の麓《ふもと》を廻《まわ》って明木《あきらぎ》に出る山径《やまみち》を、半日がかりで歩いてゆかなければならなかった。

峠を下りて萩のデルタに出て、橋本橋を渡る時、町全体がもやに包まれたようにぼやけて、しっとりと静まり返っていた風景は今でも忘れられない。

小さな安宿に泊って、翌日は市内を見物して回った。

その時すでに、維新から五十七年も経《た》っていたにも拘《かかわ》らず、山陰に置き忘れられたこの町は、古い時代の姿をほとんど変らずに残していて、旧幕時代の地図の複製がそのまま役に立ったほどである。

高校生の私に最も深い感銘を与えたのは、言うまでもなく松下村塾《しょうかそんじゅく》であった。現在は柵に囲まれて小奇麗に保存され、公園の中の見せもののようになってしまっているが、当時はあたりに家らしいものもなく、人の姿も見えず、ポツリと侘《わ》びし気に建っていて、誰でも建物の中に自由にはいれた。

私はその小さな掘立小屋のような建物の前に、しばらく茫然《ぼうぜん》と立ちすくんだ。維新大動乱の中核となった強烈なエネルギーを培養した坩堝《るつぼ》が、こんなにも小っぽけなみすぼらしい建物であったとは、容易に信じられぬ思いであった。

私は八畳の主室に上った。松陰《しょういん》が講義に当って用いた机がある。船板に脚をくっつけたような粗末極まるものだった。その前に坐《すわ》って、そっと凸凹《でこぼこ》の机を撫《な》でてみた。

それから左手に回って増築された部分を見た。天井に穴があり、梯子《はしご》で屋根裏部屋に上れるようになっている。上ってみると薄暗い頭のつかえるような部屋だ。松陰が時々、ここに上って、佩刀《はいとう》を抜いてじっと打ち眺めていたという話をどこかで読んでいた。少し気味が悪くなってすぐに下に降り、前の八畳の方に戻ると、七十をとっくに越したと思われる老人が縁側に腰を下ろしていた。

私を見ると、凹《へこ》んだ眼《め》を笑わせた。

「山口からおいでましたかの」

ええと答えて傍らに並んで腰を下ろした私に向って、老人は村塾について、ぽつりぽつりと懐し気に説明してくれた。

無数の名前が次々に老人の口から出たが、私が知っていたのは、桂小五郎《かつらこごろう》、高杉晋作《たかすぎしんさく》、久坂玄瑞《くさかげんずい》ぐらいのもので、吉田稔麿《よしだとしまろ》の名さえ、栄太郎《えいたろう》のことですかと聞き直したほど、私の歴史的知識は乏しかった。

「木戸孝允《きどたかよし》――桂小五郎という人はどうもよく分かりません、一体どんな性格の人だったんでしょうか」

伊藤痴遊《いとうちゆう》の「維新の三傑木戸孝允」という本を、山口図書館で半分だけ読んだばかりだった私は老人に訊《たず》ねてみた。

木戸という人物に伴う奇妙に暗い印象が私には理解できなかったのだ。多くの志士たちの活動は彩り華やかに、明るく活気を帯びているのに、木戸のみは幾松《いくまつ》との情事を除けばいかにもくすんで見える。逃げの小五郎という香《かんば》しくない綽名《あだな》も、維新の三傑の一人としてはふさわしくない。

多くの人に一応尊重されながら、腹心の部下もなく、莫逆《ばくぎゃく》の盟友もいないようだ。いつも孤独の影をひきずっている。唯一の手足であった伊藤俊輔《しゅんすけ》でさえ、後には薩摩《さつま》の大久保利通《おおくぼとしみち》の許《もと》に走ってしまっているのだ。

あんな人が、どうして、あれだけの仕事ができたのか、私には不可解だった。

老人は私の顔をきっと見返したが、急ににこっと笑った。

「小五郎さんか。あれはどねえにもこねえにも仕様がない、いつもくよくよ考え込んで悲観ばっかりしとった人でな、何か事が起こると一番悪い結果を予想して、病気になるほど心配した人じゃった。伊藤俊輔がいつでも一番良い結果ばかり考えて陽気に走り回っていたのとちょうど正反対じゃった。小五郎さんちゅうお人は、悲観屋——それ、この頃の言葉で言うとペシミスト——ちゅうのじゃろうかの」

老人の若々しいとも思われる説明に、私ははっと眼を開かれたような気がした。

その後、いくつかの木戸に関する書物を読んだが、

——小五郎さんはペシミストじゃった。

という この老人の言葉が、最も鮮明に強烈に私の心にやきついている。

「小五郎さんは和田《わだ》という藩医の子じゃが、隣家の桂家の養子になった。が、桂の養父が死んだとき、八歳じゃったので実家に引取られ育てられた。わしのおやじが和田家と親しい青木《あおき》という藩医の代診をしとったので、わしは十ぐらいの子供の頃から、何度も小五郎さんに会《お》うている。あのお人も若い頃はなかなか利かん坊で、

学問もでける、武芸も達者、別に暗い感じなどはなかった。それがあんな悲観屋になったのは、最初の結婚に失敗したからじゃ。あれですっかり自信を喪《うしな》い、人間嫌いになってしもうたのじゃ。わしはそう思うておりますよ」

青年時代の木戸を直接に知っているという老人の言葉に私は少《すく》なからず愕《おどろ》いたが、老人が七十六、七歳とすれば不思議はない。松下村塾の人々をまるで現存の友だちのように呼んでいるのも、同時代人意識からなのであろう。私は反問した。

「最初の結婚――というと、幾松の前のことなのですか」

「そう、そう、小五郎さんが二十六、七の時じゃったかな」

二

小五郎の江戸在府中、国許で縁談が起ったのは、安政《あんせい》五年の春のことである。亡き父和田昌景《しょうけい》と同じく藩主の侍医であった青木周弼《しゅうすけ》が、

――小五郎もそろそろ身を固めさせにゃなるまいのう。

と動いてくれたのだ。話を、小五郎の異母姉に当る和田八重子《やえこ》のところに持ち込んだ。

「私もかねてから気にかけておりましたが、これといって心当りもありませんので」

「実は私に一人、これと思うていた候補者がありますのでな」

青木が挙げたのは、長州藩士《ちょうしゅうはんし》で佐波郡《さばぐん》右田村《みぎたそん》遠崎《とおざき》に住む宍戸平五郎《ししどへいごろう》の長女で富子《とみこ》という評判の美女である。

宍戸は山口の町奉行所に勤めていたが、非番の時は遠崎に帰っている。非常に富裕だという噂《うわさ》であった。

青木は山口に赴いた際、たまたま病中の宍戸を治療してやった関係で親しくなり、何度か遠崎の宍戸の家を訪れ、富子にも会っていたらしい。

「稀《まれ》に見る美女、あれなら必ず小五郎さんの気に入りますで」

「そんなお金持の、評判高い奇麗な方が、小五郎の処《ところ》などに来て下さるでしょうか」

「大丈夫、それは私に委《まか》せてもらいましょう」

「その前に、来原《くるはら》の方にも一応話してみませぬと」

来原良蔵《りょうぞう》は、安政三年に小五郎の妹治子《はるこ》を嫁に貰《もら》い、この年、嫡男彦太郎《ひこたろう》を儲《もう》けていた。

「それは私も考えたが、来原は今、御承知の通り逼塞中《ひっそくちゅう》でしてな」

来原はちょっとした失敗で逼塞を命じられていた。

「近々お宥《ゆる》しが出ると聞いちょります。その上で相談するとして、一応、宍戸の方の意向を聞いてみましょう」

青木は山口に行って宍戸に会い、小五郎が江戸の斎藤塾《さいとうじゆく》でつい先年まで塾頭をしていたこと、その後は江川太郎左衛門《えがわたろうざえもん》に従って洋式兵術を、中島三郎助《なかじまさぶろうすけ》に造船学を、神田孝平《かんだこうへい》に蘭学を学び、江戸在住の若手藩士たちの間に信望頗《すこぶ》る厚いこと、やがて正式に藩の役目にも登用されるであろうこと等々を話した。

「どうじゃろう、富子さんを小五郎に嫁入らせては」

「結構なお話ですが――」

宍戸はさして乗気になった気配もない。桂家の禄高が、わずか九十石であることが先《ま》ず不満であるらしい。

「斎藤塾の塾頭をしておられたのなら、うちの悴経太郎《せがれけいたろう》がよく知っている筈《はず》。一応、経太郎の意見も聞いてみましょう」

と、逃げた。

宍戸の長男経太郎は四、五年前から江戸に遊学し、斎藤塾に学んでいる。宍戸が小五郎のことを訊ねてやると、すぐに返事が来た。

――桂小五郎は剣技に優れているのみならず、人物識見も抜群、将来わが長州藩を背負って立つであろう俊秀である。是非この縁談はまとめるが良いと思う。

という内容なので、宍戸の心も大いに動いた。青木の催促を受けると、大体異存ない旨を答える。

一方、逼塞を許された来原良蔵はこの縁談を聞くと大乗気で、江戸の小五郎に長文の手紙を送って、これをすすめ、

――異議がなければ、こちらの話は任せて欲しい。青木氏と相談して話をまとめる。

と言ってやった。

同じ頃、経太郎も父から手紙を受けとっていたので、直接小五郎に会って、

妹を貰ってくれ。

と、嬉《うれ》しそうに言った。

実のところは、小五郎もこの話をちょっと耳に入れた時から、少しく胸を躍らせていたのである。

関係者の誰も知らなかったことだが、小五郎は富子の名を知っていたのだ。

若い人たちの間では、美しい娘のことは必ず話題になる。萩からはずいぶん離れた佐波郡右田村に住む富子の美しさが、何度か萩城下の若い武士たちの間で噂されていた。

恐らく、右田村から近い山口の町では、かなり評判になっていたのであろう。それが自然に萩にも伝わってきていたものらしい。

——佐波郡の右田に素敵な美女がいる。

というだけで、一度も会ったことのない若い人たちが、仄《ほの》かな憧憬の心を抱いたというようなことは、現在では考えられぬことだが、当時としてはさして不思議ではない。

むろん、当《あて》のない淡いあこがれである。

それが、急に、

——あの娘を嫁に貰わぬか。

という現実の問題になって、まともにぶつけられてきたのだ。

小五郎は少からず慌てたが、嬉しくもあった。在府の多くの朋友《ほうゆう》後輩たちのような無茶な遊びはしていない。国へ戻ったら妻を迎えたいなど考えたこともしばしばあった。

――すべて任せる。よろしく頼む。

と、来原に返書を認《したた》めた。

経太郎を酒に誘って、将来の愉《たの》しい夢を話し合いもした。

国許での話は、とんとん拍子に進んだ。

来原が小五郎の代りに、青木と共に宍戸家を訪れ、正式に申入れ、その場で宍戸は承諾した。七月十四日のことである。

――防長《ぼうちょう》随一の美女ならん。

来原はやや誇張してであろうが、小五郎に富子の印象を、そう書き送った。

八月十日、小五郎は、藩当局から大検使役に任命された。二十六歳、初めて長州藩の役付の身分となった訳である。

だが、この役目はほんの僅かしか勤めていない。十月十四日には帰国命令を与えられている。恐らく、国許での来原や青木などの内密の運動により、小五郎の召還が促進されたものではないかと思われる。

十月十四日、藩当局から、桂小五郎と宍戸富子との婚約を許可する旨、正式の発表があった。

小五郎は十一月二十一日、来島又兵衛《きじままたべえ》と共に江戸を出発して帰国の途についた。

斎藤塾の人々は、川崎楼に宴を張ってその行を送った。山口に到着したのは十二月十七日。

その日は山口に泊り、やがて養父になるであろう宍戸平五郎に面会し、婚約成立についての謝意を述べ、また江戸の経太郎からの伝言などを伝えた。

小五郎と宍戸とが、相互にどんな印象を持ったかは明らかでない。

後の出来事から推測してみると、小五郎の方はせいぜい愛想よくしてみせたらしい。

遠崎の屋敷に誘われ、富子に会えるだろうぐらいのことは期待していたかも知れない。

だが、宍戸はやや素気ない態度であった。

縁談には賛成したものの、いざ当の婿《むこ》どのに会ってみると、改めて、

――この男が富子をさらってゆくのか。

といった感慨にとらえられたのであろう。

富子は、甘やかし放題に育ててきた独り娘ではあるし、自慢の器量よしで無数の申込みを受けていたし、今更のように、

――手放すのは惜しい。

という気になっていた。小五郎が二十日以上の旅で、やや疲労しており、何となく埃《ほこり》っぽくみえたのも気に入らなかった。

――噂ほどの大した男に見えぬ。

と思ったに違いない。

翌十八日、小五郎は萩の自宅に戻った。

来原はこれと入れ違いに、十九日長崎出張を命じられていたので、ほんのちょっとしか話し合う時間がなかったが、

――結婚は一日も早い方がええ。美しい花嫁ちゅうものは、いいものじゃ。

と、ひやかしながら祝いを述べた。

小五郎は多くの友人知己から、祝辞を述べられた。若い人たちの祝辞の中には多分に羨望の意が含まれていた。

ただ一人、奥歯に物の挟《はさま》ったようなことを言った者がある。江戸から一緒に戻った来島又兵衛だ。

すでに四十を越えていた来島はその超大な軀幹《くかん》と剛直な性格を以《もっ》て怖れられていたが、正月、年賀に赴いた小五郎に向って、

「ただ別嬪《べっぴん》じゃからといって嫁に貰うのは考えもんじゃ。よう考えることじゃな」

と、やや苦い顔をして言った。

富子について何か思わしくない噂でも耳にしたのであろう、小五郎は気にしなかった。

——また、来島のおやじが。

と、胸の底で苦笑しただけである。

三

婚儀は安政六年二月十四日、和田家で行われ、十七歳の新婦はその日から、良人《おっと》小五郎と共に和田家に住むことになった。

小五郎が富子の顔をみたのは、婚儀の当日が初めてである。これも現代の人には考えられぬことだが、この当時においては珍らしいことではない。

小五郎は富子の噂に違《たが》わぬ美貌に愕き、やや圧倒された。そしてその瞬間から、漠然たる憧憬は、はげしい恋慕の想《おも》いに変った。

結婚してから本当に惚《ほ》れ込むというのは、決して悪いことではない。むしろ悦《よろこ》ぶべきことなのだが、ただそれは対手《あいて》も同じような感情を持ってくれることが前提となるであろう。

い。

富子は果して、小五郎に対してどんな感情を抱いていたであろうか。

念の為《ため》に記しておくが、富子が結婚以前に、ほかに男がいたという形迹《けいせき》は全くない。

父の溺愛の下に育てられたということは、同時にその監督の目がきわめて厳しかったことを意味する。

従って、小五郎との縁談が進められている間、富子は別にこれに対して異議を唱えることもなく、通常の娘なみに、夢見心地で嫁入支度をしていたことであろう。

耳にはいる小五郎の噂が、どれも極めて良かったことも、彼女の夢をふくらませたに違いない。

だが、それらの夢は、すぐに破られた。

すべてが、富子の期待を裏切っていた。

小五郎は和田家から桂家に養子にゆき、桂家を嗣《つ》いだと聞いていたので、富子は当然、小五郎と共に桂家に住むものと考えていた。

現実には、桂家の屋敷はずっと人に貸され、小五郎は生家の和田家に住んでいた。

妻を迎えても依然、和田家に同居をつづけた。

和田家の家族は、小五郎の異母姉八重子、その子で当主の卯一郎《ういちろう》、その弟直次郎《なおじろう》、勝三郎《かつさぶろう》の四人であり、勝三郎は小五郎の養嗣《ようし》ということになっていた。

和田家はわずか二十石であったが、屋敷は医師という職業柄やや広かったので、小五郎はずっと、ここに住んだのである。

広いといっても、町中のこと、富裕な富子の生家が田舎にもっている広大な屋敷に比べれば、鼻がつかえるような気がする。しかもそこに小姑《こじゆうと》を始め甥《おい》たちと同居しなければならない。甥の一人は、まだ若い良人の養嗣である。

何となく割り切れない、いやな、重苦しい気がした。

そうした気分上のことよりもっと切実に感じたのは、和田家の、従って良人の、日常生活の貧しさである。

小五郎の亡き父、和田昌景は勤倹貯蓄を専《もつぱ》らにする人であった。

わずか二十石の微禄であるにも拘らず、かなりの資産を残している。その遺書によると、卯一郎に銀五十貫と借家一軒、諸士屋敷一ヶ所、小五郎に銀十貫、小五郎の妹治子（来原の妻）に銀七貫、昌景自身の生家（藤本氏）に銀五貫と不動産を遺《のこ》しているが、末尾に、

――自分は若い時からもっぱら倹約を守って、以上の財産を拵《こしら》えてきたのだ。その心得を忘れず倹約第一にして、これを次々と子孫に譲ってゆくようにして欲しい。

と記している。

このような父に育てられ、このような財産を大切に守っている和田八重子が財布の紐《ひも》を握っている家計は、大様《おおよう》に贅沢《ぜいたく》にゆったりと育てられてきた富子にとっては、堪え難いものであった。

何気ない言動にも、

――御大家のお嬢さま育ちは違うものじゃ、勿体《もったい》ないということを知らぬ。

などと陰口を利かれ、面と向って皮肉の一つも言われる。

わがまま一杯に育てられ、人に甘えることを当然と思い込んでいた富子にとっては、一日一日が居たたまれないほど不愉快なものになっていった。

頼みに思うのは良人の小五郎一人なのだが、その小五郎は新婚早々、連日連夜、外にひっぱり出されていた。

小五郎は江戸の高杉、久坂らに、旧師松陰のことを頼まれてきていたのである。

松陰は野山獄《のやまごく》中にありながら、狂えるものの如《ごと》く国事を憂え、獄中から門弟たちに指令を発して過激な行動をとらそうとしていた。

――今、先生があんなことをしては危い、第一、そんな時機ではないのだ。しばらく時を待つほかはない。桂さん、萩へ戻ったら何とか先生をなだめて大人しくさせて下さい。

半ば狂せる如き松陰を慰撫《いぶ》できるのは小五郎以外にないとみて、松下村塾の同志たちはこれを小五郎に委託したのである。

小五郎は十二月十八日萩に戻ると、二十四日には野山獄を訪れて松陰に会い、江戸の同志の状況を伝え、師の自重を要望した。

この時は、松陰も一応、うなずいたのだが、年が明けて藩主が上府しようとすると、またしても焔《ほのお》の如く怒り出した。

――幕府など無視せよ。おめおめ出府して将軍にひざまずくとは何事か。

と叫び、長州藩内に、死を以て君を諫《いさ》める士は一人もいないのかと小五郎に訴える。

小五郎は、在萩の松陰門下生と連絡し、その慰撫に汗を流した。その一方、萩における斎藤塾師範代として、多くの門弟を統轄してゆく。折から、江戸の斎藤塾から斎藤弥九郎《やくろう》の次男歓之助《かんのすけ》が門弟数十名を従えて萩にやってきたので、その応接一切も引受けねばならなかった。

惚れ込んでいる富子のことはいつも気がかりでありながら、家を外にすることが多い。夜になってわが家の敷居をまたぐ時、まるで放蕩《ほうとう》してきた男のような肩身の狭い思いをした。

富子は待ち受けていて、昼間いわれなく与えられた（と彼女は信じている）侮蔑や皮肉について訴え、甘えて涙を流す。

ここでも小五郎はまた、慰撫一方の役をつとめねばならない。

心身ともに疲れて、顔色も悪くなった。

――花嫁を可愛《かわい》がり過ぎるのじゃないか。

と、ひやかされる。

――何とかしなければならぬ。和田家から別れるようにでもしなければ、富子が可哀《かわい》そうだな。

と考えたが、差当りその目途《めど》もつかぬままに一日一日を過ごしていると、四月十三日になって、富子が急に言い出した。

「兄が江戸から戻ったと聞きました。ちょっと実家へ行ってきとうございます」

経太郎が戻ったのなら、いずれここに訪れて来るだろうと思ったが、

――ちょうどよい機会だ、富子を少し実家で休ませてやろう。

と考え直し、土産物《みやげもの》を持たせ、下僕五介《ごすけ》を伴《とも》につけてやることにした。

「行って参ります」

と、玄関口で頭を下げた富子の、妙に切な気な表情に、小五郎はふっと異様な不安を覚えたが、その不安は適中した。

富子は、そのまま帰らなかったのである。

四

富子が始めから戻らぬつもりで実家へ帰っていったのかどうかは分からない。恐らく、

――父に事情をすっかり話したい。

という甘えの気分が主であったろう。だが、何ヶ月ぶりかで実家に戻り、そこの懐かしい、生れて以来の肌身に合った雰囲気に触れると、わっと泣きくずれ、

――もう、あそこには、和田の家には、戻りたくない。

と、心を崩してしまったのである。

すべて自分の立場から、甘え訴える富子の話を、父の宍戸平五郎は、

――苛《いじ》めつくされた哀れな娘。

の必死の訴えと聞いた。

「ひどい目に会《お》うたな、しばらくうちにいるがよい。いや、次第によっては、もう

帰らずともよい。仲人口《なこうどぐち》を信じたばかりにつまらぬ家に嫁にやって苦労させたのう、可哀そうに」

経太郎が江戸から戻ってきたというのは富子の口実で、本当ではなかった。しかし、富子は事情を経太郎に報《し》らせてやっていた。

——兄上始め皆々様、小五郎を大層お賞《ほ》めになりますが、何となく固苦しくて陰気で——一緒にいて楽しい人ではありませぬ。

という文面を前にして、経太郎は、

——そうだなあ、男の友人としては立派な人物だが、女からみると——どうかな。

と腕を拱《こまね》いたが、内心はどうやら妹の方に同情するような気分だった。

五日経っても十日経っても戻ってこない富子に、小五郎は不安を増大させた。

それとなく様子を聞いてやると、

——からだの具合が良くないので、しばらくこちらにおります。

という返事がきた。

せめて経太郎ぐらい姿を見せそうなものだと待っていたが、まだ江戸にいるということを知った。

——富子の口実だったのか、富子はもう帰らないつもりかな——まさか。

富子の美貌に溺れ切っていただけに、苦悩は大きかった。目許のくっきりした華《は》美《で》な顔立ち、妖《あや》しい艶《つや》っぽさの溢《あふ》れる笑顔、閨房《けいぼう》の中でのしなやかな肢体《したい》などを想い出すと、若い血が騒ぎ、眼が据《すわ》った。

長崎から帰ってきた来原は、小五郎の顔色がひどく悪いのに愕いたが、富子の長期不在を知ると、

「怪《け》しからん話だ、良人を抛《ほう》っておいて、何とする気か」

と怒り出し、青木の処に相談に行った。

来原と共に和田家にやってきた青木も、小五郎の奇妙な憔悴《しょうすい》に愕いたらしい。

「大したことはありません。松陰先生のことで少々心配し過ぎまして」

女房に逃げられてとは言えなかった。

「深川《ふかがわ》にでも行って、しばらく療養したらどうじゃな、頭のつかい過ぎじゃ」

青木もさり気なくそうすすめた。

「そうだ、それが良い、その間に、おれが青木さんと一緒に宍戸家に行って様子をみてくる」

来原もそう言う。小五郎は五月五日、深川の湯本《ゆもと》温泉に出かけた。

九日、温泉場から宍戸平五郎に宛てて手紙を出した。この手紙は現存している。

——過日は青木、来原参上、御世話になりました由《よし》、私も参上致したいと存じましたがからだの具合が悪く、深川に湯治に参っております。数日後には帰るつもりでおりますが、富子は当分そちらに御厄介になっていてもよろしく、又、御一報下さればいつにても人を出し、当地へ迎えてもよろしゅうございます。

小五郎の本心は富子を湯治場に迎えて、二人水入らずの日を楽しみたかったに違いない。その間に夫婦の融和をとり戻し、富子の心をしっかりと摑《つか》みたかったのだ。

だが、返事はなかった。

今日か、明日かと待ちこがれながら、小五郎はとうとう二ヶ月以上も深川に止《とど》まっていたが、期待は完全に裏切られた。

その間に、五月二十五日、松陰は幕府からの命令で江戸送りとなっている。

小五郎が報《しら》せを聞いて、萩へ馳《は》せつけた時にはすでに松陰は去った後であった。

悄然《しょうぜん》として再び深川に戻った。

——富子は義姉たちを嫌っている。だが、おれを嫌っているのではない。必ずここに来てくれる。

そう信じて深川で暮らした一日一日は焦慮と苦渋に満ちたものだった。

日の経つにつれて自信は崩れ、絶望と懊悩《おうのう》とが深まってゆく。

早くから抜群の秀才として賞讃され、自分でも己れの才能に自信を持っていただけに、

——惚れた女に嫌われた。

という事実は言いようもない屈辱であり、自信の全き喪失を伴った。

——自分はいい気になり過ぎていたのだ、自分は魅力のない、人に好かれぬ性格なのだ、あれほど愛した女にさえ捨てられた。

筆舌に尽し難い孤独感がひしひしと襲ってくる。

七月初めになって漸《ようや》く萩に戻った。

その翌々日、宍戸家の方から、青木周弼を通じて、通告があった。

——富子はもはや桂家に戻る意思なし。

こうなっては、離別するほかはない。

長藩随一の美女を娶《めと》って羨望の目を集めたのはつい半年前のことだ。

——あの美女に逃げられたのか。

という皮肉な冷笑の目《ま》ざしを、小五郎は会う人ごとに痛いように感じた。和田家の人々の不機嫌な顔をみているのも堪《たま》らない。

事情を察した上司の人々が、再び小五郎に番手《ばんて》を命じ江戸在勤とした。

深く傷ついた胸を抱いて、江戸に向ったのは九月十五日である。

江戸に着いて間もなく、十月二十七日、松陰が処刑された。

老人が語ってくれた小五郎の離縁話は、大体以上のようなものである。

私の方に向けていた老人の横顔は、眼の下から耳の方にかけて、大きなシミが二つあり、薄くなった頭髪はほとんど真白であった。

二十六、七歳の頃の木戸といえば、江戸でも名を知られた若き剣客であり、同時に泰西《たいせい》新知識の貪らんな吸収者であり、若手の藩士の間ではリーダーとして尊敬されていた。残された写真から推測してもなかなかの男ぶりである。本人も少からず自信を持っていたことであろう。その颯爽《さっそう》たる俊秀が、惚れた女に、いわば振られたのだ。維新の志士といえば皆、女に持てたらしく、少年の私は少からず羨望を感じていたのに、この内輪話は甚だ意外であった。

「小五郎さんが江戸に発《た》った日、私は父に伴《つ》れられて橋本橋まで見送りました。小五郎さんは、じゃ行って来るよと大きな声で言い、笑顔をみせちょったが、だんだん遠ざかってゆくその後姿は、思いなしかひどく淋《さび》し気じゃったのを子供心にもはっきり覚えちょります。江戸に出てから小五郎さんは、ずいぶん目醒《めざま》しい働きをされ、御一新後は夢のような出世をされましたが、どうもあれから後は、終生、陰気くさい感じがとれず、どうやら心底人間嫌いのお人になってのようじゃった。——小五郎さんがあのようなペシミストになったのは、やっぱり富子さんから受けた傷手《いたで》のせいじゃと、私は思うちょりますよ」

陽炎《かげろう》のたつ野面《のづら》に遠く目を放ちながら、そう附《つ》け加えた老人のことを、私は時々思い出す。そのくせ、うっかりして、その老人の名さえ聞くことをしなかったのであるが。

博文の貌《かお》

羽山信樹

羽山信樹（はやま・のぶき）

昭和十九年、東京に生まれる。武蔵工業大学卒。海外放浪を経て、創作活動に入った。五十八年、文庫版小説誌「月刊小説王」（角川書店）に発表した『流され者』で作家デビューする。以後『幕末刺客列伝』や『滅びの将――信長に敗れた男たち』から始まる〝信長三部作〟など、優れた作品を書き続けたが、発表当時、正当な評価を受けたとはいいづらい。ようやく一般の注目を集めるようになったのは『邪《あ》しき者』からであろう。さらなる飛翔が期待されたが、平成九年惜しまれながら逝去。享年五十二歳であった。

「野性時代」昭和六十年七月号（角川書店）掲載、『幕末刺客列伝』（角川文庫）収録。

1

疾《はし》る。

ひたすらに疾る。

元山《ウオンサン》から小舟で浦塩《ウラジオストク》に出た。

秋の季節の、冷たい西風の吹き始めた頃だ。

浦塩から大平原を、西へ、西へ。

砂塵《さじん》の中を。

風に向かって。

綏芬河《ソイフエンホー》に出、牡丹江《ムータンチヤン》を疾り抜けた。五常《ウーチヤン》の村落を見たのは、篠《しの》つく雨の夕昏《ゆうぐ》れだった。

これからは、日に日に雨が多くなる。

日の昏《く》れは早い。

男はきょう、素晴らしく美しい夕陽《ゆうひ》を見た。

透《す》き徹《とお》るような赤い、巨《おお》きな太陽が、褐色の満州《まんしゅう》の大地を朱に染め、堂々と、ゆっくりと落ちていった。

空は、頭上高くはまっ青い、怖いほどに青い秋空のままなのに、西のかなたは一面橙色《だいだいいろ》に映え渡った。

橙色は、じきにもっと深い、濃い赤に包み込まれた。

その赤が西の空いっぱいに拡《ひろ》がると、大地は逆に赤さを失い、陰鬱な黒に沈んだ。

それなのに、頭上の空はまだ青い。

悲しいほどに、青い。

夕陽は地平線に接すると、まるで大地に溶け込むように円周の端を崩し、奇妙な形に歪《ゆが》んだ。

地平線が、爛熟《らんじゅく》の赤に吸い寄せられ、引っ張り上げられたようにも見えた。

陽は歪みつつ、みるみる没してゆく。

西の空は、濃厚な赤から、ひと刷《は》け黄色を加えたような、微妙な色に変化した。

楕円《だえん》にひしゃげた太陽が、最後の光芒《こうぼう》を放つ頃、頭上の空は、やっと青から藍へと移り始めた。

藍は、紺へと変った。

男は疾りながら、時折頭上を見上げ、また西のかなたへ目をやった。

今まさに、最後の灼熱《しやくねつ》の色が消えんとするその場所で、明日には自分もまた消えてゆくのだ……、その思いが胸に迫った。

その時だった。

太陽が完全に地平に没したと見えた刹那《せつな》、その一点から不意に数条の光が湧き上がり、色褪《あ》せ始めた西の空いっぱいに疾った。

「あっ」

と、男が思わず声を挙げるほど、めくるめく銀光は、一気に茜雲《あかねぐも》を突き破り、そのまま濃紺の球形へと放射した。

濃紺は、たちまち銀一色に掻《か》き消えた。

いや、空ばかりか、大地もまた、まばゆいばかりの光に包まれた。

男は足を止め、その光の中で茫然《ぼうぜん》と佇《たたず》んだ。

自然に、掌《て》が合わさった。

男はその時、はっきりと己れの僥倖《ぎようこう》を信じた。

多默《トマス》との聖名をもつ男は、口の中で聖書の一節を唱え、アーメンと結び十字を切った。

それから右掌《みぎて》を、ズボンのポケットへもっていった。

ひんやりとした鉄の肌が触れた。握りしめると、ずっしりとした重さが伝わった。その重さこそ成就の確乎《かっこ》たる証《あか》しであるように思われ、男はしっかりと握りしめた。

六連発の回胴《リボルバー》式拳銃だった。

陽が沈むと、月は出ず、かわって黒い空には無数の星が輝き出した。

大地は漆黒の闇に等しかったが、疾る男の足取りは少しも乱れなかった。

抗日運動の義兵中将として、幾度闇の中を駆けたかしれなかった。今では昼間とたいして変らぬぐらい夜目《よめ》が利いた。

夜に入って二時間後、その日二度目の、男の足が止まった。

足元に、二条の冷たい光が横たわっていた。

列車の軌道《レール》だった。

男の精悍《せいかん》な貌《かお》に、かすかに表情が生まれた。

男は、一直線に北へと伸びたその光の線を、何呼吸の間か感慨深げにみつめた。

そしてその線に沿い、また疾り出した。

二本の光の先には、アカシアの並木と赤いレンガの家々が、ひっそりと夜のとばりに沈んでいるに違いなかった。

哈爾賓《ハルビン》――。

2

「閣下、あと一時間少々で長春《ちょうしゅん》に到着いたします」

秘書官の古谷《ふるや》の声に、伊藤博文《いとうひろぶみ》は我に返った。

チョッキの隠《ポケット》しから懐中時計を取り出してみると、長針と短針がきれいに一直線になっている。午後六時。

「二十五日、午後六時……か」

博文は呟《つぶや》いた。

ここ二、三年、考えがすぐ言葉になって出てしまう。「爺《じじ》むさい癖《へき》ぞ、伊藤」、先日、渡満のご挨拶に参内《さんだい》した折、天皇がそうお笑いになられたことを思い出し、伊藤は小さく苦笑した。

明治四十二年十月二十五日午後六時――。

伊藤は、白髪《しらが》の頭を軽く左右に振った。

ふとその数字が、長大な、気の遠くなるほどの果てしないもののように感じられ、知らずに溜息《ためいき》が出た。

伊藤はまた、秘書官に声をかけられる前のように、車窓に映った己れの貌に目をやった。

薄い髪、とび出た額、頬骨、小さな目、不釣合に大きな鼻、顎一面を覆った長髭《ちょうし》……。

〈どれも違う。目も、鼻も、口も……〉

伊藤は、あるひとつの顔貌《がんぼう》と、その己れの貌とを、ひとつひとつ見比べてみた。年齢ぶんを差し引いてみても、どの部分もまったく似ていない。

それがいっそう不気味だった。

――不意にその貌が現われたのは、三年ほど前、ちょうど日韓協約により初代の韓国統監《とうかん》に任じられた頃のことだ。

疲れると、必ず見る夢がある。

はるか昔、幕末の動乱期、まだ伊藤俊輔《しゅんすけ》と名乗った頃の一情景――。

夢はいつも、決まった台詞《せりふ》と、決まった動作を繰り返す。そしていつも同じ場面で、博文はうなされてとび起きる。

ところがその中に現われる自分の貌が、その三年前のある夜から、突然見慣れぬ男の貌に変ったのだ。

短髪、意志の強そうな切れ長のきつい双眸《そうぼう》、しっかりと結ばれた大きめの口唇《くちびる》、薄い口髭《くちひげ》……。自分とは、似ても似つかぬ貌だった。どちらかといえば丸顔の自分にひきかえ、その貌は、馬面《うまづら》といっていいほど縦に長い。

身内にも、職場にも、友人たちにも無い貌だった。

ただ一点、昏《くら》い目の色だけは、昔の自分に不気味なほどに似ていた。

知らぬ貌にすり替る前の、夢の中に現われる、自分の目つきとそっくりだった。

そしてもう一人、若い頃、よく似た目の男を見た記憶があった。

それが思い出せなかった。

あっと気づいたのは、一年ほど前、訪れた竹馬《ちくば》の友、井上馨《いのうえかおる》（聞多《もんた》）と昔話に耽《ふけ》っている時だった。

文久《ぶんきゅう》三年の春、その頃俊輔、聞多は、高杉晋作《たかすぎしんさく》らと共に江戸で尊攘《そんじょう》運動にあけくれていた。前年の十二月には、品川御殿山《ごてんやま》のイギリス公使館を焼き打ちし、意気大いに高かった。その俊輔らのもとに、土佐勤王党《とさきんのうとう》の一人の男が訪ねてきた。

岡田以蔵《おかだいぞう》と名乗った。

俊輔、聞多ともに、その名はよく聞き知っていた。尊攘運動のメッカ、京で、川上彦斎《かわかみげんさい》、田中新兵衛《たなかしんべえ》と並び、〃三人斬り《さんひとき》〃として勇名を馳《は》せている男だった。

名とは裏腹に、ひどく貧相ななりをしていた。顔色は蒼《あお》く、猫背で、背は低く、骨格が憐《あわ》れなほどに貧弱だった。血の劣悪が、体全体から臭気のように立ち昇っていた。

土佐勤王党の首領武市瑞山《たけちずいざん》から高杉晋作への書状を持参した以蔵は、だがその勇名とは裏腹に、ひどく貧相ななりをしていた。

その目が、まさに夢の中に現われる男の目なのだった。

人斬りの目——。

その発見に、博文はしばし茫然となった。

が、以蔵とその男が似ているのは、その昏い目だけで、あとはどことといって共通点は無かった。

男の貌は、この半年あまり、ほとんど連日といってよいほど頻繁に夢の中に現われた。それは日を追って激しくなり、とくに今回の旅が始まってからは、夢の中ばかりか、不意に白昼にも立ち現われるようになっていた。

四、五日前、博文は旅の途次で旅順《りよじゆん》に寄り、日露戦争の戦跡を訪ねた。その晩、官民合同の歓迎会にのぞみ、演説を行なった。それは、国威、戦争、平和に関する日頃の所感を述べたものだったが、その途中、突然、観衆の貌がすべて男の貌にすり替って見え、博文は絶句、演説はしばしば中断された。

そしてきょう、満鉄の特別貴賓《きひん》車内で、博文はほとんどまんじりともせず、一日中男の貌と向かい合っていた。

列車は、快調な音を刻み、夜の中を疾駆していた。

車窓に映る己れの貌に向かい、博文はちょっと微笑《ほほえ》んでみせた。

薄暗い車内灯の灯《あか》りに、ぼんやりと幻のように浮き立った老人の貌も、うっすらと弱々しい微笑を浮かべた。

博文は、左掌《ひだりて》で、自慢の長髭をしごいた。

ガラス窓の向うの老人も、まったく同じ動作でゆっくりと掌を動かした。

「長春で、知事の歓迎会……か」

博文は、その老人に向かい、呟いた。

「終ると、そのまま夜行列車で……、明日は哈爾賓《ハルビン》……。まったく……せわしないことだ」

まったく、せわしないことだ……、もう一度、今度は胸の中でそう呟いた。

〈自分はいつから、こんなせわしない男になってしまったのだろう〉

博文は、目を瞑《と》じた。

〈文久三年、聞多と共に脱藩して渡英してからか。いや、翌《あく》る年、急遽《きゆうきよ》帰国し、

米、英、蘭、仏の四国連合艦隊の下関《しものせき》砲撃事件の外交処理を任されてからだろうか……〉

博文の脳裡《のうり》を、その後のさまざまな役職が去来した。

新政府参与、外国事務局判事、兵庫県知事、大蔵少輔《しようゆう》兼民部《みんぶ》少輔、租税頭《そぜいのかみ》兼造幣頭《ぞうへいのかみ》、工部大輔《こうぶだいふ》、参議、工部卿《きよう》、初代総理大臣、枢密院議長、政友会総裁、そして韓国統監府統監……。

〈まったく……、人は今太閤《いまたいこう》というが、自分をここまで奔《はし》らせてきたものは、いったい何だったのだろう……〉

博文はふと、己れの心の奥を覗《のぞ》いてみたい気にかられた。

そんな気分になったのは、六十九年の人生で、おそらく初めてのことだった。過去に記憶が無かった。単調な長旅が、心に思わぬ余裕をもたらしたのかもしれなかった。

と、その時、周囲のざわつく気配に、博文は目を開けた。

同行の貴族院議員・室田義文《むろたよしぶみ》、陸軍中将・村田惇《むらたあつし》、満鉄総裁・中村是公《なかむらこれきみ》らの、立ち上がっている姿があった。

「閣下、まもなく長春到着でございます」

耳元で、秘書官の古谷の声がした。

3

松花江《サンファンチャン》の支流に架《かか》った鉄橋を渡ったのは、ちょうど真夜中頃だった。

川面《かわも》は黒く沈み見えなかったが、はるか下方から、流れの音が地鳴りのように響いた。

ここのところの雨模様で、かなり水かさを増しているに違いなかった。

男は手探りで、線路《レール》と枕木、鉄骨を当たり、身をゆだね、慎重に前へ前へと身をずらした。

強い水の匂いが立ち昇った。

それにレールの、油の臭いが混じった。

一月《ひとつき》ほど前だったら、むせかえるほどの草木の香に包まれたはずだった。

晩秋の風が、淋《さび》しげな音をたてて吹き抜けた。

猛烈に寒かった。

が、男には、どうということはなかった。

極寒のロシア領シベリアで、連日の猛訓練に耐えた身であった。

祖国の独立を信じ、抗日の義兵を募り、日夜雪原を駆け回った身であった。

風は、昂《たか》ぶる男の心に、むしろ心地良かった。

男は風の音を聴き、水の響きに包まれながら、六月の、二百名の同志と共に祖国豆満江《ドゥマンカン》の大河を渡った時のことを思った。

哨所《しょうしょ》の日本軍との銃撃は、熾烈《しれつ》をきわめた。最後の一発の弾丸も撃ち尽し、駐屯兵をふりきり再びロシア領へ戻った時には、七日間一睡もせず、一片の食物も口にしなかった。

男はさらに、正月の、断指《だんし》同盟の時を思った。十二名の同志と左掌の薬指を切断し、祖国を欺き売った日韓協約に調印したすべての大臣、そして韓国統監・伊藤博文の暗殺を誓った。流れる血で、太極旗の前面に、『大韓独立』と大書し、涙ながらに大韓独立万歳を三唱した。

男はその時、同志に向かい、自らの手で、三年以内にきっと伊藤を殺すと叫んだ。それができねば自裁して詫《わ》びる、と宣言した。

伊藤博文は、男にとって、決して生かしておいてはならぬ人間だった。祖国からいっさいの外交権を奪ったのも、軍隊を解散させたのも、韓国皇帝を廃位に逐《お》いこんだのも、すべて統監・伊藤博文の仕業であると、男には信じられた。

松花江《サンファンチャン》の支流は、哈爾賓《ハルビン》から数十キロの距離にあった。

橋を渡り終ると、男はまた線路ぎわを一散に疾り出した。

哈爾賓の手前の双城《シヨワンチヨン》の集落を抜ける頃、東の空がうっすらと明るくなり出した。

星に混じって、真南の空に、美しい下弦の月が見えた。

濃厚な朝の匂いが漂い始め、はるかな犬の遠吠《とおぼ》えと、一番鶏《いちばんどり》の啼《な》く声が聴こえた。

闇の中から、田の褐色がおぼろに浮き上がり出した。

夜中吹き続けていた風が、ひっそりと息をひそめた。

その中を、男はひたすらに疾った。

ただ、疾った。

4

長春での清《しん》国知事主催の歓迎会が終り、再び列車に乗り込んだのは、夜の十時過ぎだった。

博文は、さすがに疲労を覚え、寝台まで歩む気力もなく、そのまま特別貴賓車のソファにぐったりともたれこんだ。

まったく休む間も無い旅行だった。

今回の満州行を博文にすすめたのは、逓信《ていしん》大臣の後藤新平《ごとうしんぺい》である。

『この機に公がじきじきに足を運ばれ、露《ろ》国蔵相と親しく会見されるが至当かと存ずる』

ここ二、三年、日本は、満鉄の運営もきわめて順調で、次の計画として、ロシア所有の東清《とうしん》鉄道に色気をみせていた。つまり、浦塩《ウラジオストク》から満州里《マンチユリー》までの満州内を通過する部分を、ロシアから合法的に買収しようと図ったのである。

幸い露国の東洋担当官である大蔵大臣のココフツォフは、ロシア皇帝の信任厚く、日本にも比較的好意のある態度を示している。この際わが国第一の人物である伊藤を派遣し、その買収問題を始め、日露間で利害の抵触する韓国処理についても一対一で話を詰めてみてはどうだろう——、後藤新平は、そう考えたのだ。

が、伊藤博文の身辺の者は、その計画にこぞって猛反対した。

博文は、六十九の高齢である。

さらに、六月までの三年半の間、事実上の朝鮮の支配者として、朝鮮人民の怨嗟《えんさ》をいっしんに買っている。地下の抵抗組織にとり、これほど殺したい人間はいないのだ。

だが、博文は、後藤の提言を二つ返事で諾《う》けた。その態度には、むしろ喜々としたものが感じられた。周囲の心配の声に対しては、微笑みを浮かべた穏やかな貌を向けるだけで、何も黙して語ろうとはしなかった。

出発は、十月十四日と決まった。

その数日前、博文は、本邸である東京大井《おおい》の恩賜館《おんしかん》に、旧友、縁者のすべてを招き、母の七回忌の法要を兼ねた宴を催した。中には幕末時代に交流があっただけの思わぬ旧友もい、その意図をいぶかしく思う者も多かった。博文絶頂期にも、そのような大がかりな宴は開いたことがなかった。まるで今生《こんじょう》の暇乞《いとまご》いをしているようだ、そう囁《ささや》く者もいた。

九日、宮中参内、十一日、山県有朋《やまがたありとも》と会談、首相桂太郎《かつらたろう》主催の晩餐会《ばんさんかい》と、いそがしい日々が続いた。

が、不思議なことに、日を追うにしたがい、博文の態度はとても高齢とは思えぬ精気に満ち、その表情からは、日頃のとげとげしさが消えていった。対座する何者をも畏怖せしめた抜き身の白刃のような双眸は、その光を収め、かわって仏の慈眼に似た深い安らぎに満ちた色を湛《たた》えた。

十月十四日、予定通り大磯《おおいそ》を出発。翌る十五日、日清戦争後李鴻章《りこうしょう》と講和条約を結んだ、思い出の下関・春帆楼《しゅんぱんろう》に一泊した。十八日、大連《だいれん》着。二十日、旅順。

二十一日、旅順発。そして四日をかけ、やっと長春に着いたのである。

長い、苛酷《かこく》な旅であった。

だがそれも、明日には終る。

明日午前九時、列車は、ロシア蔵相ココフツォフの待つ哈爾賓《ハルビン》駅のプラットホームにすべり込む予定なのである。

博文は、純白のカバーのかかったソファに身をもたせ、すぐに軽い寝息をたてだした。

が、穏やかな寝息は、ほんの数分で熄《や》んだ。

鉢の張った秀でた額に、じんわりと脂汗が滲《にじ》み、車内灯の黄色い灯りを宿した。長い白髭《しらひげ》に埋った口から、低い呻《うめ》きが洩《も》れ、博文は小肥《こぶと》りの体を息苦しそうに反転させた。

博文は、またあの夢を、疲労した時に必ず見るあの忌まわしい夢を、見だしているのだった。――

無実の罪だということは分っていた。

が、ものにははずみというものがある。

それが分った時には、すでに引くに引かれぬ立場に俊輔（博文）は立っていた。

「斬る、必ず斬るッ」

そう宣言したばかりか、一同の前で金打《きんちょう》までしてしまったのだ。

「臆病者《びいたれ》の俊輔にできるわけがない」

その高杉晋作の一言がきいた。ついカッとしてしまった。日頃から百姓《もうと》の出という劣等感が、思わずそんな態度になってしまったのかもしれない。俊輔、二十一歳。

協力を申し出た者は一人、仲の良い山尾庸三《やまおようぞう》。

そして相手は、和学講談所の御用学者・塙次郎《はなわじろう》。

次郎は、盲目の国学者として名高い塙保己一《ほきいち》の子である。この年、五十六歳。

近年尊攘志士の間で、塙が老中安藤信正《あんどうのぶまさ》と結託し、廃帝の先例故事を調査しているとの噂《うわさ》があった。つまり、極端な攘夷論者である主上（孝明《こうめい》天皇）を廃し、幼い祐宮《さちのみや》（のちの明治天皇）を擁立、開国派が主流を占めている幕府の有利に事を運ぼうと策しているというのだ。

『奸賊《かんぞく》斬るべし！』

すべての尊攘志士がいきり立ったのは、当然のことだった。

が、よくよく調べてみると、塙にそのような故例《これい》調査の事実は無く、実は、外国人待遇の式例の典故《てんこ》を当たっていたのだということが分った。

「でも俺は殺《や》るぞ」

俊輔は、尻込みする山尾庸三に三白眼を向けた。

俊輔は、名を売りたかった。とにかく全国の志士の間に、伊藤俊輔の名を知らしめたかった。名が売れれば、ひょっとしたら若党という小者《こもの》の立場から、士雇《さむらいやとい》になり、苗字《みょうじ》を公称できる身分に成り上がることができるかもしれないのである。

それに——。俊輔は考えた。天誅《てんちゅう》ばやりの当節、人の一人ぐらい斬らなくては志士としての恰好《かっこう》がつかん。それには塙次郎の名は、申し分無い。五十六歳という高齢も、おそらく剣など一度も手にしたことなど無いであろう国学者という立場も、剣の苦手な自分には願ったりだ。

功名を焦る俊輔にとり、この際、冤罪《えんざい》かどうかなど問題ではなかった。

文久二年（一八六二）十二月十二日——。

この日は朝からひどく底冷えがした。

夕刻に入ると、時折白いものがちらついた。

塙次郎が、駿河台《するがだい》の屋敷に知人某を訪ね、駕籠《かご》で三番町の自宅へ向かったのは、亥《い》の刻（夜十時）過ぎ、駕籠の先棒《さきぼう》の提灯《ちょうちん》の灯りに白いものがかなりはっきりと見えた。

その麹町九段坂下《こうじまちくだんさかした》に、一刻《とき》ほど前から蹲《うずくま》っている二つの黒い影があった。小倉袴《こくらばかま》を尻からげにし、そこに草履をはさみ込み、共に裸足《はだし》だった。背を丸め、競い合うかのようにぶるぶると慄《ふる》えていた。

闇の中から塙家定紋の提灯が滲み出た時、二人はほとんど同時に、何やら喚《わめ》き、はじかれたようにとび出していた。

駕籠かきが、駕籠を放り出して逃げ散った。

提灯を手にした若党が、一間《けん》ほどもとびのくのが見えた。

「庸三、庸三。若党をやれっ」

俊輔は刀を振り上げ、駕籠に突進しながら、叫んだ。ちゃんと偽名を決め、何度も確認し合ったのに、そんなことは一瞬で忘れてしまっていた。

庸三は、抜刀をメチャクチャに振り回し、若党に向かった。

若党は提灯を放り投げ、転がるように逃げ出した。

庸三は何やら絶叫し、そのあとを追っかけた。

俊輔の目に、駕籠から這《は》うように現われた者の姿が映った。

思わぬ大男だった。

俊輔は、一瞬ひるんだ。

が、両腕に渾身《こんしん》の力を込め、男めがけ、真向一文字《まつこう》に抜刀を振り下ろした。

「天誅ーっ」

火花が散り、掌《て》に衝撃が伝わった。

狙いがはずれ、白刃は地を穿《うが》ってしまったのだ。

男は地に這いつくばり、巨大な甲虫《かぶとむし》のように手足をもがいた。

「く、くそうーっ、奸賊ばらっ」

俊輔は必死に体勢を立て直し、さらに抜刀をふるった。

今度は、鈍い感触があった。

男が、ウグっと、奇妙な声を挙げた。

また抜刀を振り上げると、不意に雨音がし、裸足の甲が冷たくなった。

思わず見ると、男の体から猛烈な勢いで沫《しぶき》が噴き出し、自らの脛《すね》に当たっていた。

若党が投げ出した提灯が、地で炎を上げていた。その灯りに、沫は黒く光って映じた。

鮮血だった。

それに気づくや、俊輔は完全に我を失った。
「死ねいっ、死ねいっ、死ねええっ」
絶叫し、狂ったように抜刀を叩《たた》きつけ、突きまくった。
呻きを挙げ、もがいていた男の体が静まっても、俊輔はしばらく憑《つ》かれたように
その動作を続けた。
ようやく動きをとめると、俊輔はゼイゼイと荒い息を吐き、肉塊と化した男の体
をみつめた。
仰向《あおむ》けになっている男の頭が、どうしたはずみか頸《くび》をもたげたように曲がり、カ
ッと瞠《みひら》かれた目が、ちょうど俊輔を見上げているような恰好になっていた。
その目がギョロリと動いた、と俊輔は思った。
「ひわっ」
とびのき、慌てて剣尖《けんさき》を立てた。
黒い液体を湛えた半開きの口が、その俊輔を嘲笑《あざわら》うかのように、にいっと歪んだ。
と、見えた。
口の端に盛り上がった液体が、ゆっくりと糸を引いて垂れた。
俊輔は悲鳴を挙げ、切先《きつさき》を突っ立て、猛然とその貌に襲いかかった。

男の体に馬乗りになり、その顔面を、突いて、突いて、突きまくった。

目が刳《えぐ》れ、鼻がとび、口が裂けた。

肉が散り、どろどろの液体が溢《あふ》れ出、やがて顔面は、首を刎《は》ねたのと同じように胴からちぎれ、地に転がった。

俊輔は、なおもその肉塊を突きまくった。

その歪んだ球体は坂の傾斜に沿い、ゆるく転がり始めた。

俊輔は、地を這いずって追い、さらに必死に切先を刺した。

鋩子《ぼうし》が欠け、刀身が折れ、それでも俊輔は激しく同じ動作を続けた。

「うう、うううっ」

博文は脂汗を浮かべ、呻いた。

脳裡に、短刀のようになってしまった刀をふるい続けている己れの姿が映っていた。

〈見たくない、見たくない……〉

博文は、必死に念じた。

が、その思いに逆らい、夢の中の自分は、手の動きをとめると、ゆっくりと貌をこちらに向けた。

目を吊り上げ、歯を喰《く》いしばり、返り血にべっとりと濡《ぬ》れたその貌は、やはり自分の貌ではなかった。

いつもと同じ、会ったこともないあの貌だった。

「う、うわぁ」

博文は声を挙げ、はね起きた。

眼前に、二つの貌が重なるように見えた。

博文は、思わず腰を浮かした。

だが、目が焦点をとりもどすと、それは秘書官の古谷と、主治医の小山《こやま》であることが分った。

「どうなさいましたか、閣下」

小山の声が、ずいぶん遠くに聴こえた。

博文はしばらく中腰のまま、その二人の貌を交互にみつめた。

「い……いや、だいじょうぶだ」

やがて力なく手を振ると、深く吐く息と共に腰を下ろした。

「お寝《やす》みの用意が整っておりますが……」

「いや……、いま少しここにいる」

博文は人払いをするように、もう一度しみの浮いた手を振った。

窓の向うは、塗り込めたような闇だった。

そのガラス窓に映った自分の貌を、博文はぼんやりとみつめた。

その博文の脳裡に、不意に閃《ひらめ》くものがあった。

あっと博文は、思わず声を挙げそうになった。

「そうだ、……そうだった、……そうに違いない」

博文は、唸《うな》るように独りごちた。

〈――自分をここまで奔《はし》らせてきたものは、いったい何だったのだろう〉

長春に着く直前に考えていたその一事に対する答えが、突然に鮮やかに浮かび上がったのだ。

そうだ、自分はあの夜から、無実の人間を無実と知りつつ殺したあの夜から遁《のが》れるために、必死に動き回ってきたのだ。――

それはまさに戦慄《せんりつ》的な思いだった。

博文は呻き、身を慄《ふる》わした。

その情景を夢に見る都度、見知らぬ貌が現われる都度、自分は、忘れよう、忘れようとあがいた。働いている時だけ、……己れを滅し、国を思い、身を粉《こ》にして奔走している時だけ、なんとか忘れることができた。――

博文は、なかば啞然《あぜん》とした思いで、ガラスに映る自分の貌をみつめ続けた。

そこには年老いた、疲れ果てた一つの弱々しい像が映っていた。

「……もうじき楽になる、もうじき……」

その像に向かい、博文はまた独りごとを言った。

それからしばらく、無言で自らの貌と向かい合った。

「海ゆかば……」

長い髭が揺れ、低く声が流れた。

「海ゆかば水漬《みづ》く屍《かばね》、山ゆかば草むす屍、大君の辺《へ》にこそ死なめ、顧みはせじ」

博文は、大伴家持《おおとものやかもち》の長歌の一節を、静かに、ゆるやかな節をつけて謡《うた》った。

「……後悔《くい》はない」

謡い終ると、そう結んだ。

厚く瞼《まぶた》のかぶさった老人特有の細い目が、うるんだ光を湛えていた。

5

列車は午前九時きっかりに、哈爾賓《ハルビン》駅に到着した。

すでに待っていたロシア蔵相ココフツォフが列車内に入り、二人は簡単な挨拶を交わした。

それから駅頭の歓迎を受けるため、揃《そろ》ってプラットホームに降り立った。

ココフツォフの先導で、ロシア守備隊を閲兵《えつぺい》し、各国領事の列に向かった。

その一人一人と、博文は丁寧過ぎるほどゆっくりと握手を交わした。

領事団の次には、日の丸の小旗をうち振る日本人歓迎者の群れが控えていた。

博文はその方へ向かい、数歩歩いた。

と、その時、不意に群れが乱れ、中から一人の男がとび出した。

男は一瞬、博文と向かい合う恰好となった。

両掌でしっかりと拳銃を握りしめている。

博文の双眸は、まっすぐにその男の貌に当てられた。

博文は、なぜか穏やかな表情をし、ひとつうなずいたようだった。

その貌の端に、うっすらと微笑が浮かんだかに見えた。

博文は男に向かい、自らの胸を押し開くような仕草をした。

三発の轟音《ごうおん》が響き渡ったのは、その瞬間だった。

博文は微動だにせず、それを受けた。

それからゆっくりと、ゆっくりと膝を折った。

倒れても、博文の目は、まだ男の貌をみつめていた。

その網膜に、くっきりとあの貌が映じていた。

夢の中の貌であった。

博文は目を瞠《みひら》き、その貌を見据えた。

それがやがて徐々に輪郭をぼかし、一面に展《ひろ》がった純白に呑《の》み込まれるように消えてしまうと、

「……よかった、……ありがとう」

博文ははっきりとそう呟き、静かに全身の力を抜いた。

松風《まつかぜ》の道

細谷正充

本稿の目的は、吉田松陰《よしだしょういん》の生涯をたどりながら、本書収録の各篇や、関係のある作品を紹介することである。つまりは松陰伝と小説ガイドを合体させたものといっていい。

もっとも松陰の生涯については、さまざまな形で語られている。下関《しものせき》に生まれた古川薫の『吉田松陰』（河出文庫）を始め、山岡荘八の『吉田松陰』（山岡荘八歴史文庫）、童門冬二の『全一冊　小説 吉田松陰』（集英社文庫）、津本陽の『松風《まつかぜ》の人　吉田松陰とその門下』（幻冬舎時代小説文庫）、秋山香乃の『吉田松陰　大和《やまと》燦々《さんさん》』（NHK出版）、あるいは松陰と高杉晋作《たかすぎしんさく》を主人公とした司馬遼太郎の『世に棲《す》む日日』（文春文庫）など、たくさんあるのだ。

短篇も同様であり、本書ではその中から、海音寺潮五郎の「吉田松陰」を選んだ。さすがに海音寺の史眼は素晴らしく、松陰の生涯が、過不足なく表現されている。現に本稿を書くにあたり、大いに参考にさせてもらった。ただ、海音寺作品をなぞるだけでは意味がないので、自分なりの史眼を入れたつもりだ。そのへんの差異を、読みとっていただければ幸甚である。

純粋培養された子供時代

百二十万石の大大名であった毛利輝元《もうりてるもと》は、関ヶ原《せきがはら》の戦い（一六〇〇年）で西軍の総大将に担ぎ出された。しかし西軍は敗北。防長《ぼうちょう》二州に減封され、石高も三十六万石になった。ここから長州藩《ちょうしゅう》（萩《はぎ》藩）の歴史が始まる。毛利氏が城を築いた萩は、山と海に囲まれた、非常に狭い土地であり、藩士たちは城下町で、顔を付き合わせるように暮らしていた。正月には家老が「今年は倒幕の機はいかに」といい、藩主が「時期尚早」と答えるのが恒例行事になっていたといわれる。嘘《うそ》か本当かは分からぬが、こんな話が伝えられるような気風があった。それが長き歳月を経て、倒幕運動へと繫《つな》がっていくのである。

このような萩の地の松本《まつもと》村に、文政《ぶんせい》十三（一八三〇）年、吉田松陰は生まれた。父親は、長州藩士の杉百合之助《すぎゆりのすけ》。母親は、滝。三男四女の次男であった。寅之助《とらのすけ》や大《だい》次郎《じろう》など、何度か名前が変わっているが、煩雑になるのでここでは松陰に統一する。

松陰の生家である杉家は貧乏だとよくいわれているが、読書家の父親と、朗らかな母親の仲は円満であった。後に百合之助が百人中間頭《ちゅうげんがしら》兼盗賊改方《とうぞくあらためかた》に任じられると、生活も向上したようだ。もっとも松陰本人には、すでに直接的な関係はなくなっていた。天保《てんぽう》五（一八三四）年、五歳のときに、山鹿《やまが》流兵学師範で叔父《おじ》の吉田大助の仮養子になったのだ。病気により大助の死期が迫っているためであった。翌六年、大助が死去すると、松陰が吉田家の家督を継ぐ。これにより松陰が、山鹿流兵学師範になることが決まった。

大助の死後、生家に戻り、実の両親に育てられた松陰だが、幼くして独自の教育を受けることになる。友達をつくることもなく、藩校の明倫館《めいりんかん》にかようこともなく、父親の百合之助や叔父の玉木文之進《たまきぶんのしん》から、師範になるための勉学に邁進《まいしん》させられた。松陰は生涯を通じて皇室を敬い続けたが、やはり皇室を敬っていた百合之助の影響が原点のようだ。

父と叔父の教えは厳しかった。特に兵学を教える文之進は、かつてのスポーツ界で横行していた、精神論の持ち主と同じようなメンタリティで、松陰に対した。一例を挙げよう。書物の教授中に松陰が額に止まった蚊を追い払ったところ、学問という〝公事《くじ》〟の最中に蚊を追い払うという〝私事〟を行ったといい、激しい怒りと共に拳骨を与えたというのだ。そのような純粋培養の環境にあった松陰に、子供時代に身に付けるべき社会性を得ることは難しかった。聡明《そうめい》かつ優秀でありながら、何かと問題を起こし、ついには自身を滅ぼすことになる松陰の人格は、この頃を核として形成されたのであろう。

天保九年、九歳で、山鹿流兵学の教授見習いとなった松陰は、明倫館へ出勤するようになった。翌十年、兵学の教授を始める。天保十一年には、初めてのお国入りをした藩主・毛利敬親《たかちか》の御前で、『武教全書《ぶきょうぜんしょ》』を進講した。以後、何度も進講をして、松陰の名前は萩で広まっていく。

旅立ちと、最初の蹉跌《さてつ》

しかし時代の大波は、松陰を動かさずにはいなかった。西洋列強のアジア植民地政策を知った彼は、海防を重視。日本海沿岸の防備視察を経て、嘉永《かえい》三（一八五〇）年、九州に旅立つ。山鹿流兵学者で、平戸《ひらど》藩士の葉山佐内《はやまさない》の下で学ぶためである。さらに、数ヶ月の平戸滞在を終えて故郷に戻ると、藩主の参勤交代の列に加わる形で、江戸を目指した。嘉永四年、念願の江戸の地を踏んだ松陰は、あちこちの私塾や講義に顔を出し、最初は安積艮斎《あさかごんさい》、次いで佐久間象山《さくましょうざん》に師事する。ただしこの頃は、さほど象山に私淑していなかった。また、九州遊学時代に知り合った、熊本藩士の宮部鼎蔵《みやべていぞう》と交誼《こうぎ》を深める。六月には、熊本藩士の有吉市郎《ありよしいちろう》を加えた三人で、江戸の入り口の海防がどうなっているのか知るため、相模《さがみ》・安房《あわ》の沿岸を確認する旅に出かけた。

そのように江戸での日々を過ごしていた松陰に、重大な転機が訪れる。東北地方の視察を考えていた松陰たちに、盛岡藩出身の江帾五郎《えばたごろう》（後の那珂通高《なかみちたか》）が、同行を申し入れたのだ。江帾には、藩の政争により獄死した兄の仇討《あだうち》という目的があった。これを知り、同行を快諾したものの、松陰の過書《かしよ》（身分書）が藩から発行されないという問題に直面する。単なる手続きミスか、仇討に松陰が巻き込まれることを怖《おそ》れた藩の処置か、本当の原因は分からない。ともあれ、業を煮やした松陰は、当初の予定を守り、過書を持たないまま旅立ってしまう。彼にとっては、過書のあるなしは瑣事《さじ》であり、それよりは友人との約束の方が重かったのであろう。だが、藩から見れば、完全な脱藩である。この時点で松陰は、萩藩のエリートから問題児へと変わってしまったのだ。ちなみに白河《しらかわ》で松陰たちと別れた江帾だが、仇討を実行することなく、その名は地に墜ちた。

目的ばかりを重要視して、手段を蔑《ないがし》ろにする。以後、何度も繰り返されることになる、松陰の悪癖だ。もっとも本人が、どこまでそれを理解していたかは怪しい。

皇室を敬う松陰にとって、勤王《きんのう》思想の強い水戸《みと》藩で、学者の会沢正志斎《あいざわせいしさい》や豊田彦次郎《とよだひこじろう》の教えを受けたことは、大きな刺激となったようだ。これを振り出しに、会津《あいづ》・越後《えちご》・佐渡島《さどがしま》・津軽《つがる》など、東北各地を巡った旅は、充実したものであった。しかし江戸に戻ると、士籍剝奪と、家禄《かろく》没収の処分を受け、杉家の育みとなったのである。脱藩は重罪であり、当然の処置である。

黒船の衝撃と、密航の決意

もっとも萩藩としては、まだ松陰に期するところ大だったのだろう。嘉永六年になると、松陰に十年間の遊学許可を与える。この許可を受けて、さっそく松陰は旅立つ。大和の学者たちと親交を得た後、再び江戸を目指したのである。旧知の人々に挨拶をしたりしながら、江戸暮らしを始めた松陰。そこにとんでもないニュースが飛び込んでくる。ペリー提督率いるアメリカ合衆国海軍東インド艦隊の蒸気船四隻《せき》が、浦賀《うらが》にやって来たのだ。黒船来航である。現実になった西洋列強の脅威に衝撃を受けた松陰は、浦賀まで行き、黒船を目撃する。そして意見書を藩主に提出した。しかし、これが僭越《せんえつ》の沙汰とされ、松陰は藩邸への出入りを禁じられたのである。

　そんな松陰に、影響を与えたのが、師の佐久間象山だ。西洋の実像を知るためには、国禁を破ってでも外国に行く必要があると思うようになった松陰を、象山は強く後押しした。そこには、海外へ留学生を送るべきだという建白書を幕府に無視された、象山の憤懣《ふんまん》があった。黒船来航の一ヶ月半後、プチャーチン海軍中将率いる、ロシアの黒船四隻が長崎に現れ、幕府に開国を求めたことを聞いた松陰。鎌倉《かまくら》の瑞《ずい》泉寺《せんじ》で住職を務める伯父《おじ》の竹院《ちくいん》に相談するなど、迷いを見せながらも、密航を決意する。そして長崎を目指すのであった。

　だが、京都で学者の梁川星巌《やながわせいがん》から時局に対する天皇の心痛を聞いて感激したりと、彼の歩みは一直線ではなかった。そのため松陰が長崎に到着する三日前に、ロシアの黒船は出航していたのである。これほどの大事を決行するにしては、実に行き当たりばったりだ。しかも、この無計画ぶりは、翌年にも発揮されることになる。

　海外渡航を諦め切れない松陰は、安政《あんせい》元（一八五四）年、約束通りに再来訪したペリー提督率いる黒船への密航を企《たくら》む。長州藩の江戸上屋敷で働いていた金子重之《かねこしげの》助《すけ》の、アメリカに渡りたいという願いを受け入れると、二人で、黒船の停泊している神奈川に向かう。松代《まつしろ》藩の軍議官として横浜警護の任に着いていた佐久間象山の協力を得て、密航をしようとするが、舟を出すはずの漁師に逃げられ、未遂に終わる。その後、下田《しもだ》に赴いた黒船を追って、さらに密航を実行しようとする二人。盗んだ漁舟で海に繰り出したのはいいが、櫓《ろ》がなかったため、大いに難儀することになる。櫓がないことなど、すぐに分かっただろうが、それでも突っ走ってしまうところが、良くも悪くも松陰らしい。

苦心の末、黒船にたどり着き、なんとか乗り込んだ松陰。必死で、アメリカに行きたいと訴えた。彼の真《ま》っ直《す》ぐな想《おも》いは、ペリー提督の胸を揺さぶったようだ。しかし、日本の開国という歴史的な外交の最中にあるペリー提督が、アメリカ側の不利になるような存在を受け入れるわけにはいかなかった。きっぱりとした拒絶にあい、松陰たちは泣く泣く引き上げることになる。なお、佐藤賢一の『開国の使者 ペリー遠征記』（角川文庫）では、物語のいちエピソードとして、ペリー提督の視点による松陰の密航の様子が綴《つづ》られている。黒船の側から描かれた作品は珍しく、一読の価値がある場面となっている。

アメリカ側の用意したボートで海岸に送り届けられた松陰たちだが、荷物を乗せた舟が流され、これを捜しているうちに夜明けを迎える。もはやこれまでと思った二人は、柿崎《かきざき》村の名主の家に自首し、その後、下田奉行所の牢《ろう》に入れられ、下田奉行の黒川嘉兵衛《かへえ》たちの取り調べを受けた。その後、唐丸駕籠《とうまるかご》で江戸に送られる。この時点で松陰たちは、国禁を犯そうとした大罪人であるが、役人たちは親切であったという。また、長州藩の財政を立て直した村田清風《せいふう》は、松陰の行動を大いに称揚している。

野山獄の日々

江戸に着いた松陰たちは、伝馬町《てんまちよう》の牢に入れられ、取り調べを受ける。牢内での松陰は、読書を欠かすことがなかった。どのような環境であろうと、一貫した態度をとっていることは、彼の美質である。半年後、幕府から裁決が下されるが、父親の百合之助に引き渡し、在所に蟄居《ちつきよ》させるという、極めて軽いものであった。金子重之助への裁決も、同じようなものである。松陰の志が純粋なものであることや、開国が確実になったという状況が、絡まりあってのことだと思われる。ところが長州藩は、幕府の威光を憚《はばか》り、必要以上に重い処置を、二人に与えた。松陰を野山獄《のやまごく》へ、重之助を岩倉《いわくら》獄へと投獄させたのだ。

ここでひとつ、注意を促したいことがある。野山獄と岩倉獄の場所だ。その名前から、山の方にあると思われがちな野山獄と岩倉獄だが、実際は萩の城下町の中にある。ではなぜ、このような名前が付けられたのか。岩倉獄跡にある説明文を引用させていただこう。「正保《しょうほう》二（一六四五）年九月十七日夜、藩士岩倉孫兵衛（大組・禄高二百石）は酒に酔って道を隔てた西隣の藩士野山六右衛門（大組・禄高二百石）の家に切り込み、家族を殺傷した。この事件のため、岩倉は死刑となり、両家とも取りつぶされ、屋敷は藩の獄となった」「野山獄は上牢として士分の者の収容を、岩倉獄は下牢として庶民を収容した」と、記されているのである。つまりは、人名が獄名になったのだ。

さらに付け加えるなら、野山獄は牢獄といっても、犯罪者だけを収容しているわけではなかった。なんらかの事情で家から持て余されている者も入っていたのである。松陰が入牢《じゆろう》したときは、そのような人の方が多かった。囚人たちや獄吏《ごくり》が松陰の講義に聞き入ったという有名なエピソードの背景には、そのような状況があった。これに対して岩倉獄に入れられていたのは庶民の犯罪者であり、同じ牢獄といっても環境に大きな違いがあったのだ。伝馬町の牢内で病気になり、それを江戸から萩への道中で悪化させた金子重之助は、岩倉獄で死亡するのだが、理由の一端を、そのあたりに求めることもできよう。

　さて、野山獄に投獄された松陰は、ふたりの人物と縁を深めることになる。ひとりは富永有隣《とみながゆうりん》だ。学識豊かだが、性格に難があり、野山獄に入れられていた有隣は、新たな住人となった松陰と意気投合。安政四年に出獄すると、松下村塾《しょうかそんじゅく》の講師となった。しかし安政の大獄によって松陰が捕えられると、松下村塾を見捨て、故郷に帰ったのである。これにより彼は、歴史に悪名を刻むことになった。そんな富永有隣の人間性に迫ったのが、司馬遼太郎の「有隣は悪形にて」（『木曜島の夜会』所収／文春文庫）だ。また、少年時代に山口や萩で暮らしたことのある国木田独歩の「富岡先生」の主人公は、晩年の有隣がモデルになっている。

　そしてもうひとりの、縁を深めた人が、高須久子《たかすひさこ》だ。武家の未亡人だが、当時の常識では素行が悪く、野山獄に入れられていた久子は、しかし知性的な女性であった。松陰の『孟子《もうし》』の講義から始まり、いつの間にか勉強と文化のサークルになった野山獄で、二人は心を通わせていく。生涯独身で、海音寺潮五郎に「童貞のままで地下に入ったろうといわれている」と書かれた松陰なので、あくまでもプラトニックな関係であった。しかし彼の短い人生に、このような彩りがあることは、ほっとさせられることである。古川薫の「吉田松陰の恋」（文春文庫）は、この松陰と久子の、魂の触れ合いを見つめた名作だ。

松下村塾の始まり

一年二ヶ月を経て、野山獄を出た松陰は、杉家に戻ると、自ら三畳半の幽囚室に籠り、読書三昧の生活を過ごそうとする。だが、周囲の人々は、彼の才知を惜しんだ。父や兄、親戚を相手に、野山獄で終わらなかった『孟子』の講義を続ける。また、藩の儒者と天皇について激論を交わしたり、安芸《あき》の勤王僧の黙霖《もくりん》と、手紙で議論したりした。ちなみに松陰の手紙好きは筋金入りであり、野山獄でも家族や親戚に、多くの手紙を書いている。

松陰の講義が知られるようになると、吉田栄太郎《えいたろう》（後の吉田稔麿《としまろ》）など、下士《かし》の子弟が、秘《ひそ》かに通うようになった。やがて人数が増え、久坂玄瑞《くさかげんずい》や高杉晋作のような、長州藩が将来を嘱望する俊才たちも出入りするようになる。かくして松陰の主宰する、松下村塾が生まれたのだ。

そもそも松下村塾は、松陰の叔父の玉木文之進が、天保十三年に開いた私塾である。文之進の多忙により、中断されたことがあるが、嘉永元年、松陰の外叔の久保五郎左衛門が引き継ぎ、再開された。幽囚室で講義をしていた松陰は、その松下村塾を五郎左衛門から譲り受けたのである。

単に知識があるだけでなく、松陰は胸に、これからの国家のための人材を育てたいという、高い志を持っていた。だから松下村塾の主宰は、天職といっていい。水を得た魚のような松陰のもとには、多彩な門下生が集まった。杉家の敷地内にあった小屋を改造し、さらに十畳半の控室を増築した松下村塾は、萩市の松陰神社内に保存されている。実際に見てみると、なんとも小さい家であり、松陰の講義ともなれば、門下生が溢《あふ》れかえったのではないかと想像してしまう。

もっとも松陰の座る場所は決まっていなかったようだ。きちんとした講義の予定もなく、特定の学派の教えにこだわることもなかった。かなり自由な学問空間であったらしい。頑《かたく》なな性格であった松陰が、こと学問に関しては柔軟であったというのは、面白い事実である。

松下村塾の門下生たち

そのような空気の中で、伸び伸びと学んだ門下生の多くが、時代を動かす力になったことは、周知の事実であろう。なかでも吉田稔麿・入江九一《いりえくいち》・久坂玄瑞・高杉晋作の四人は〝松下村塾の四天王〟といわれた。その他にも、山県狂介《やまがたきようすけ》（後の山県有朋《ありとも》）、伊藤俊輔《しゆんすけ》（後の伊藤博文《ひろぶみ》）、野村和作《わさく》（後の野村靖《やすし》）、山田市之允《いちのじよう》（後の山田顕義《あきよし》）、品川弥次郎《やじろう》、佐世八十郎《させやそろう》（後の前原一誠《まえばらいつせい》）などなど、有名人が目白押しだ。

でも、激動の時代を駆け抜けたためであろう。若くして命を散らせた門下生が少なくない。松陰の妹の文を娶《めと》った久坂玄瑞は、禁門の変で奮戦空《むな》しく自害した。入江九一も、戦死している。なお、久坂玄瑞を主人公にした作品は、古川薫の『花冠の志士 小説 久坂玄瑞』（文春文庫）や、童門冬二の「蛍よ死ぬな」（『明日は維新だ』所収／集英社文庫）などがあるのだが、入江九一には、これといった作品が見当たらない。この差は、どうしたことであろうか。

やや横道に逸《そ》れるが、名前が出たので、杉文についても触れておこう。二〇一五年のＮＨＫ大河ドラマ『花燃ゆ』の主人公に選ばれ、俄《にわ》かに注目されるようになった女性だ。久坂玄瑞の死により寡婦になった文だが、明治十六（一八八三）年に楫《か》取素彦《とりもとひこ》と再婚する。もともと楫取は、文の姉の寿と結婚していたが、寿が病により死去したことで、その妹を娶ったのである。松陰と交誼があり、結果的にその妹二人を妻にした楫取は、長州藩の藩医の家に生まれた俊才であり、明治になってからは、足柄《あしがら》県参事・熊谷《くまがや》県権令《ごんれい》・群馬県令などを歴任した。そんな文と楫取の恋を描いた作品に、谷津矢車の『てのひら』（学研マーケティング）がある。低い身分から動乱に乗じて出世した吉田稔麿は、池田屋騒動で新選組と戦い、斬り死にする。古川薫の「三条河原町の遭遇」は、その稔麿と、新選組の沖田総司《おきたそうじ》の半生を丹念にたどりながら、志士と剣士の命の〝遭遇〟する瞬間を活写したものである。長州の志士を書き続けてきた作者だが、かといって新選組を単なる悪役にはしていない。ニュートラルな視線で、二人の若者の在り方を、深く掘り下げた秀作だ。

奇兵隊《きへいたい》などを創設し、長州藩の倒幕に大きく寄与した高杉晋作は、凶刃《きようじん》に倒れることはなかった。しかし肺結核により、慶応三（一八六七）年、死去する。これもまた、維新に殉じた人生であった。池波正太郎の「若き獅子」は、そんな晋作の一生を、コンパクトにまとめている。なお晋作は歴史小説の世界の人気者であり、山岡荘八の『高杉晋作』（山岡荘八歴史文庫）、古川薫の『高杉晋作　わが風雲の詩』（文春文庫）、村上元三の『維新回天　高杉晋作』（人物文庫）、南條範夫の『城下の少年』（中公文庫）、『高杉晋作　天翔ける若鷲』（PHP文庫）、池宮彰一郎の『高杉晋作』（講談社文庫）など、作品は多い。

もちろんすべての門下生が、維新の渦中で死んでいったわけではない。松下村塾時代はさほど目立つことなく、高杉晋作の驥尾《きび》に付していた伊藤博文は、晋作の死後、頭角を現す。そして明治新政府の中で、初代内閣総理大臣を始め、さまざまな要職を歴任したのである。しかし明治四十二（一九〇九）年、ロシア蔵相と非公式の会見をするため赴いたハルビンの駅で、朝鮮民主主義運動家の安重根《アンジュングン》によって暗殺された。伊藤博文の非命の死は、遅れてきた志士の最期とでもいおうか。若くして散った松下村塾の門下生の死と、どこか通じ合うあうものがある。羽山信樹の「博文の貌《かお》」は、そんな伊藤博文の死に至る経緯を、博文の慚愧《ざんき》に満ちた回想と、安重根の心中を交えながら、鮮やかに切り出してみせた。その他、童門冬二の『全一冊　小説 伊藤博文　幕末青春児』（集英社文庫）や、南條範夫の『英雄色を好む小説 伊藤博文』（文春文庫）、門井慶喜の『シュンスケ！』（角川書店）などで、博文の生涯が描かれている。

松下村塾の門下生ではないが、見逃すことのできないのが桂小五郎《かつらこごろう》（後の木戸孝允《きどたかよし》）だ。松陰と交誼を結び、時には彼の意を受けた活動もした。小五郎が維新で果たした役割は大きいが、一方では、闘争を避け続けたことで〝逃げの小五郎〟という、芳しくない綽名《あだな》を貰《もら》った。この綽名が象徴するように、どこか性格や行動に翳《かげ》りがあったのである。その原因を、小五郎の最初の結婚の失敗に求めたのが、南條範夫の「小五郎さんはペシミスト」だ。いかにも南條作品らしい、捻《ひね》った視点で、小五郎の内面に迫っているのである。そうそう、この物語で小五郎に興味を抱いた人は、古川薫の『桂小五郎』（文藝春秋）で、彼の一生を辿《たど》ってみるのもいいだろう。

門下生から、再び松陰に話を戻す。自分を慕う門下生と談論風発する、松陰の充実した日々は、長くは続かなかった。安政五（一八五八）年、日米修好通商条約を勅許を得ぬまま調印した大老の井伊直弼《いいなおすけ》や老中の間部詮勝《まなべあきかつ》たちは、これに反対する動きを弾圧。次々と志士が捕縛された。いわゆる、安政の大獄である。この事態を憂えた松陰は、積極的に動こうとする。だが、その方法は、間部詮勝暗殺計画など、過激なものであったのだ。松陰に賛同した門下生がいたものの、計画が実行に移されることはなかった。しかし長州藩は、この計画に震撼《しんかん》。いささかの曲折を経て、松陰は再び野山獄に投獄された。

テロリスト吉田松陰

その頃、江戸にいた門下生や桂小五郎は、松陰を心配して、それぞれに誠意ある行動を見せた。ところが自分の赤心《せきしん》を理解してもらえないと誤解した彼は、絶食により抗議の意を示す。母親たちの手紙にほだされるまで、絶食は続いた。しかも、藩主の敬親と、尊皇攘夷《そんのうじょうい》派の公卿《くぎょう》・大原重徳《しげとみ》を京都御所に参内《さんだい》させ、勅命を手に入れ幕府を変革しようという〝伏見要駕策《ふしみようがさく》〟まで画策した。しかし、ほとんどの門下生は相手にせず、実際に行動に出た者も捕縛される。

現代人の感覚からすると、当時の松陰の言動は、テロリストそのものである。だが、誤解しないでほしい。門下生が松陰から離れていったのは、テロリズム思想を危険に思っただけではなかった。少なくとも一九七〇年代まで、テロリズムは、弱者が権力者に立ち向かう手段のひとつと、日本人に認識されていた節がある。暗殺等のテロ行為が、英雄視された例も枚挙に暇がない。それなのになぜ、松陰の計画を、ほとんどの門下生が見限ったのか。あまりにも杜撰《ずさん》だったからだ。目的だけが頭にあり、手段が疎《おろそ》かになるという悪癖が、ここでも発揮されていたのである。でも本人は、それに気づけない。孤愁の人となった松陰は、なお「草莽崛起論《そうもうくっきろん》」を書き、自らの理想と思想の道を、真摯《しんし》に歩もうとするのだ。

だが、終わりの時間は、刻々と迫っていた。安政六年、幕府は長州藩に、松陰の身柄を江戸に送るように命じる。護送のときの長州藩の松陰に対する扱いは、温情あるものだったらしい。長州藩は最後まで、この問題児を愛し続けた。

野辺に朽ちぬとも

江戸に到着した松陰は、幕府評定所《ひようじようしよ》で取り調べを受ける。当初、かけられていた嫌疑は、捕えられている志士の梅田雲浜《うんぴん》との関係と、御所内で見つかった落とし文が松陰の書いたものかどうかという二点であった。どちらの嫌疑もすぐに晴れたが、奉行とやりとりをするうちに、間部詮勝暗殺計画と、大原重徳を長州に下向させ兵を蹶起《けつき》させる策について語ってしまった。さすがにこれを見逃すことはできず、松陰は伝馬町の牢に入ることになる。以後、数度の取り調べでの奉行の言葉は穏やかなものであったが、最後の取り調べでは、一転、厳しい態度を見せる。これにより処刑を確信した松陰は、門下生に宛てた手紙「諸友に語る書」と、遺書の『留魂録《りゆうこんろく》』を書き残した。本書のタイトルは、この『留魂録』の冒頭の「身はたとひ武蔵《むさし》の野辺に朽ちぬとも留《とど》め置かまし大和魂」から採った。

それはさておき、『留魂録』である。どのような扱いになるか分からなかった松陰は、これを二通作っていた。一通は、松陰の処刑後、門下生の飯田正伯《いいだしようはく》の手により萩に送られる。しかしこれは熱心に読まれるうちに、いつの間にか紛失してしまった。もう一通は、伝馬町の牢名主だった沼崎吉《ぬまざききち》五郎《ごろう》に託される。松陰を気に入った吉五郎は、牢内で彼の世話をした。おそらく松陰の死後、託された『留魂録』は、何らかの方法で、関係者に渡すつもりだったのだろう。

ところが吉五郎は、その後、遠島となり三宅島に流される。赦免により、すでに東京となった江戸の土を踏んだのは、明治七（一八七四）年頃のことだ。そして、松陰の関係者を訪ねて『留魂録』を手渡した。なお、山田風太郎の『警視庁草紙』（ちくま文庫）に収録されている「吉五郎流恨録」は、このエピソードをベースにしたストーリーになっている。

『留魂録』を書き上げた翌日の、安政六（一八五九）年十月二十七日、伝馬町の処刑場で、松陰は斬首された。享年、三十。松陰の命を絶った首切り役の山田浅《あさ》右衛《え》門《もん》によって、堂々とした最期だったと伝えられている。短くも激しい生涯であった。

遺体は門下生たちの奔走により、小塚原《こづかっぱら》に埋葬された。さらに四年後の文久《ぶんきゅう》三年、高杉晋作や伊藤博文たちの尽力により、荏原《えばら》郡若林（現在の東京都世田谷区）の長州藩抱屋敷《かかえやしき》内に改葬されている。その死後、幕末の長州藩で、さらには明治になってからの日本で、松陰の名前は高まっていく。

戦前の修身の教科書に採られた、松陰に関するエピソードの取捨選択などを見れば分かるが、ある時期まで、松陰の名前と事績は、国家の思惑に利用された面がある。だが、それだけでは、現在も続いている人気を読み解くことはできないだろう。松陰の生涯を俯瞰《ふかん》すると、蹉跌と挫折の連続である。にもかかわらず彼は、真っ直ぐに一本の道を歩み続けた。この国の未来を憂いて、自分の信じる思想に殉じた。どのような状況でもぶれることなく、三十年の歳月を貫いた純粋な姿が、多くの人々の胸を打つ。そこに吉田松陰という人間の、尽きせぬ魅力があるのだ。

〈読者の皆様へ〉

本書に収録されております作品中には「唖」「つんぼ」「不具」などの差別表現が使われている箇所があります。これらは現在では使用すべきではありませんが、作品が発表された時代には社会現象として、人権や差別に関する認識が浅かったため、このような語句や表現が一般的に使われており、著者も差別助長の意図では使用していないものと思われます。また著者が故人のため、原文のままといたしました。

（編集部）

本書は集英社文庫のために編まれたオリジナル文庫です。

集英社文庫

野《の》辺《べ》に朽《く》ちぬとも　吉田《よしだ》松陰《しょういん》と松下村塾《しょうかそんじゅく》の男《おとこ》たち

2015年1月25日　第1刷　　定価はカバーに表示してあります。

編　者　細谷《ほそや》正充《まさみつ》

発行者　加藤　潤

発行所　株式会社　集英社

東京都千代田区一ツ橋2-5-10　〒101-8050

電話　【編集部】03-3230-6095

【読者係】03-3230-6080

【販売部】03-3230-6393(書店専用)

印　刷　株式会社 廣済堂

製　本　株式会社 廣済堂

フォーマットデザイン　アリヤマデザインストア　　マークデザイン　居山浩二

ISBN978-4-08-745279-2 C0193